KB200513

페르시아 고양이 펙

페르시아 고양이 펙

초판 1쇄 인쇄 2020년 3월 27일
초판 1쇄 발행 2020년 3월 31일
옮 긴 이 김승일(金勝一)
발 행 인 김승일(金勝一)
출 판 사 경지출판사
출판등록 제 2015-000026호

잘못된 책은 바꿔드립니다.
가격은 표지 뒷면에 있습니다.

ISBN 979-11-90159-31-9 (04820)
979-11-90159-30-2 (세트)

판매 및 공급처 경지출판사

주소: 서울시 도봉구 도봉로117길 5-14 **Tel:** 02-2268-9410 **Fax:** 0502-989-9415
블로그: https://blog.naver.com/jojojo4

※ 이 도서의 국립중앙도서관 출판시 도서목록(CIP)은 서지정보유통지원시스템 홈페이지(http://seoji.nl.go.kr)와 국가자료공동목록시스템에서 이용하실 수 있습니다.

페르시아 고양이 펙

까오홍버(高洪波) 지음 | 김승일(金勝一) 옮김

경지출판사 

자서

중국은 아동문학 창작의 좋은 시대를 만났다. 10년 전에 나는 이와 비슷한 견해를 말한 적이 있다. 당시 나는 "지금은 중국 아동문학 창작 역사상 가장 좋은 시기이다. 첫째는 작가의 창작 주제 및 주체가 상당히 풍부하고 다양해졌으며, 작가의 창작 개성이 자신의 예술적 추구를 통해 충분히 나타날 수 있게 됐다는 점이다. 둘째는 위로부터 아래에 이르기까지 높은 관심을 보이고 있다는 점이다. 예를 들면 중국공산당 중앙위원회에서 제기한 가장 중요한 '세 가지' 중에 아동문학이 그 한 자리를 차지했다. 셋째는 아동 출판물이 객관적인 존재로써 인정받고 있다는 점이다. 대다수 아동 출판사의 양호한 경제적 상황은 중국의 아동문학 창작에 비교적 커다란 경제적 지원자가 되고 있다."라고 말했다.

나의 판단이 정확했다는 것이 현재의 상황이 증명해주고 있다. 비록 시장경제의 검증을 받아야 하지만, 아동 출판물의 시장 점유율은 갈수록 높아지고 있다. 이러한 형세로 인해 아동 출판물과 아무 관련이 없던 많은 출판사들도 아동도서 출판에 개입하여, 이 달콤한 케이크를 나누어 가지려 하고 있다. 10년 전의 『유아화보(幼兒畫報)』가 10만여 권밖에 팔리지 않았다면, 지금의 『독자(讀者)』『가정(家庭)』 등 그와 같은 종류의 매상이 좋은 정기간행물 인쇄부

수가 180만여 권에 달하고 있다. 대다수 같은 문학 업계에 종사는 사람들의 멸시와 홀대를 받아오던 아동문학 작가들 몇몇 분은 지금 베스트셀러 작가가 되어 있거나 '부자 작가 순위(作家富豪排行榜)'에 드는 인물이 되었다.

다만 지금도 중국문학이 아동문학을 얕잡아 보는 이유 몇 가지가 있다. 첫째는 문학적 전통에 의한 제약을 받고 있다는 점이고, 둘째는 천박하다는 관점이 존재한다는 점이다. 첫 번째 이유는 이해할 수 있지만, 두 번째 이유는 참으로 이해할 수가 없다. 아동문학을 얕잡아 보는 민족, 아동문학을 창작하는 작가를 냉대하거나 멸시하는 사회는 휴머니즘과 사랑이 결여되고, 이기적이고 우쭐대는 혼합적 병적 사회라고 말할 수밖에 없다. 그러다 보니 오늘날의 사람들은 어린 시절의 기억을 너무 일찍 잊어버리거나 심지어 간과함으로써 심각한 정신적 자폐와 인격적 결함을 앓고 있다. 따라서 이런 사람들에게 어린 시절의 천진난만함이 오히려 그들을 치유할 수 있지 않을까 생각하게 된다.

안데르센 한 사람의 존재로 인해 덴마크는 문화 강국이 되었음을 잊지 말아야 한다. 하지만 맹목적인 낙관론만으로 일관되어서도 안 된다. 중국의 아동문학은 수많은 제약을 마주하고 있다. 중국의 아동문학 발전을 제약하는 주요한 요소는 창작하는 주체 즉 아동문학 작가 본인이라고 볼 수 있다.

학문 · 수양 · 식견이 협소하고, 철학적 준비가 부족하며, 예술적 기초가 박약하고, 상상능력과 유머감각이 부족하기 때문이다. 이러한 것이 아마도 우리의 치명적인 약점일 것이다. 아동문학 작가들은 옛날부터 중시 받지 못하는 사회적 분위기를 책망하는 경우가 많았다. 물론 이러한 원망도 어느 정도는 일리가 있다고 할 수 있다. 그러나 이는 충분한 이유가 될 수 없다. 안데르센은 자신에 대한 사회의 경시를 그다지 원망한 적이 없다. 잔니 로다리(Gianni Rodari)와 조앤 K. 롤링(Joan K. Rowling)도 사회에 대한 불만의 목소리를 거의 낸 적이 없는 것 같다. 대신 그들은 자신의 작품을 통해 말을 했다. 이처럼 작품으로 말하는 것이 오히려 더 힘이 있고 영향력이 클 수가 있다.

필자와 같이 중국 아동문학에 종사하는 작가들의 주요한 공헌은 아래 몇 가지로 종합할 수 있다. 첫째, 당대 아동들의 마음의 세계를 진실 되게 반영하고, 당대의 중국에 어울리는 아동의 예술적 형상을 창작했다. 둘째, 자신의 창작을 통하여, 시대의 큰 흐름이 아동문학에 미치는 특별한 영향을 이끌었는데, 소년 아동들이 주인공 신분으로 등장하여 문학적 역할을 훌륭하게 소화해 내도록 했다. 셋째, 아동문학 작가의 특별한 시각으로 인해 성인문학 작가들과 비교해 보았을 때, 보다 걸출한 이해능력과 관찰력을 보여 주었다.

이러한 것에 대한 보답은 끊임없이 늘어나는 아동도서의 인쇄부수가 대신해 주었다.

이러한 상황을 보면서 필자는 중국 당대 아동문학의 창작에 대해 낙관적인 태도를 취하고 있다. 중국문학은 현재 '해외진출(走出去)'이라는 난관에 부딪쳐 있다. 우리는 세계의 많은 사람들에게 중국을 알리고 싶어 한다. 그러기 위해서는 문학을 그 거울로 삼아야 하는데, 문제는 번역에 있다. 훌륭한 번역이 이루어지지 않으면, 아무리 좋은 우수한 작품도 결국은 그 민족의 범위에 머물러 있게 되기 마련이다. 그리하여 중국 외문국(外文局) 돌고래출판사(海豚出版社)에서 곧 『세계로 나아가는 중국 아동문학의 정품 도서 시리즈(中國兒童文學走向世界精品書系)』(중문영문)를 출판할 예정인데, 외국의 어린 독자들에게 소중한 선물이 될 것으로 본다. 이것은 그야말로 공덕이 무량한 좋은 일이기 때문에, 중국과 외국의 아동문학 교류사에서 큰 의미를 부여받는 출판사가 될 것으로 믿는다. 그렇게 보는 이유는 아동문학의 본질이 전 인류와 세계가 공유하기 때문이다.

아동문학의 진·선·미, 그리고 동심, 아동의 정취와 천진난만, 즐거움, 밝음, 뛰어난 상상력과 유머감각을 지지함으로써 아동문학은 세계 모든 민족의 정신세계에 자양분이 될 것이고, 비타민과 같은 작용을 하게 될 것이며, 없어서는 안 되는 단백질과 칼슘이 될 것이다.

아동문학은 절대 거절당하지 않는다. 또 거절당할 이유도 없다. 이 점에 있어서 필자는 자신 있게 확신할 수 있다. 아동문학의 미래를 축복하는 것은 한 민족의 미래를 축복하는 것과 같다. 아동문학을 번역하고 소개하는 일은 곧 한 민족의 명함을 번역하고 소개하는 것이나 마찬가지이다. 이것은 영광과 자긍심이 병존하는 사업이기 때문에 돌고래출판사의 역할에 축복의 인사를 전하는 바이다.

2011년 6월 27일

어뤈춴자치기(鄂倫春自治)[01]로부터 돌아와서

---

01) 네이멍구자치구(內蒙古自治區) 후뤈베이얼시(呼倫貝爾市)의 현급 행정구인 자치기.

CONTENTS

페르시아 고양이(波斯猫) 펙(派克)

페르시아 고양이(波斯貓) 펙(派克)

우리 집 페르시아 고양이의 원래 이름은 펙이 아니라 얼터우(二頭)였다. 그런데 어머니께서 미국 영화배우 그레고리 펙(Gregory Peck)의 영화를 보고나고 얼터우라는 이름을 반드시 펙으로 고쳐야 한다고 주장하셨다. 워낙 국수주의(國粹派)인 아버지께서는 펙이라는 이름이 지나치게 서양적이고, 무엇보다도 옛날에 펙이라고 불리던 만년필도 있었다며 불만이었다. 페르시아 고양이는 산 동물인데 어찌 만년필과 같은 이름으로 부를 수 있느냐는 주장이었다. 아버지께서는 조금 화가 났다는 듯이 중얼거려 보았지만 무용지물이었다. 우리 집은 무엇이든 어머니에게 결정권이 있기 때문이었다. 그도 그럴 것이 가족 구성상 여성이라고는 어머니 한 사람뿐인 상황에서, 어머니의 말을 존중하고 따르지 않을 이유가 없었기 때문이었다. 여기서 주목해야 할 것은 얼터우는 사실 사나이를 의미하는 이름이었다. 그리하여 여성의 합법적인 지위를 존중하는 차원에서 2대 1로 결국 얼터우는 펙이라는 이름으로 고치게 되었다.

얼터우, 아니 펙의 아버지는 사람이고, 어머니도 사람이다. 그런데 그들은 늘 펙을 안고 쉴 새 없이 물고 빨면서 "귀염둥이", "우리 고양이 아들"이라고 불렀다. 그리하여 펙도 이런 아버지 어머니에 적응하기 시작하였고, 낳아준 진짜 어미에 대한 정은 점점 멀어져갔다.

가끔 그는 당장 자신의 흰색 털옷을 벗고, 양장에 넥타이까지 받쳐 입을 것만 같은 기분이 들 곤했다. 하지만 아쉽게도 이것은 펙의 머리에만 존재할 수 있는 상상일 뿐이었다.

지금 그는 따뜻한 난방장치 옆에 놓인 책상 위에 조용하게 엎드려 있을 뿐, 조금도 일어나서 움직일 생각을 않고 있다. 펙은 꿈을 꾸고 있었던 것이다.

그는 단지 예쁘게 생긴 한 마리의 수고양이로서, 마오족(貓族)에서만 통하는 미남일 뿐이었다. 페르시아 고양이의 종족적 장점을 충분히 물려받은 펙은 두 눈의 색깔이 서로 다른데 한쪽은 금색이고, 다른 한쪽은 짙은 남색이다. 어두운 밤 등불 아래의 그림자 속에서 금색의 한쪽 눈은 밝은 녹색으로 변하고, 짙은 남색의 다른 한쪽 눈은 붉은 보석처럼 반짝거린다. 하지만 펙은 이런 자신의 두 눈에 대해 전혀 개의치 않았다. 프랑스의 어떤 유명 스타는 자신의 눈도 색깔이 변할 수 있고, 사랑을 하게 되면 회색으로부터 푸른색으로 바뀐다고 허풍을 떨었다. 펙은 이런 소문을 듣고도 여전히 신경을 쓰지 않았다. 펙은 허풍이야말로 우스운 일이라고 생각했다. 펙은 눈은 눈일 뿐 타고난 것은 어쩔 수 없는 일이라고 생각하였고, 더욱이 반듯하고 말 잘 듣는 고양이 아들로서 아직은 연애를 할 생각이 전혀 없었다.

펙이 자랑스럽게 생각하는 것은 따로 있었는데 바로 목이었다. 펙의 목 아랫부분 둘레에는 긴 털이 나 있었는데, 걸을 때마다 파도처럼 출렁이는 것이 마치 한 마리의 사자, 특히 밀림의 대 화제인 흰 사자 레오(雷歐)와 같았다.

사실 펙도 머리부터 발끝까지 온통 흰색 털로 덮여있어, 마치 한 덩이의 구름 같기도 하고, 한 무더기의 은 부스러기 같기도 했다. 그리고 꼬리는 높이 세워진 깃대마냥 굵고 길었다. 바로 이 꼬리가 있어 자신이 아버지 어머니와 다르다는 것을 느끼게 되었다. 물론 또 다른 한 가지 다른 점은 태어날 때부터 수염이 자라 있다는 것인데, 이 길고 단단한 수염 때문에 "젊은이가 노티를 내며 스스로 거드름 피우는 것(老氣橫秋)"처럼 보여 지기도 했다. 이 사자성어의 뜻을 펙은 훗날에야 알았다.

그 외에 특별한 점은 딱히 없었다. 적어도 펙은 스스로 다른 점이 별로 없다고 생각했다. 그는 아버지 어머니와 함께 밥을 먹고, 생선을 먹고, 소고기를 먹었으며, 계란도 먹고, 우유도 마셨다. 기분이 좋은 날엔 감자, 오이, 콩나물 채소까지도 먹었다. 아, 그리고 한번은 샐러리(美國芹菜)를 먹은 적이 있는데 참 맛이 있었다. 샐러리를 먹은 날, 펙은 술에 취한 듯한 쾌감을 느꼈는데, 물론 펙은 술을 마시고 취해본 경험이 없다. 하지만 펙은 이 "취하다"라는 단어가 참 듣기 좋았다.

"취하다!" 이 얼마나 시원스럽고 아름다우며 힘 있는 단어인가!

"취하다"를 좋아하는 이유 중 다른 한 가지는, 아버지가 늘 술에 취해 있었기 때문이었다. 아버지가 취할 때마다 화가 난 어머니는 아버지를 가리키며 "술 취한 고양이(醉貓)"라고 불렀다. 사실 이것은 펙에 대한 큰 모욕이었다. 하지만 펙은 따지지를 않았다. 넓은 도량은 사나이의 미덕임을 펙은 일찍 깨달았고, 대범한 사나이가 되기 위해 노력하고 있었기 때문이었다.

그럼 "펙의 꿈은 도대체 어떤 것이었을까?"

꿈속에서 그는 자신의 고향인 페르시아로 돌아갔다. 사실 페르시아는 어떤 곳인지 펙은 전혀 알지 못한다. 그러나 자신의 혈통과 출신은 페르시아와 밀접히 연결되어 있으며, 서로 뗄 수 없는 관계라는 생각은 하고 있었다. 그는 방대한 대상(商隊)을 따라 실크로드의 모래바람 속을 뚫고 나아가고 있는 것 같았다. 펙은 어머니의 품에 안겨, 등이 부어오른 큰 말(후에 펙은 이 말이 낙타라는 것을 알게 되었다.)을 타고 천천히 흔들리며 바닷가에 도착했다. 끝없이 넓은 바다, 푸르디푸른 바닷물, 나비고기들이 해면에서 활주하며 돌고래와 하룻강아지 범 무서운 줄 모르고 장난을 치고 있었다. 그 중 한 마리의 나비고기는 꼬리로 바다냄새를 가득 풍기며 펙의 코끝을 스쳐 지나가는 바람에, 펙은 코가 간질간질하여 재채기를 하고 싶었고, 발을 내밀어 악수를 하고 싶었다.

바닷가에는 황금색의 모래사장이 펼쳐져 있었고, 거기에서 작은 게들이 씨름을 펼치고 있었다. 집게발들이 내는 "타닥타닥" 소리로 보아 아주 열띤 시합인 것 같았다. 큰 종려나무 아래에서 깊이 잠든 낙타의 몸 위로 나뭇잎 사이를 뚫고 햇볕이 조용하게 떨어지고 있었다. 장난기 많은 햇살은 손가락마냥 낙타의 눈꺼풀을 눌렀다. 피곤한 여정과 사막의 거센 모래바람 탓인지 낙타는 머리만 살짝 움직이고 나서는 종려나무 아래에서 이내 단잠에 빠져들었다. 바로 이때 긴 두루마기를 입고, 스카프를 두룬 한 무리의 사람들이, 갑작스러운 함성과 함께 긴 만도(彎刀)를 휘두르며 바닷가의 조용함을 깨뜨렸다.

그리하여 펙은 화들짝 놀라서 꿈에서 깨고 말았다. 눈을 떠보니, 그 함성을 지른 괴물은 밖에서 보이지 않는 손으로 베란다에 널어놓은 침대보를 후려치고 있었다. 펙은 화가 나서 크게 "야옹" 하고 울부짖었다. 모든 페르시아 고양이가 고향으로 돌아가는 꿈을 꿀 수 있는 것은 아니다. 들은 바에 의하면, 이와 같이 아름다운 꿈을 꿀 수 있는 고양이는 천 마리 중 한 마리뿐이라고 한다. 이로부터 알 수 있듯이 펙은 대단한 고양이라는 점이다.

펙은 열심히 꿈속의 상황들을 돌이켜보았다. 바다, 날치, 종려나무, 낙타, 사막, 칼을 든 전사 등이 생각났다. 그는 몸속에서 뜨거운 무언가가 꿈틀거리는 것을 느꼈다. 그리하여 그는 자신의 이 꿈을 반드시 자세하게 묘사해내야 한다는 책임감이 들었다. 시로 쓰고 그림을 그려 아버지와 어머니께 보여드리고 싶었다.

책상 위에 마침 지구본이 하나 놓여 있었다. 지구본은 마치 빙빙 돌아가고 있는 농구공과 같았는데 펙에게 장난을 걸었다. 펙은 지구본이 아주 흥미로운 장난감임을 잘 알고 있었고, 모든 생명을 탄생시킨 어머니의 상징이라는 것도 알고 있었다. 그 속에는 자신과 아버지 어머니도 포함되어 있었다. 그는 지구본 위로 훌쩍 뛰어 올라갔는데, 마치 자석이 끌어당기는 것 같은 힘이 느껴졌다. 그는 지구본 위에 서서 큰 소리로 아름답고 훌륭한 시 한 수를 읊었다.

"야옹, 야옹야옹, 야오옹/ 야오야오, 야옹야옹!"

그 뜻을 번역해 보면 아래와 같다,

"나의 고향, 머나먼 고향/ 꿈나라 여행은 얼마나 아름다운가!"

이건 단지 가장 기본적인 뜻으로서, 번역계의 "신달아(信達雅)"[01]의 기준에 따른다면, 한참 미달이었다!

펙은 지구본과 포옹을 하고 나서 열정이 넘치는 시인이 되기로 결심했다. 시인은 순식간의 충동으로 압력솥의 압력 밸브가 되기도 하고, 또 한 순간에 냉각되어 냉장고 안의 액체 프레온이 되기도 했다. 하지만 큰 소리로 시를 읊는 것만으로는 끓어오르는 열정을 다 풀 수가 없었다. 그리하여 그는 꿈속에서 다녀온 고향 페르시아의 모습과 여정을 그림으로 그렸다. 그는 꼬리에 먹을 가

---

01) 신달아(信達雅) : 번역의 3가지 원칙, 즉 첫째 원문에 충실해야 하고, 둘째 의미를 전달할 수 있어야 하고, 셋째 문장이 규범에 맞아야 한다는 것.

득 묻혀 종이 위에다 마음껏 그렸다. 얼마 지나지 않아, 발묵(潑墨)기법[02]으로 그려진 사의(寫意)[03]의 산수화 한 장이 성공적으로 창작되었다. 도장이 없는 펙은 완성된 그림 아래에 매화꽃 모양의 발 도장을 찍었다. 그림은 전체적으로 구도가 아름답고 고르며 정연 했다. 이렇게 펙은 시인이 된 동시에 화가가 되었다.

페르시아 고양이인 펙은 아주 유명해졌다. 그의 아버지와 어머니는 그를 무척 자랑스럽게 생각하였고, 그를 위해 시 낭송회와 그림 전시회를 자주 열었다. 펙이 시를 읊을 때면 어머니가 통역을 맡았는데, 어머니가 모 단락의 "야옹"에 대한 해석이 해서는 안 될 실수를 범할 때면, 펙은 기분이 나빠 화를 내며 수염을 움찔거렸다. 그리고 한 마디 소리도 내지 않았는데 성격은 점점 더 시인의 기질에 가까워져 가고 있었다.

그림 전시회로 말할 것 같으면 펙은 당장에서 그린 적이 한 번도 없었다. 그의 꼬리는 이미 보험회사에 3만 위안의 보험을 들었다. 펙의 꼬리는 금하고도 안 바꿀 만큼 귀중한 붓이 되었다!

하지만 펙의 두 눈에는 늘 우울함이 가득했다. 한 겨울의 하나의 꿈, 고향 페르시아에 관한 꿈은 너무나도 아름다웠다. 비록 이 꿈 때문에 시인과 화가가 되었지만, 기억 속에는 희미하고 작은 꿈 조각만이 남아있었다. 그는 더 완벽

---

02) 발묵(潑墨)기법 : 2가지 해석이 있는데 즉 먹을 마치 뿌리듯이 쓰는 것이라는 해석과 비단 바탕에 먹을 뿌린 다음 먹물이 흐르는 상황에 근거하여 그 추세를 따라 형상을 그리는 것이라는 해석이다. 앞의 해석이 화가들의 애호를 받아 관습화되었다. 먹을 부어 인물의 옷 무늬, 산, 바위의 전체를 그리는 이 화법은 전통적 윤곽선을 무시한 전위적 수법으로, 성당 후기(8세기 중엽)의 산수화에 처음 출현하여 후에 도석인물화의 옷 등에 사용되었다. 후세의 발묵은 목탄붓으로 밑그림을 그려 필요한 곳에 담묵으로 윤곽도 그려 넣었다. 파묵이 화북의 귀족과 궁정화가들의 지지를 얻은 반면, 발묵은 강남지방의 처사, 문인들에게 애호되었다.

03) 사의(寫意) : 동양화에서 화가의 생각이나 의중을 그림에 표현하는 화법(畵法).

하고 아름다운 꿈을 통해 다시 한 번 고향인 페르시아로 돌아가고 싶었다.

그리하여 펙은 더욱더 잠에 집착했다. 어머니는 이런 펙을 보며 게을러져서 조금도 움직이려 하지 않는다고 하였고, 아버지는 펙이 병에 걸린 것 같다고 하면서, 옥시테트라사이클린(土黴素) 몇 알을 먹여야 한다고 했다. 펙은 서로 다른 색깔의 두 눈으로 그들을 바라보며 속으로 생각했다.

"아버지 어머니, 제발 가주세요. 저 혼자 조용히 있게 놔두면 안 돼요?"

페르시아 고양이 펙은 지금은 아주 평범한 생활을 하고 있다. 그는 다시 한 마리의 평범한 고양이로서의 생활을 하게 되었다. 천천히 거닐고, 생선을 먹고, 우유를 마시고 나면, 난방장치 옆에 놓여있는 책 상자 위에 엎드려 코를 골며 잠드는 것이 일상이었다. 하지만 밤이 되면 그는 불안하여 노래를 불렀는데, 소리는 날카롭고 높았다. 그 속에는 간절한 바람이 묻어있었다.

이웃들은 펙이 연애를 할 사춘기가 되었다며 '교미'가 필요해 보인다고 했다. '교미'라는 단어 하나로, 펙의 모든 풍격은 사라지고 말았다. 따라서 사람들은 펙도 고양이의 모든 결점과 정욕을 가지고 있는, 극히 보편적인 페르시아 고양이라는 점을 발견했다. 펙은 사람들의 논의를 개의치 않고 이런 상황에서 스스로 즐기며, 상상속의 고양이 소녀를 향해 고독한 사랑의 노래를 불렀다. 꿈은 꿈일 뿐 현실을 대체할 수 없다는 것을 깨달았기 때문이었다.

알고 보니, 우리의 펙은 철학자이기도 했다!

작은 고양이와 작은 강

빨간 젖소(紅奶牛) 목장에는 즐거운 강이 흐르고 있다. 이 강은 파란 하늘과 하얀 구름, 그리고 세 마리의 새끼오리와 두 마리의 흰 거위가 생기발랄한 물보라를 등에 업고 늘 지치지 않고 쉼 없이 먼 곳을 향해 흐르고 있다.

작은 암고양이 바이둬(白朵)는 이 작은 강을 아주 좋아한다. 그는 작은 강에게 수영을 가르쳐 달라고 부탁을 하였고, 작은 강은 흔쾌히 대답했다.

새끼오리들이 "꽥꽥, 꽥꽥꽥, 바이둬가 수영선수가 되려나봐!"라고 종알거리자 바이둬는 기분이 좋아서 돌아갔다.

이튿날 아침 일찍 바이둬는 수영복을 입고, 수영모를 쓰고 나서, 튜브까지 허리에 둘러찼다. 그리고 신이 나서 작은 강으로 달려왔다. 하지만 바이둬는 겁이 나서 선뜻 강에 들어가지 못하고 망설였다.

바이둬는 먼저 왼쪽 손을 내밀어 강물을 조심스럽게 만져보더니, 또 왼쪽 발을 내밀어 강에 담가보았다. 그리고는 낮은 소리로 말했다.

"작은 강아, 작은 강아, 아직은 물이 너무 차가우니, 점심 때 다시 올게!"

작은 강은 약간 실망한 기색이었다. 생기발랄하던 물보라들도 더 이상 노래를 부르지 않았다.

새끼오리와 흰 거위들이 이구동성으로 말했다.

"바이둬, 바이둬, 넌 너무 어영부영(得過且過)하는 거 아냐?"

점심때가 되었다. 바이둬는 다시 수영복을 입고, 수영모를 쓰고, 튜브를 착용했다. 그리고 땀을 뻘뻘 흘리며 작은 강으로 달려왔다. 하지만 바이둬는 여전히 겁이 나서 물에 들어가지 못했다.

바이둬는 이번에는 오른쪽 발을 내밀어 강물을 조심스럽게 만져보더니, 또 오른쪽 발을 내밀어 강에 담가보았다. 그리고 낮은 목소리로 말했다.

"작은 강아, 작은 강아, 물이 너무 뜨거우니, 저녁에 다시 올게!"

작은 강은 조금 슬펐다. 물보라들도 아무 말을 하지 않았다.

새끼오리들은 머리를 절레절레 흔들었고, 흰 거위들은 날개를 퍼덕이며 말했다.

"바이둬는 도망가는데 선수구나!"

저녁노을이 서쪽 하늘에 비꼈을 때, 작은 강은 또다시 바이둬를 맞이하게 되었다. 이번에는 큰 꼬리 다람쥐랑 함께 강을 찾아왔다. 큰 꼬리다람쥐도 똑같이 수영모를 쓰고 튜브를 착용하고 있었다.

바이둬와 다람쥐는 나란히 강가에 앉더니, "하나 둘 셋"을 외치며 동시에 두 개의 꼬리를 강물에 담갔다. 그러자 털이 더부룩한 두 개의 꼬리 때문에, 작은 강은 간지러워 웃음을 참을 수가 없었다.

바이둬가 말했다.

"꼬리야, 꼬리야, 말해보렴. 저녁에 작은 강 속에 들어갈 수 있겠니?"

그러자 꼬리는 휘휘 꼬리를 흔들었다. 바이둬가 머리를 끄덕이며

"너무 늦었으니까 들어가지 말라는 거지? 그래 내일 다시 오지 뭐!"

라고 말하자, 큰 꼬리 다람쥐가 박수를 치며……

"그래, 내일 다시 오자, 내일……"

라고 맞장구를 쳤다. 작은 강은 마침내 바이둬의 진정한 생각을 알게 되었다. 그는 더 이상 실망하지도 슬퍼하지도 않았다. 그에게는 새끼오리와 흰 거위들과 같은 좋은 친구들이 많기 때문이다. 작은 강은 다시 웃음을 되찾았다.

빨간 젖소 목장의 풀과 꽃들은 작은 강의 노랫소리를 들으며, 풀은 더 푸르게 자랐고, 꽃은 더 빨갛게 피었다.

작은 고양이 바이둬는 오늘까지도 수영을 배우지 못했다. 그는 여전히 작은 강과 피어나는 물보라들이 그리웠다. 그럴 때마다 바이둬는 왼쪽 손을 보며 "강물이 조금도 차갑지 않았어."라고 했고, 오른쪽 손을 보며 "강물이 전혀 뜨겁지 않았어!"라고 했다.

또 꼬리를 흔들고 머리를 끄덕이면서 "사실 작은 강은 정말 사랑스럽단 말이야." 라며 중얼거리곤 했다. 그리고 작은 고양이 바이둬는 깊은 생각에 잠겼다. 얼마 지나지 않아 바이둬는 코를 드렁드렁 골며 잠에 떨어졌다.

작은 고양이 바이둬가 코 고는 소리를 듣고 코골이 곰(呼噜熊)이 찾아왔다. 그는 큰 꼬리 다람쥐에게 물었다.

"바이둬가 언제 코골이를 배웠지? 내가 코골이를 가르쳐준 적이 없는 거 같은데 말야!"

창밖에서 다람쥐와 얼룩무늬 토끼, 송아지들이 웃음을 터뜨렸고, 작은 고양이 바이둬의 코골이는 더욱더 커져갔다. 바이둬는 한창 달콤한 꿈을 꾸고 있었다. 꿈속에서 그는 물보라들과 함께 여유롭게 작은 강 위를 둥둥 떠다니고 있었고, 흰 거위들은 날개를 퍼덕이며 "바이둬, 바이둬는 정말 대단해. 수영시합에서 1등할 수 있을 것 같애." 라며 큰소리로 칭찬해 주고 있었다.

그러자 바이둬의 코고는 소리는 더욱더 커져갔다.

마력(魔力)의 작은 삽

눈이 내린다.

큰 눈송이들이 저 높은 머나먼 하늘에서부터 흩날리며 내려왔다. 한 송이 한 송이의 자귀나무 꽃과 같은 눈송이들은 손에 손을 잡고 내려와 지붕과 거리, 광장을 뒤덮었다.

대지는 온통 뽀송뽀송하고 푹신푹신하게 변했다. 소녀 첸첸(倩倩)은 손을 뻗었다. 눈꽃 한 송이가 그의 작은 손바닥 위에 살포시 내려앉았다. 차가운 눈꽃을 바라보며 첸첸이 물었다.

"넌 어디에서 왔어?"

그러자 눈꽃은 달 속에 있는 광한전(廣寒殿, 달에 있다고 전하는 전설상의 궁전 – 역자 주)에서 왔다고 대답했다.

"아! 그렇구나. 너희들이 내려오면 날씨가 추워지는 이유가 바로 광한전에서 왔기 때문에 그렇구나……"

첸첸은 큰 깨달음을 얻게 되었다. 작은 눈꽃은 눈을 깜박거리더니 이내 사라져 버렸고, 첸첸의 손바닥 위에 반짝거리는 물방울만 남겨놓았다. 그는 손바닥을 얼른 귓가에 가까이 댔다.

아주 가냘픈 소리, 작은 눈꽃의 목소리가 들렸다.

"안녕."

이 소리마저 점점 멀어져갔다… 눈은 갈수록 크게 내렸다. 저녁 무렵 문을 열었을 때, 마치 누군가 밖에서 나오지 못하게 일부러 장난을 치는 것처럼 무겁고 밀어지지가 않았다. 화가 난 쳰쳰은 있는 힘을 다해 문을 밀었다. 문에 밀려 문밖에 쌓여있던 두터운 눈 위에는 컴퍼스로 그린 듯 매끈하게 원이 그려져 있었다.

쳰쳰은 수북하게 쌓인 눈 위를 조심스럽게 밟아 보았다. 눈은 그의 발아래에서 "뽀드득" 소리를 내며 마치 예쁜 소녀를 기쁘게 맞이해주는 것 같았다.

참으로 큰 눈이 내렸다. 눈이 막 그쳤을 때, 마침 쳰쳰도 밖으로 나가 친구들과 놀고 싶어졌다. 아마도 눈과 쳰쳰의 마음이 서로 통했던 것 같았다. 왜냐하면 이런 행운은 어느 아이에게나 다 있는 것이 아니기 때문이었다. 겨울에 태어난 쳰쳰을 눈이 각별히 아끼는 것 같았다.

그러나 쳰쳰은 이내 한 가지 문제를 발견했다. 바로 집집마다 대문 밖에 두터운 눈이 쌓여있다는 사실이었다. 광장은 줄넘기를 하고, 숨바꼭질과 고무줄놀이를 할 수 있는 즐거운 장소이다. 그런데 지금은 두꺼운 눈 담요 아래에 깊숙이 깔려있다. 오솔길은 평소에 그가 깡충깡충 신나게 뛰어서 친구들 찾으러 가던 길이다. 하지만 지금은 눈에 뒤덮여 완전히 사라져 버렸다. 눈은 모든 것은 덮어버렸고, 모든 것을 저장하였으며, 모든 것을 감싸 안았다.

조용해진 세상은 은백색의 차가운 빛으로 빛나고 있었다. 눈을 치우러 나온 사람도 없고, 웃음소리와 흰 눈을 함께 굴리며 우스꽝스러운 눈사람을 만드는 사람도 없었으며, 심지어 눈싸움을 좋아하는 남자아이들도 신기할 정도로 보이지 않았다. 이번에 내린 눈이 하도 커서 사람들이 겁을 먹은 것 같았다!

집으로 돌아온 쳰쳰은 혼자서라도 눈을 치우기로 했다.

그는 가장 먼저 오솔길부터 치운 다음, 오솔길을 따라 친구 마오마오(毛毛)와 잉잉(英英)을 찾아갈 생각이었다. 그 다음은 광장으로 가서, 마오마오와 잉잉과 같이 제기차기를 할 수 있을 만큼의 공간을 만드는 것이었다. 세 번째 계획은 잠시 비밀이라고 했다. 물론 첸첸에게 있어서 비밀을 지키기란 참으로 어려운 일이지만 말이다.

얼마 지나지 않아 그는 혼잣말로 마지막 소원을 중얼거렸다.

"휴! 작은 삽 하나가 있으면 얼마나 좋을까? 그렇다면 세상에서 가장 예쁜 눈사람을 만들 수 있을 텐데… 작은 삽, 그래 바로 작은 삽 한 자루가 필요해……"

"이봐, 첸첸, 나 여기 있잖아!"

문득 작은 눈이 내리는 소리와도 같은 목소리가 담장 한쪽 모퉁이로부터 흘러나왔다. 첸첸은 그 소리를 따라 걸어갔다. 그리고 얼굴에 웃음꽃이 활짝 피었다. 작은 삽 한 자루가 나무 팔을 뻗어 그와의 악수를 기다리고 있었기 때문이었다.

첸첸이 신이 나서 말했다.

"나랑 함께 눈 치우러 갈래?"

그러자 작은 삽이 말했다.

"나는 눈을 치우기 위해 태어난 운명인가 봐. 여기서 이미 오랜 세월을 기다리고 있었거든……. 사람들이 나의 존재를 망각했나봐. 그런데 네가 나를 떠올려 줘서 정말 고마워. 우리 이 도시에 쌓인 눈을 반드시 깨끗하게 치우자."

작은 삽은 흥분하여 속사포처럼 말을 빠르고 급하게 했다. 그리하여 황혼에 물들어가고 있는 하늘 아래, 은백색의 눈밭 위에는 빨간 외투를 입은 한 소녀가 자신의 키와 비슷한 크기의 삽을 들고 눈의 세계를 향해 걸어갔다. 도시의 집집마다에서는 등불이 하나둘씩 밝혀지기 시작하였고, 어른들은 창문 너머로 밖의 상황을 살피고 있었다. 그들은 "뭘 하는 거지? 어린 계집애가 작은 삽 하나로 전체 도시의 눈을 다 치우려는 건가?"라며 수군거렸다.

어른들은 항상 옳은 소리만 한다! 그러나 한참 후 어른들은 놀라고 신기한 상황에 눈이 휘둥그레졌다. 빨간 외투의 소녀가 타오르는 불꽃이 된 듯 눈 깜짝할 사이에 오솔길을 뒤덮고 있던 눈을 깨끗하게 녹여버렸던 것이다. 오솔길은 원래의 모습을 드러냈고, 이 오솔길과 이어져 있던 두 집에서 쳰쳰과 같이 빨간 외투를 입은 두 여자아이가 달려 나왔다. 마오마오와 잉잉이었다. 이들 세 소녀는 하나의 작은 삽으로 돌아가면서 눈을 치웠다.

그렇다. 이 삽은 그저 일반적인 삽이 아니라 마력의 삽이었다. 얼마 지나지 않아 거리의 눈도 말끔하게 치워졌다. 자동차며 자전거며 삼륜차들은 마치 꽁꽁 얼어붙었다가 소생한 듯이 하늘을 향해 분분히 경적을 울리고 벨을 눌러댔다. 설원에 부딪쳤다가 되울려 오는 종소리는 유난히 맑고 깨끗했다. 자동차의 경적소리는 밝은 전조등에 의해 아득히 먼 곳까지 울려 퍼졌다. 적막에 빠져 있던 세상은 다시 북적거리기 시작했다.

작은 수염을 기른 한 남자가 문을 열고 집을 나섰다. 그는 곧장 쳰쳰과 마오마오, 그리고 잉잉을 향해 다가왔다.

이 남자는 한 골동품가게의 사장으로 유명한 수집가였다. 그는 쳰쳰의 손에 들려 있는 이 작은 삽이 아주 특별한 삽이라는 것을 알아보고 이 삽을 사서 다시 높은 가격으로 경매하려는 속셈이었다.

"마력의 삽이라니, 건륭황제(乾隆皇帝)가 사용하던 삽일 수도 있단 말이지. 그렇지 않다면, 이처럼 절대 신비로운 힘을 가지고 있을 수가 없지!"

수염을 기른 남자는 금이빨을 번쩍이며 미소를 지었다. 그는 첸첸을 향해 손을 내밀며 말했다.

"얘야, 그 삽이 참 대단한 것 같구나. 나에게 팔 수 있겠니? 값은 네가 부르는 대로 줄 테니까."

첸첸은 갑작스러운 상황에 당황하여 멍해졌다.

"값을 부르라고요? 삽을 팔라고요? 도대체 무슨 이상한 소리를 하는 거지요?"

첸첸은 머리를 흔들며 거절했다. 그러자 남자는 낯빛이 어두워지며 말했다.

"팔지 않겠다는 거야? 그래, 안 팔아도 좋아. 그럼 우리 집 앞에 쌓은 눈을 깨끗하게 치울 수 있게 나에게 잠깐만 빌려줄래?"

남자의 눈빛은 칼 같이 날카로웠고 흰 눈이 반사되어 차가운 빛이 번뜩였다. 첸첸은 소름이 끼쳤다. 그리고 두렵고 억울한 표정을 지으며 삽을 건네주면서 조심스럽게 말했다.

"아저씨, 일단 가져다 쓰세요. 다 쓰시고 저에게 꼭 다시 돌려주어야 해요. 이 삽으로 광장에서 눈사람도 만들어야 하거든요!"

남자는 말이 떨어지기 바쁘게 삽을 첸첸의 손으로부터 빼앗듯 가져갔다. 삽은 아주 가벼운 것이 잡았을 때 조금도 특별한 감이 없었다. 나무로 된 자루는 옥수수 속대처럼 거칠어서, 조심하지 않으면 손이 베일 정도였다. 예상했던 것과 달라서 화가 난 남자는 삽을 들고 씩씩거리며 집으로 돌아왔다. 그리고 문 앞의 눈을 한 삽 퍼내는 순간 작은 삽은 용수철이라도 달린 듯이 튀어 오르는 바람에 한 삽 가득한 눈이 그대로 남자의 얼굴을 향해 날아갔다. 그는 몸을 부르르 떨었다. 갑자기 차가운 눈을 맞고 나니 정신이 확 드는 것 같았다. 그리고 자신의 손에 들려있는 하찮은 삽과 멀지 않은 곳에서 눈치를 보며 서있는 세 여자아이들을 번갈아 보았다. 문득 자신의 생각이 아주 우습고 황당하다는 것을 느꼈다.

"어쩌다 이 하찮은 삽을 믿었던 걸까?"

남자는 손에 들고 있던 삽을 휙 던져 다시 쳰쳰에게 돌려주었다. 그리고 대문을 닫아걸고 집으로 들어가 쿨쿨 잠에 떨어졌다. 쳰쳰은 작은 삽을 얼른 주어 들었다. 그러자 삽이 낮은 소리로 속삭였다.

"내동댕이쳐져 머리가 깨져도 괜찮지만, 저런 이기적인 나쁜 놈은 정말 싫어!"

쳰쳰과 마오마오, 잉잉은 콧노래를 흥얼거리며 광장으로 달려갔다. 그들은 이 세상에서 가장 크고 아름다운 눈사람을 만들 생각이었다.

작은 삽은 그야말로 신비로웠다. 마치 신화 속에 나오는 한 신령의 힘에 의해 움직이듯 눈 깜짝할 사이에 탁구 탁자 크기만큼의 공간을 만들어 냈다. 그리고 또 순식간에 탁구 탁자는 큰 교실, 큰 교실은 또 농구장, 농구장은 다시 축구장 크기로 넓혀져 갔다. 얼마 지나지 않아서 광장에 쌓여있던 눈은 작은 삽의 지휘에 따라 일사불란하게 한 층 한 층 쌓이더니, 세 개의 크고 뚱뚱하며 생기가 넘치는 눈사람으로 만들어졌다. 세 개의 눈사람은 손에 손을 잡고 새하얀 거인마냥 깨끗하고 넓은 광장 한 가운데에 우뚝 솟아

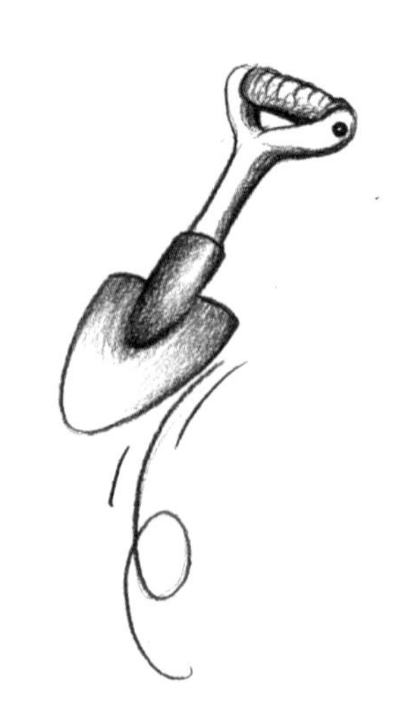

있었다. 눈을 치우고 눈사람을 만드는 일에만 몰두한 나머지, 쳰쳰과 마오마오, 잉잉은 그들의 주위에 어떤 상황이 펼쳐지고 있는지 전혀 눈치를 채지 못했다. 어느새 그들 뒤쪽으로 수많은 사람들이 가득 모여들기 시작했다. 그 사람들 속에는 세 아이의 아버지와 어머니도 있고, 개구쟁이 남자아이들, 자상한 노인, 꽃무늬 두건을 쓴 아주머니, 제식 모자를 쓴 교통경찰 아저씨 등 많은 사람들이 있었다. 세 아이를 감싸듯 둥글고 빼곡하게 늘어선 사람들은 따뜻하고 든든한 인간 담장이 되었다. 쳰쳰이 마지막 한 삽 눈을 치우는 순간, 우레와 같은 박수소리가 터져 나왔고, 교통경찰 아저씨는 쳰쳰 앞으로 성큼성큼 다가와, 엄숙한 표정으로 차렷 자세를 하더니 경례를 하며 말했다. "얘들아, 정말 고맙구나. 너희들 덕분에 우리의 이 도시가 생기를 되찾게 되었구나!"

쳰쳰은 부끄러운 듯 고개를 숙였다. 그는 큰소리로 이 작은 삽의 비밀을 사람들에게 들려주고 싶었다.

"오솔길과 거리, 광장의 많은 눈을 깨끗하고 빨리 치울 수 있었던 건, 모두 이 신기한 마력의 작은 삽 덕분이라고 말이다!"

하지만 그가 입을 떼기도 전에, 한 노인이 높은 소리로 말했다.

"속담에 각자 자기 집 문 앞의 눈만 쓸고, 남의 집 기와의 서리는 상관하지 말라(人人自掃門前雪, 休管他人瓦上霜)는 말이 있지. 정말 이기적인 말이지만, 지금은 자기 집 문 앞의 눈마저도 쓸지 않으니 너무나 창피하고 면목이 없어서 이 세 아이들 앞에서 얼굴을 들 수 없구나!"

사람들은 다 같이 한숨을 쉬었다. 그런데 갑자기 하늘이 다시 시커멓게 흐리더니, 눈송이 같은 함박눈이 또 내리기 시작했다.

이때 누군가 큰소리로 외쳤다.

"갑시다. 다들 눈을 치우러 갑시다."

그러자 사람들은 이구동성으로

"맞아요, 눈을 치우러 갑시다."

라고 대답했다. 작은 삽 한 자루가 순식간에 천여 개의 크고 작은 둥근삽 혹은 여러 형태의 삽으로 변했다. 삽 하나하나의 나무자루는 열정으로 가득한 손들이 잡고 있었다. 눈사람은 점점 더 뚱뚱해져갔다. 그리고 그들 주위에는 하나 또 하나의 눈사람들이 만들어졌다. 이들 눈사람 하나하나의 손에는 작은 삽이 하나씩 들려 있었다. 그야말로 마력의 삽이다.

쳰쳰은 입가에 검은 수염이 그려져 있는 한 눈사람을 발견했다. 쳰쳰은 더욱 더 기뻤다. 그는 소리 없이 미소를 지었다. 눈, 깨끗하지만 차갑고, 가벼우면서도 무거운 눈은, 하나의 도시를 말끔하게 씻어주었고, 이 도시 주민들의 마음도 깨끗하게 씻어주었다. 눈은 점점 더 크게 내렸다.

상서로운 눈은 풍년의 징조다. 쳰쳰은 이 말의 뜻을 잘 알지 못한다. 하지만 한 가지 작은 삽은 영원히 자신과 함께 할 것이라는 것은 잘 알고 있었다.

조석(鳥石)[04]의 비밀을 찾아서

1

지금 야야(丫丫)와 징징(晶晶)의 마음속에서 가장 중요한 것은 조석을 찾는 일이다. 물론 조석을 찾는 일은 수업시간이 아니라, 방과 후에 진행된다. 비록 조석을 찾는 일에 몰두하고는 있지만, 수업시간에는 강의를 열심히 들어야 한다는 것을 그들은 잘 알고 있다. 사실 야야와 징징은 학교를 다닌 지 닷새밖에 되지 않았다. "1, 2, 3, 4, 5", 입학한 지 딱 한 손으로 꼽을 수 있을 만큼만 다닌 것이다. 학교를 다닌 지 닷새밖에 안 되지만, 적어도 야야와 징징은 스스로 대단하다고 생각했다.

먼저 조석에 대해 말해야 겠다.

조석은 아주 기묘하고 신비로운 돌이다. 소문에 의하면, 새들이 노래 부르기 시합을 할 때 번갈아가며 그 돌 위에 앉아서 노래를 부르는데, 아주 행운의 돌이라고 한다. 인간으로 치면 마치 '무대'와 같은 의미이다. 이런 돌은 아주 드물게 보이지만, 대신 조석을 찾을 수만 있다면, 아름다운 목청을 가진 한 무리의 새를 찾은 것과 마찬가지이기 때문에 아주 의미가 있는 것이다. 조석은 당신을 위해 아름다운 가락들을 들려줄 것이기 때문이다. 야야와 징징은 TV로 가수

---

04) 조석(鳥石) : 새들이 돌 위에 앉아서 노래하는 돌로, 곧 "새들의 돌 무대" 라는 뜻이다. 이 글에서는 한자어인 '조석' 을 그대로 사용했다.

들끼리의 노래대회를 시청하면서, 새들의 노래 부르기 시합은 아마도 이들 가수들의 노래대회보다 더 흥미롭고 더 활기가 넘칠 것이라는 상상했다. 왜냐하면 새들은 대자연의 일류 가수이기 때문이었다.

조석에 관한 이야기는 한 낯선 노인이 징징에게 들려준 것이다. 조석에 관한 이야기를 들려줄 때의 노인의 목소리는 아주 신비롭게 들렸고, 웃는 눈은 국화꽃 모양이었다. 그날 징징은 넓은 마당의 쓰레기더미 옆에서 홀로 줄넘기를 하고 있었다. 그 곳은 고층빌딩을 짓고 있는 공사현장이었다. 거기에는 모래와 조약돌 무덤이 여기저기 있었고, 벽돌이 차곡차곡 쌓여있었으며, 시멘트 포대가 줄 지어 배열되어 있었다. 노인은 이야기를 들려준 후 바람과 같이 홀연히 떠나버렸다. 그날 이후 조석은 징징의 마음속 한쪽을 늘 짓누르고 있었다. 그는 이 비밀을 친구 야야에게 털어놓았다. 그제야 무더위에 시원한 얼음물을 마신 듯이 속이 후련해졌다.

2

여름날 나무그늘 아래, 징징과 야야는 턱을 고이고 앉아 어린 철학가마냥 그들을 안절부절못하게 하는 중대한 비밀에 대해 사색하고 있었다.

세상에는 비밀이라는 것이 있어서 참 좋은 것 같다. 비밀은 다른 사람이 모르는 나만의 즐거움을 느끼게 하기 때문이다. 이것은 마치 작은 토끼 한 마리를 품에 안고 있는 것과 같은 기분이었다. 품속에서 가끔씩 꿈틀거리며 가벼운 발길질을 할 때면 가슴이 간질간질해지기 때문이다.

징징과 야야는 수차례 논의 끝에 첫 목적지를 동물원으로 정했다. 동물원은 새들의 천국이기 때문에, 거기에 가면 새들에게서 조석의 비밀에 관하여 들을 수 있을 것이라는 생각이 들었다.

어느 한 주말을 이용하여 징징은 야야와 함께 동물원으로 출발했다. 동물원의 새들과 우호적인 관계를 형성하기 위해 야야는 고소한 잣을 주머니 속에 가득 넣었다. 징징은 잣 대신 따바이투(大白兔) 우유로 만든 사탕을 챙겼다. 징징은 따바이투 우유사탕을 좋아한다. 징징에게 있어서 따바이투 우유사탕은 세상에서 가장 맛있는 음식이고, 따바이투 우유사탕은 그를 총명하게 만드는 음식이다. 뿐만 아니라 총명한 징징처럼 새들도 총명하기 때문에, 새들도 분명 따바이투 우유사탕을 좋아할 것이라고 생각했다.

전에 동물원에 함께 놀러 왔을 때, 징징과 야야는 도착하자마자 가장 먼저 원숭이를 보러갔다. 어미의 긴 털을 잡고 그네를 타는 개구쟁이 어린 원숭이들을 보면서 그들은 깔깔거리며 즐거워했다. 그다음 순서는 곰이었다. 연유사탕 한 알을 던져주면, 검은 곰은 앞발을 들고 벌떡 일어서서 인사를 할 뿐만 아니라, 앞구르기를 하고 나서 제 자리에서 빙글빙글 돌며 재주를 부렸다. 검은 곰은 식탐이 많다! 그러나 오늘은 달랐다. 징징과 야야는 검은 곰과 원숭이를 보러 갈 틈이 없었다. 사탕을 보며 군침을 흘리던 검은 곰의 모습을 떠올리며, 징징은 주머니속의 우유사탕을 만지작거렸다. 검은 곰에게 미안한 마음이 저도 모르게 드는 것 같았다. 하지만 징징은 이미 초등학교 1학년이 되었다. 일의 경중을 나눌 수 있는 나이가 되었다는 뜻이다. 예를 들어, 세상에서 가장 중요한 것과 제일 중요한 것은 학습과 숙제이고, 두 번째로 중요하는 것은 조석을 찾는 일이며, 원숭이와 검은 곰은 1, 2, 3, 4, 5 중에서 중간쯤인 '3'의 위치로 밀어놓을 수밖에 없었다!

징징과 야야는 먼저 명금관(鳴禽館)부터 탐방했다. 명금관 안은 시끌벅적했다. 구관조와 앵무새는 한창 말을 배우고 있었다. 이상한 어조로 '인간의 언어'를 따라하고 있었는데, "안녕"이라는 인사말이 이상하게도 "야옹"으로 들렸다. 파란 나뭇잎 사이를 날아다니고 있는 상사조(相思鳥)는 마치 한 송이 붉은 꽃의 꽃잎 같았다. 큰 코뿔새(大嘴巴犀鳥)는 입을 삐죽 내밀고, 머리를 까딱까딱 거리고 있었는데, 마치 밀림의 철학가 같았다. 이 중에서도 가장 시끄럽게 떠들어대는 것은 두 무리의 꾀꼬리와 화미조(畫眉鳥)[05]인데, 마치 영화에 나오는 리우싼제(劉三姐, 중국 고대 민간전설 가수 – 역자 주)처럼 서로 노래를 주고받고 있었다. 그들은 징징과 야야를 보자 부르던 노래를 멈췄다. 그 중 한 마리의 화미조가 거들먹거리며 먼저 물었다.

"얘들아, 우리에게 무슨 볼일이라도 있냐? 별일 없으면 방해하지 좀 말아줘. 너희들도 보다시피 우린 지금 바쁘단 말이야."

징징은 아주 겸손하게 대답했다.

"별일 없어. 큰일 아니야."

그러나 야야는 그 황미조의 오만함이 눈에 거슬렸는지

"아주 큰일은 아니지만, 보잘것없는 일도 아냐. 모든 새들과 관련된 일이니까."

야야의 말을 들은 꾀꼬리와 화미조는 이구동성으로 재잘거렸다.

"그럼 얼른 말해봐, 얼른얼른, 궁금해서 견딜 수가 없단 말이야!"

그러자 징징이 입을 열었다.

"너희들 혹시 돌에 대해 알고 있니?"

---

05) 화미조(畫眉鳥) : 두루미과로 중국이 원산지이며, 우는 소리가 매우 곱다고 한다.

화미조가 대답했다.

"돌? 너의 눈에는 우리가 멍청한 까마귀처럼 보이냐? 돌을 모르는 화미조가 어디 있냐? 화미조가 아니라 화미조가 낳은 알이면 모를까!"

"네가 말하는 일반적인 돌이 아니라, 조석에 대해 묻고 있는 거야. 조석에 대해 혹시 알고 있어? 조—석!"

야야는 그 오만한 화미조가 조석이라는 두 글자를 똑똑히 들을 수 있도록 어조를 높여 또박또박 강조하여 말했다.

"조석이 뭔데?"

꾀꼬리와 화미조들은 더 이상 떠들지 않았다. 징징과 야야가 이구동성으로 대답했다.

"각 종 새들의 지저기는 소리를 낼 수 있는 돌이야. 이해하니?"

야야는 차근차근 설명해주었다. 화미조들은 머리를 푹 숙였다. 꾀꼬리들도 입을 다물었다. 그들은 아주 난처해졌던 것이다. 보잘것없는 두 여자애가 그토록 놀라운 비밀을 알고 있을 줄을 미처 짐작하지 못했기 때문이었다. 만약 두 아이가 조석을 찾게 된다면, 화미조와 꾀꼬리의 노래는 별 볼일 없게 되기 때문이었다.

그들은 그제야 겸손하게 머리를 절레절레 흔들면서 예의 바르게 머리를 조아리며 징징과 야야를 존경스러운 눈빛으로 배웅했다. 징징과 야야는 명금관을 나왔다.

징징의 야야의 손을 잡고 따사로운 햇볕 아래에서 걸었다. 명금관의 새 지저귐이 줄어든 것을 보아 꾀꼬리와 화미조들도 조석의 비밀에 대해 궁금해 하고 있는 듯했다.

얼마 가지 않았을 때, 맞은편에서 걸어오는 타조 한 마리를 발견했다. 타조의 몸짓과 걸음걸이는 신사 같았다. 긴 목에는 예쁜 비단 스카프까지 두르고 있었다. 분명히 단장하기를 좋아하는 타조임에 틀림없었다.

타조는 키가 크고 건장하였으며, 그에 걸맞게 도도한 성격을 가지고 있었다. 그는 사막을 헤치고 다니던 자랑스러운 모험 경험을 가지고 있었다. 그래서인지 동물원의 생활이 늘 답답하고 우울했다. 꽃무늬 스카프는 그 당시 사막의 모래바람을 뚫고 살아서 나온 경력을 기념하기 위해 아랍 왕자가 그에게 증정한 선물이었다. 해마다 봄이 되어 땅에서 새싹들이 뾰족뾰족 돋아나기 시작할 때면, 타조는 신이 나서 스카프를 꺼내 목에 두르고 자신만의 봄 산책을 시작하곤 했다. 이런 산책은 일반적으로 한 주 동안 지속되었다. 한 주일은 1 · 2 · 3 · 4 · 5 · 6 · 7 총 7일인데, 징징과 야야는 아직 7까지의 숫자는 배우지 못했기 때문에 한 주라는 말은 알지 못했다. 그리하여 그들은 타조 마음속의 소망을 이해할 수가 없었다. 타조가 물었다.

"꼬맹이들아, 무슨 일이 있니?"

징징이 조심스럽게 말을 꺼냈다.

"타조님, 타조님은 키도 크시고, 목에 엄청 예쁜 스카프도 두르셨으니까 남들보다 견식이 넓은 거 맞죠?"

타조는 머리를 끄덕이며 대답했다.

"당연히 그렇지, 그럼 그럼, 난 사막, 왕자, 낙(樂)이지."

타조는 이와 같이 한 글자, 두 글자, 세 글자를 뱉듯이 대답했다. 앞의 구절은 자신에 대한 긍정과 칭찬이었다. 모든 타조는 이런 심리적 치료방식을 선천적으로 가지고 있었다. 그렇기 때문에 그들 종족은 도도한 성격을 지금까지 유지해 올 수 있었던 것이다. 마지막 한 마디 말은 굳이 설명하지 않아도 뻔한 얘기였다. 타조는 징징과 야야가 배운 1, 2, 3, 4, 5 까지의 다섯 글자를 통해 자신의 영광스러운 사막 모험담을 개괄해서 말해주었다. "왕자님이 자신에게 준 선물"이라는 뜻을 나타낸 '사막' '왕자' 4글자와 이것에 대한 타조의 느낌인 '낙(즐거움)' 한 자를 보태 다섯 글자로써 모험담을 개괄적으로 나타내 보였던 것이다.

이렇게 잘난 척 하는 타조 모습을 보면 웃음이 저절로 나올 만도 했다. 그러나 그의 이런 모습을 보자 야야의 인내심이 한계에 다 달았다. 그가 다급하게 물었다.

"혹시 조석이라는 돌에 대해 들어본 적이 있으세요?"

흔들거리던 타조의 긴 목이 갑자기 공중에서 멈췄다. 타조는 동그란 눈을 더 크게 떴다. 산들바람이 불어와 꽃무늬 스카프를 살짝살짝 건드렸는데 마치 타조의 흔들리는 마음을 대변하는 것 같았다.

한참 후, 타조의 목이 다시 흔들거리기 시작했다. 오른쪽 왼쪽으로 움직이는 타조의 목을 보며 징징과 야야는 이내 무슨 뜻인지를 눈치 챘다. 타조는 느긋하게 입을 열었다.

"조석? 암 잘 알지, 알고 말고… 아냐! 사막, 왕자, 눈물……"

이를 들은 징징은 타조가 조석의 비밀에 대해 아무것도 모른다는 것을 깨닫게 되었다. 조석이라는 말을 듣자마자 타조는 산책하던 즐거운 기분마저 영향을 받게 되었다. 그러자 타조는 기쁘지 않게 되었고, 지금은 울고 싶은 심정이 되었다. 커다란 타조 한 마리가 눈물을 흘리며 우는 모습은 상상만 해도 우스웠다.

이때 다행히 녹색 공작 한 마리가 날아 와서 타조를 난감한 상황에서 구해 주었다. 그야말로 아름다운 깃털을 가진 한 마리의 공작이었다. 그의 깃털은 초록빛 비단처럼 윤기가 흐르고 빛이 났지만, 평소에는 쉽게 꽁지를 펴지 않았다. 꽁지를 펴는 순간 수많은 까만 눈들이 푸른 하늘과 흰 구름을 향해 질문하기 때문이다. 그는 지식욕이 아주 강한 한 마리의 공작이었다.

녹색 공작은 징징과 야야에게 인사를 건넸다. 그의 인사법은 아주 특별했는데, 머리 위의 채색된 장식깃을 움직이고, 가늘고 긴 다리를 꼬면서 제자리걸음을 하기 때문이다. 공작은 다리를 꼬면서 1, 2, 3, 4, 5 차례, 또 다시 1, 2, 3, 4, 5차례 씩 제자리걸음을 했다. 징징과 야야는 손가락까지 사용하며 열심히 수를 셌다. 양쪽 손의 손가락을 다 꼽고 나서야 그가 몇 번 제자리걸음을 했는지를 알 수 있었다. 공작은 그러고 나서야 안정을 되찾았다. 그러자 징징과 야야에게 물었다.

"예쁜이들아, 너희들이 찾는 게 도대체 뭐니?"

징징이 대답했다.

"조석이요."

야야도 동시에 대답했다.

"조석이요."

녹색 공작은 인내심 있게 조석에 관한 그들의 설명을 다 듣고 나서 한참 동안을 사색에 빠졌다. 사색에 잠겼을 때 공작의 특징은 아주 간단했다. 즉 머리를 숙이고, 눈을 감고, 꽁지의 긴 깃을 부르르 떨면서 펴는 것이다. 이때 꽁지깃에 있는 하나의 검은 눈들이 나타나게 되는데, 그 눈들은 공작이 깊은 사색에 잠겨있는 상태임을 말해준다. 얼마 후, 공작이 다시 입을 열었다.

"조석이라는 게 참 신기한 것이로구나! 나도 처음 듣는 얘기거든. 모든 새들에게 물어보면 혹시 아는 새가 있을지도 몰라. 내가 도와줄까?."

징징과 야야는 이구동성으로 되물었다.

"하지만 저희들에게 알릴 수 있는 방법이 없잖아요?"

징징과 야야가 머리를 흔들었다. 그러자 녹색 공작이 또 말했다.

"너희들 집 주소를 알려줄 수 있겠니? 그럼 내가 너희들을 찾아갈 수가 있을 테니까 말이다. 이 동물원을 날아 나가서라도, 너희들을 도와 조석을 찾고 싶구나. 조석이란 돌에 대해 듣고 보니 너무나도 신비롭고 흥미로운 존재로구나!"

집 주소를 알려주는 것은 그들에게 그리 어려운 일이 아니었다. 징징과 야야는 서로 앞 다투어 자신의 집 주소를 말했다. 그리고 집 옆에서 빌딩을 짓고 있어 조금은 지저분하고 시끄럽다는 설명까지 특별히 덧붙였다.

녹색 공작은 공작들은 지저분한 것을 두려워하지 않는다며 연신 괜찮다고 했다.

징징은 주머니에서 따바이투 우유사탕 한 알을 꺼냈다. 그러자 야야도 뒤질세라 잣 한 줌을 꺼내서 친절한 녹색 공작에게 선물했다.

녹색 공작은 기뻐하며 두 아이의 선물을 받았다. 그리고 돌아서서 여전히 다리를 꼬는 이상한 자태로 제자리걸음을 했다.

"혹시 공작의 작별 인사법인가?"

징징과 야야는 속으로 생각했다. 징징과 야야가 제자리걸음 횟수를 채 헤아리기도 전에 녹색 공작은 몸을 털어 떨어진 깃 하나를 징징에게 건넸다. 그 깃은 새파란 깃이었다.

"이건 나의 명함이란다. 진정한 명함. 이 깃을 가지고 있으면, 반드시 나를 찾을 수 있을 거다. 그러나 반드시 밤이어야만 한다. 달이 뜰 때 이 깃 위에 있는 검은 눈을 향해 입으로 바람을 1, 2, 3 하고 세 번 바람을 불면, 나는 느낄 수가 있단다."

3

또 다시 주말이 되었다.

야야와 징징은 조약돌 더미 속에서 조석을 찾고 있었다. 상황을 모르는 사람들은 그들이 그냥 노는 줄로만 알 것이다. 그들은 엄숙한 표정으로 돌들을 하나하나 들어서 자세하게 살펴보고, 귀에 대고 들어보기도 했다. 특히 징징의 두 손은 쉴 새 없이 움직였다. 조약돌 더미는 모두 세 개가 있었는데, 이 조약돌 더미에서 저 더미로 또 저 더미에서 다른 더미로 폴짝폴짝 뛰어다는 징징의 모습은 작은 새 같았다.

야야는 징징과 다르게 다급하지 않았다. 그는 자기만의 생각이 확고했다. 그는 가장 큰 조약돌 더미에만 집중하여 탐색했다. 왜냐하면 전에 두 마리의 참새가 이 큰 더미 위에 앉아서 재잘거리며 이야기를 나누는 것을 보았기 때문이다. 비록 참새는 가수라고 부르기는 어렵지만, 그들도 조류인 건 사실이기 때문에 전혀 가능성이 없는 것은 아니라고 생각했다. "패기 넘치는 두 마리의 참새가 새들의 노래 부르기 대회에서 본때를 보여주기 위해 조석 위에 앉아 목을 풀었을 수도 있지 않는가?" 하고 생각했다.

야야는 먼저 주먹만 한 돌 하나를 찾았다. 이 돌은 아주 무거웠고 표면은 반들거렸다. 그리고 위에는 나뭇가지 모양의 무늬가 있었다. 나뭇가지와 새의 관계에 대해 야야는 세 살 때 이미 알게 되었다. 그리하여 그는 이 돌이 유래가 있을 것이라고 생각하고 한쪽에 빼놓았다. 한참 후 야야는 또 탁구공만 한 돌 하나를 찾았다. 그 돌 위에는 동그란 눈 두 개가 있었는데, 그 모습은 화미조, 그것도 열창 중인 화미조의 모습과 아주 닮아있었다. 그리하여 야야는 두 번째 찾은 돌이 첫 번째보다 조석이 될 자격이 더 있다고 생각했다. 야야는 두 번째 돌도 한쪽에 모아두었다. 얼마 지나지 않아 그가 골라 놓은 조약돌은 작은 더미를 이루었다.

그 사이 징징도 조석으로 의심 되는 돌 몇 개를 골라 놓았다. 징징과 야야의 조석 선발 기준은 달랐다. 야야는 돌의 형태에 중점을 두었고, 징징은 돌에서 들리는 노랫소리에 중점을 두었다. 그렇다면 징징은 돌의 노랫소리를 어떻게 들어본 것일까? 그는 두 돌이 마찰할 때 나는 소리를 들어 보았다. 큰 돌과 작은 돌이 마찰할 때는 꾀꼬리의 지저귐과 비슷한 "찍찍" 소리가 나고, 둥근 돌과 뾰족한 돌이 마찰할 때는 종달새의 울음소리와 비슷한 "짹짹" 소리가 나며, 절단면이 있는 두 돌의 단면을 서로 마찰하면 여러 가지 소리를 들을 수가 있는데, 때론 "구구" 비둘기 소리 같기도 하고, 때론 "까악 까악(加加)" 하는 까치 울음소리 같기도 했다. 그리고 "까악 까악" 하는 소리가 들렸을 때 징징은 피식 웃고 말았다. 수업시간에 선생님께서 가르친 '가법(加法, 덧셈법)'[06]이 생각났던 것이다. 까치는 덧셈에 강할 것이라고 징징은 생각했다. 왜냐하면 계속 '까악 까악(加加)' 하다보면, 배운 숫자가 고갈되어 헤아릴 수 없게 된다고 생각했기 때문이었다.

---

06) 가법(加法) : "까악 까악" 하는 소리를 중국에서는 가가(加加)로 표시하는데, 가(加)의 뜻이 '더한다' 는 뜻이기 때문에 덧셈을 가법(加法)이라고 한다.

야야와 징징은 각각 아주 많은 '조석'들을 찾았다. 그들의 작은 얼굴에는 땀방울이 송골송골 맺혔다가 주르르 흘러 내렸고, 손도 새까만 '곰발바닥'이 되었다. 마치 경례를 좋아하는 동물의 검은 곰 두 마리 같았다. 그들은 신이 나서 집으로 돌아갔다.

사실 두 사람은 녹색 공작을 맞이하기 위해 준비를 해야 했기 때문이었다. 달이 뜨기 시작할 때, 비밀을 잘 지키는 징징과 야야는 공작의 깃을 들고 조심스럽게 마당에 있는 정향나무 아래로 와서 바른 자세로 앉았다. 그리고 밤하늘의 둥글고 큰 달을 올려다보았다. 달은 어머니의 둥근 전신을 비추는 커다란 거울 같았다. 그들은 공작의 깃을 조심스럽게 만져보기도 하고 흔들어도 보았다. 깃 위의 검은 눈은 마치 그들을 보며 깜빡거리는 것 같았다. 징징과 야야는 깜짝 놀라 숨을 크게 들이마셨다. 그리고 약속이나 한 듯, 깃 위의 검은 눈을 향해 동시에 바람을 불었다. 1, 2, 3, 길게 세 번 불고 나서 그들은 정양나무 아래에 앉아 달을 바라보았다.

이때 갑자기 달 위에 큰 새의 그림자 하나가 나타났다. 그 큰 새의 형체는 희미하던 데로부터 점점 더 선명해졌고, 작던 데로부터 점차 커졌으며, 움직임은 느리던 데서부터 빨라졌다. 차츰 새의 날갯짓에 의한 바람이 느껴졌다. 징징과 야야는 눈 한 번 깜빡하지 않고 뚫어지게 쳐다보았다. 어느 새 녹색 공작이 그들 앞에 서 있는 것이었다. 징징과 야야는 하마터면 소리를 지를 뻔했다.

그렇다. 그들의 앞에 나타난 것은 그들과 비밀 동맹을 맺은 녹색 공작이었다. 징징과 야야는 세상의 모든 즐거움과 기쁨을 독점한 것처럼 느꼈다.

4

그 뒤에 벌어진 일에 관하여 징징과 야야의 서술은 서로 달랐다. 녹색 공작은 징징과 야야가 주은 돌을 유심히 바라보다가 머리를 갸우뚱거리며 하나하나 자세하게 살펴보았으며, 때론 부리로 딱따구리처럼 '딱딱' 쪼아보기도 했다. 그리고는 머리를 절레절레 흔들며 "여기에는 조석라고 부를 만한 돌이 하나도 없구나."라고 말했다는 것이 징징의 이야기였다.

이에 대해 야야의 말을 들어보면, 녹색 공작은 고양이가 생선의 냄새를 맡듯, 그들이 주은 '조석'의 냄새만 맡고 나서, 아무 말도 하지 않고, 두 다리를 한 번 꼬더니 그와 징징을 등에 태우고 날아갔다고 했다.

달은 참으로 크고 둥글었다. 마치 반짝거리는 은을 도금한 것 같이 환하고 아름다웠다. 달빛은 물처럼 청량했다. 징징과 야야는 공작의 목을 꼭 잡았다. 귓가를 스치는 바람 때문에 귀가 간질간질했다. 맞은편에서 반딧불이 몇 마리가 작은 등롱(燈籠)을 들고 급급히 날아오고 있었다. 그들은 누군가의 연회에 참석하러 가는 것 같았다. 징징과 야야는 반딧불들과 눈인사를 했다. 그들이 반딧불들을 향해 눈을 깜빡거리며 인사를 하자, 반딧불들도 들고 있는 등롱을 켰다 껐다 반복하면서 인사를 했다. 마치 우주에 신호를 보내는 것 같았다.

빌딩, 큰 나무, 호수, 강, 모든 것은 공작의 날개 아래에서 언뜻언뜻 스쳐지나갔다. 가장 재미나는 것은 가로등이 환하게 켜진 거리였다. 하늘에서 내려다보는 거리는 반짝거리는 은하수 같았다. 딱정벌레처럼 생긴 자동차들은 커다란 은하수 안에서 천천히 흘러가고 있었고, 가끔 한두 번씩 울리는 경적은 딱정벌레의 울음소리 같았다.

협곡과 같은 두 빌딩 사이를 날아 지날 때, 녹색 공작은 비행속도를 늦추면서, 천천히 낙하하기 시작했다.

녹색 공작은 징징과 야야를 높은 빌딩 안의 한 홀로 데리고 들어왔다. 홀에는 각양각색의 돌들이 놓여 있었다. 흰곰 모양의 돌, 바다거북처럼 생긴 돌, 날고 있는 독수리 모양을 한 돌, 사막의 낙타와 같이 생긴 돌…

징징과 야야는 두 눈을 휘둥그렇게 뜨고, 태어나 처음 보는 이 돌들을 꼼꼼히 들여다보았다. 징징의 시선이 눈부시게 새파란 돌에 닿았을 때, 녹색 공작이 말했다.

"이건 공작석(孔雀石)이란다. 봐봐, 우리의 깃털과 비슷하지 않니?"

징징은 한발 다가가 공작석을 어루만졌다. 반들반들한 공작석은 만졌을 때 온화함이 느껴졌다. 그리고 머리 위의 깃털로 된 관마저도 진짜 공작과 똑같이 곧게 서 있어서, 진짜 공작과 쌍둥이라고 오해할 지경으로 생동적이었다!

징징이 작은 손으로 공작석의 영모(翎毛, 새나 짐승을 그린 그림-역자 주)를 만졌을 때, 손바닥 아래 무언가가 움직이는 것을 느꼈다. 움찔 했다가는 갑자기 공작석 전체가 움직이기 시작했다. 이어서 녹색 공작과 똑같은 목소리가 들렸다.

"어서 와요, 어서 와요, 기석(奇石) 박물관에 온 것을 환영해요!"

공작석이 진짜 공작으로 변했다! 야야는 겁에 질린 눈으로 주위를 둘러보았다. 흰 곰은 그와 손을 흔들며 인사를 하였고, 바다거북은 그를 향해 머리를 끄덕였으며, 독수리는 날갯짓을 하였고, 낙타는 긴 목을 흔들며 아득하게 먼 사막에서 들려오는 듯한 굵고 힘 있는 소리를 냈다…

기석 박물관 안의 모든 돌들은 생명을 불어넣은 듯, 살아 숨 쉬는 동물로 변했다. 그 중 화석(化石)새 한 마리는 징징과 야야가 한 번도 들어본 적이 없는 소리로 인사를 건네 왔다. 징징이 소리를 듣고 다가가자 화석새는 힘겹게 머리를 돌려 바라보며 말했다.

"미안해. 나의 목은 1, 2, 3, 4, 5, 5억년 동안 움직이지 않아서 잘 돌리지를 못하단다. 너희들 잠을 잘 때 조심하지 않아 목에 담이 온 것과 같은 느낌이지. 정말 불편하고 답답하기 그지없구나!"

징징도 얼마 전에 잠을 자다가 목에 담이 온 적이 있었기 때문에 어떤 느낌인지 잘 알았다. 그는 동정어린 눈빛으로 화석새를 바라보았다.

화석새는 친근한 웃음소리를 냈는데, 그 소리는 애니메이션에 나오는 도널드덕(唐老鴨)과 같은 목 쉰 익살스러운 웃음이었다. 그리하여 징징도 웃고 야야도 웃었다. 뿐만 아니라 녹색 공작도 웃음을 참지 못했다.

화석새가 말했다.

"나보고 웃지 마. 일부러 이렇게 웃는 게 아니니까. 화석으로 변할 때, 마침 잣 한 알이 목에 걸렸는데, 이렇게 1, 2, 3, 4, 5, 5억년 동안 걸려있다 보니, 목소리가 변하고, 음 이탈이 일어난 거란다. 다음에 다시 방문할 때는 괜찮아 질 거야. 내 노래 소리는 쥐라기 공룡들보다 퍽 듣기 좋단다!"

공룡이란 말이 나오자, 징징과 야야는 그제야 깨우친 듯 주위를 두리번거렸다. 징징과 야야는 재미나는 영화 「쥐라기 공원」을 본 적이 있는데, 부활한 공룡은 크고 무서웠다. 절대 이 기석 박물관의 돌처럼 우호적이지 않았다!

"어딘가에서 공룡이 나오는 건 아니겠지?" 징징은 속으로 걱정했다.

그러자 화석새는 징징의 마음을 들여다보기라도 한 듯

"두려워하지 말거라. 여기에는 공룡이 없단다. 공룡들은 자연박물관에 있는데, 게을러서 잘 움직이지 않아. 솔직히 난 공룡들이 그립구나.

비록 몸집은 크지만, 마음은 착하단다. 정말이야."

라고 말했다. 야야가 화석 새에게 물었다.

"실례지만, 혹시 조석 맞나요?"

야야의 물음에 화석새는 껄껄 웃으며 말했다.

"그럼, 당연하지. 내 모습을 봐봐, 조석이 아니면 무엇이겠어?"

"그럼, 공작석은요?"

징징은 조심스럽게 물었다. 조석의 비밀이 갑가지 화석새에서 끝나는 것이 징징은 썩 달갑지가 않았다. 어딘가 흥이 깨지고 마음이 꿀꿀한 기분이었다.

"공작석은 말이다. 공작과 똑같게는 생겼지만 사실은 구리광석(銅礦石)이란다. 구리가 뭔지는 알아?"

화석새가 건성건성 물었다. 징징은 기분이 썩 좋지 않았다. 1학년 초등학생으로서 구리는 당연히 알고 있었다. 구리뿐만 아니라, 금, 은, 철, 주석도 알고 있었다.

"치, 사람을 깔보시네요!"

그는 화가 나서 입을 삐죽거렸다. 이때 공작이 걸어왔다. 그 뒤에는 공작석도 따라 걸어왔는데, 그들은 마치 쌍둥이 형제 같았다. 녹색 공작이 갑자기 꽁지를 폈다. 순간 아름답기 그지없는 공작으로 변신했다. 꽁지깃 위의 수많은 검은 눈들이 보였다. 녹색 공작이 무언가를 골똘히 생각하고 있다는 것을 징징은 알았다.

공작석은 화석새를 향해 말했다.

"이봐요, 너무 잘난 척 하지 말아요. 무슨 근거로 당신은 조석이고, 나는 아니라는 거죠? 그리고 내가 구리광석이라니요?"

화석새는 난처해하며 말했다.

"당신은 구리광석이 맞아요. 믿기지 않는다면 녹색 공작에게 물어봐요. 공작은 학식이 넓으니까 알 거예요."

녹색 공작은 제자리걸음을 하면서 화려한 꽁지깃을 더 활짝 폈다. 그리고 느긋하게 입을 열었다.

"화석새의 말이 맞아요. 공작석은 확실히 진짜 공작이 아니에요. 진짜 공작이 아니니까 아이들이 찾는 조석도 아니죠. 하지만 화석새님, 당신도 조석은 아니에요. 제 말 때문에 슬퍼하지는 마세요!"

화석새가 말했다.

"1, 2, 3, 4, 5, 5억 년이란 시간이 흘렀어요. 사람들은 모두 나를 새 화석이라고 불러요. 새 화석에서 '화'자를 생략하면 말 그대로 조석이 아닌가요? 나는 내가 왜 조석이 될 수 없는지 도무지 이해가 되지 않네요. 정말 모르겠어요. 이상하지 않아요?"

징징이 말했다.

"화석새님, 마음을 가라앉히세요. 급할수록 쉰 목소리가 더 심해져요. 우리는 조석이라는 돌을 찾으려는 것이지, 화석을 찾는 것이 아니에요. 제 생각에는…"

징징의 말이 끝나기 전에 야야가 이어서 말했다.

"조석은 새를 닮은 형태뿐만 아니라, 아름다운 소리를 낼 수 있어야 한다고 우리는 생각해요. 그러나 화석새 님의 목청은 도널드 덕과 같아요. 오리도 새라고 할 수 있나요?"

야야는 재빨리 징징의 말꼬리를 이었다. 화석새는 말문이 막혀버렸다. 그는

'꽥' 하더니, 또 잣이 목에 걸렸는지 아무 말도 하지 않았다.

5

녹색 공작과 징징·야야는 기석박물관에서 나왔다. 공작석과 작별인사를 할 때, 야야는 공작석이 슬퍼서 눈물을 흘리는 것을 보았다. 반짝반짝 빛이 나는 새파란 눈물방울은 바닥에 "뚝뚝" 떨어졌다. 공작석의 눈물방울은 바닥에 떨어져 터키석이 되었다. 징징은 바닥에 떨어진 공작석의 눈물 두 방울을 주었다. 그리고 공작석을 위로해주었다.

"울지 마세요. 앞으로 자주 보러 올게요."

이렇게 말하면서 징징은 주머니 속에 손을 넣고 뒤졌다. 마침 따바이투 우유사탕 한 알이 남아있었다. 그는 우유사탕을 공작석의 입가로 쑥 내밀었다. 조금 전까지 울던 공작석은 웃음을 터뜨렸다. 비록 조석은 되지 못했지만, 따바이투 우유사탕을 먹을 수 있는 것도 나쁘지 않았기 때문이었다.

6

기석박물관 빌딩은 징징·야야와 점점 멀어져갔다. 녹색 공작은 아무 말도 없이 거대한 두 개의 날개만 열심히 움직이며 비행에 집중했다. 반딧불들이 또 나타났다. 아마도 연회를 마치고 집으로 돌아가는 길인 것 같았다. 그 중 유난히 활기찬 한 마리 반딧불이 징징에게 인사를 건넸다.

"안녕! 또 만났네. 여행은 즐거웠어?"

징징이 대답했다.

"괜찮은 여행이었어. 아주 재미나는 돌들을 보게 되었지."

그러자 반딧불이가 말했다.

"재미나는 돌? 혹시 노래를 부르는 돌을 말하는 거 아냐?"

반딧불의 말에 징징과 야야는 흥분한 나머지, 자칫 녹색 공작의 등에서 떨어질 뻔했다. 녹색 공작은 비행 속도를 늦추며 반딧불의 말에 귀를 기울였다. 징징은 다급하게 물었다.

"조금 전에 말한 노래를 부르는 돌이 어디에 있는지 혹시 알아?"

그러자 반딧불들은

"알지, 알고말고, 한 할아버지가 지키고 있으셔."

라며 그 옆에 있던 반딧불들이 너도나도 대답했다.

"그 할아버지는 어디에 계시지?"

징징이 계속해서 물었다. 그들 중 가장 말하기 좋아하는 반딧불이 다가오더니 징징의 머리 주위를 한 바퀴 빙 돌았다. 이렇게 중대한 비밀을 말해야 하나 하지 말아야 하나, 고민이 되어 망설이는 것 같았다. 그러더니 낮은 소리로 말했다.

"넓고 큰 강이 하나 있는데, 그 강가에 커다란 계수나무 한 그루가 있어. 계수나무 아래에 작은 빨간색 집 한 채가 있는데, 그 집에 자애로우신 할아버지 한 분이 살고 계셔. 그 할아버지를 찾았다면, 노래를 부르는 돌을 찾은 것과 마찬가지야. 그 돌은 할아버지가 목숨처럼 소중히 여기시거든……"

말을 마치자 반딧불들은 마치 무슨 암호라도 들은 듯 서로 손에 손을 잡고 반짝거리며 하나의 형태를 만들었다. 그것은 한 마리의 커다란 수탉 모양이었다. 징징과 야야가 이미 무슨 형태인지 눈치 챘음을 알고 반딧불들은 이구동성으로 말했다.

"이게 바로 그 돌이야!"

그러더니 순식간에 흩어져서 하나하나의 작은 별처럼 반짝거리며 사라졌다. 그리고 한참 후 아주 가느다란 소리가 들렸다.

"안녕."

반딧불들이 떠나갔다.

7

녹색 공작이 큰 강을 날아 지나갈 때, 징징과 야야는 조금 긴장했다. 강물 속의 잔잔한 파문이 반짝거렸는데, 달빛이 반사되어 빛이 나는 것 같았다. 그리고 물만두 같이 생긴 작은 배가 있었고, 종잇장 같은 돛이 있었다. 그 외에는 귓가를 가볍게 스치는 바람밖에 없었다. 징징과 야야는 눈을 크게 뜨고, 강가의 나무와 빨간색 집을 똑똑히 보려고 애를 썼다. 그리고 지혜로운 반딧불들도 한 번 더 만나고 싶었다. 하지만 모든 것은 이미 늦었다. 왜냐하면 녹색 공작이 이미 낙하를 하고 있었기 때문이었다. 짙은 계수나무 꽃향기가 피어오르자 그들은 목적지에 이미 도착했음을 알게 되었다.

계수나무는 아주 크고 높았다. 어둠 속에서 쌀알처럼 생긴 계수나무 꽃들이 조용하게 날리며 떨어지고 있었다. 꽃향기는 바람에 실려 멀리멀리 퍼져나갔다. 빨간색 집은 불이 켜져 있었다. 녹색 공작이 문 앞으로 다가가 부리로 문을 똑똑 두드리자, 안에서 아주 유쾌한 목소리가 흘러나왔다.

"어서들 오너라. 먼 길을 찾아온 친구들이구나!"

징징과 야야는 빨간색 집으로 들어갔다. 등불 아래 한 할아버지가 앉아 있었는데, 그 노인이 다름이 아닌 바로 반딧불들이 '조석'의 비밀을 이야기해 준 그

할아버지였다! 웃을 때 국화꽃 모양이 되는 두 눈과 익숙한 목소리 그 할아버지가 확실했다. 이 모든 상황은 징징과 야야에게 "오랜만이야, 친구!"라고 말하고 있는 것 같았다. 그들에게 할아버지처럼 오랜만에 만난 친구가 있다니… 게다가 그 친구가 이렇게 재미난 곳에 살고 있을 줄은 상상조차 하지 못했던 것이다!

할아버지는 일어나더니 수수하고 고풍스러운 동호로병(銅壺)에 담겨 있는 물을 징징과 야야에게 따라주었다.

"마셔봐라. 계수나무 꽃차란다. 지혜의 물이라고도 하지. 이 차를 마시면 너희들은 더 지혜로워질 수가 있단다!"

할아버지가 작은 소리로 말했다. 마침 목이 말랐던 아이들은 계수나무 꽃차를 벌컥벌컥 마셨다. 그리고 얼굴에 맺힌 땀을 닦았다. 징징과 야야가 거의 동시에 입을 열려고 했는데, 할아버지가 먼저 말씀하셨다.

"급하게 굴지 말고 천천히 이야기를 하자꾸나. 너희들이 무슨 생각을 하고 있는지 알고 있으니까……"

할아버지는 미소를 지었다. 그리고 녹색 공작을 바라보았다. 녹색 공작은 이미 꽁지깃을 펴기 시작하였고, 하나 또 하나의 검은 눈들이 드러났다.

할아버지는 앞을 가리켰다. 그다지 멀지 않은 곳에 탁자 하나가 있었는데, 그 위에 검은 색 돌이 놓여있었다. 할아버지는 돌을 향해 곧장 걸어가더니, 아이들을 향해 이리 오라고 손짓을 했다. 징징과 야야는 조금 긴장된 마음으로 다가갔다. 그들의 앞에 놓여있는 것은 욕조만 한 크기의 검은 돌이었다. 이 돌의 형태는 한 마리의 수탉과 같았다. 그 외 특별하다거나 기이한 점은 보이지 않았다.

할아버지는 벽 쪽으로 걸어가더니 벽에 걸려있는 지도를 가리키며 말했다.

"얘들아, 이 지도는 우리나라 지도란다. 중국지도는 무슨 모양이지? 그리고 이 돌은 무슨 모양이지?"

징징·야야와 녹색 공작은 동시에 눈을 동그랗게 뜨고 지도와 돌을 번갈아가며 자세히 관찰했다. 검은 돌의 형태는 지도 위의 중국과 똑같았다. 징징과 야야는 아직 어려서 지리에 관해 배운 적이 없었다. 하지만 그들은 연신 머리를 끄덕거렸다. 아주 평범해 보이는 검은 돌이지만, 할아버지께서 그렇다고 한다면, 반드시 그럴만한 이유가 있을 거라고 생각했기 때문이었다. 보고 들은 것이 많고 식견이 넓은 녹색 공작이 입을 열었다.

"참으로 묘한 일치군요. 중국지도석(地圖石), 아니 중국석(中國石)이 수탉을 닮은 중국석이라니 정말 보기 드문 돌이네요!"

그러나 징징과 야야는 풀리지 않는 궁금함이 있었다. 화석새도 조석이라고 말할 수 없는데, '수탉석(公雞石)'을 어찌 조석라고 할 수 있는지 말이었다.

할아버지는 그들이 무슨 생각을 하고 있는지 눈치를 챈 것 같았다. 할아버지는 아주 가늘고 작은 쇠망치(榔頭)를 꺼냈는데, 그 쇠망치의 자루는 긴 죽편으로 되어 있어서, 유연하고 탄성이 아주 좋았다. 그리고 자루 앞에는 압정 크기만 한 머리가 달려있었다. 할아버지는 쇠망치를 들더니, 숙련된 연주가마냥 작은 쇠망치로 검은 돌을 두드리기 시작했다.

이때 기적이 일어났다. 작은 쇠망치가 닿는 곳마다 은방울이 굴러가는 듯한 맑고 고운 소리가 났다. 때론 "딩딩 동동" 하며 샘물이 바위틈을 흘러지나가는 소리 같았다. 튀어 오른 샘물에 깜짝 놀라 꿈에서 깬 청개구리는 기분이 잡쳐 "개굴" 한 마디 하더니, 다시 잠에 빠져든다. 때론 바람이 텅 빈 숲을 스쳐 지나가며 내는 장난스러운 휘파람 소리 같기도 했다. 숲속에는 한두 마디 야행성 새의 잠꼬대 소리도 들리고, 다람쥐는 굴에서 혀를 차고 있었다. 새로 자란 솔잎 때문에 몸이 간지러운 다람쥐가 혀를 치는 소리는 작은 웃음소리처럼 들리기도 했다.

징징과 야야는 또 점점 동그랗고 옹골져 가는 이슬의 숨소리, 작은 풀잎들과 양송이들의 작은 속삼임, 물속의 잉어들이 즐겁게 벙긋벙긋 대며 내는 소리, 논밭 안에서 작은 게들이 집게발을 들고 춤추며 내는 "딱딱" 소리도 들었다. 그리고 들에서부터 마을로 천천히 움직이고 있는 안개의 조심스러움, 어린 양 한 마리가 어미에게 애교를 부리는 "메에 메에" 소리, 껍질을 깨고 나오려는 병아리들의 다급하고 가냘픈 "짹짹" 소리도 들었다.

할아버지의 콧등에 반짝거리는 땀방울이 맺혔을 무렵, 징징과 야야는 먼 곳으로부터 햇빛이 "삭삭" 비쳐오는 소리를 들었다. 수만 개의 투명한 화살 같은 햇빛은 무엇도 막을 수 없는 드높은 기세로 찾아왔다. 햇빛 속에는 맑고 웅장한 종소리가 있었고, 징징과 야야에게도 너무나 익숙한 노래 「동방홍(東方紅)」이 있었다. 할아버지의 멋진 연주에 그들은 저도 모르게 박수를 쳤다. 그야말로 신비로운 돌, 신비로운 연주였다!

할아버지 손에 들린 작은 망치가 멈추자 소리도 같이 멈췄다. 할아버지는 조금 피곤해 보였다. 그는 계수나무 꽃차를 한 모금 마시더니 느릿한 어투로 말했다.

"얘들아, 이것처럼 노래를 부를 수 있는 돌을 영벽석(靈璧石)이라고 한단다. 영벽석은 중국의 4대 명석(名石) 가운데 하나지만 내가 너희들에게 찾으라고 한 그 조석은 아니란다."

"와, 이렇게 아름다운 소리를 낼 수 있는데 조석이 아니라고요?"

징징과 야야는 이구동성으로 소리쳤다.

"그렇다면 그토록 신기한 조석을 우리는 아마 영원히 찾을 수 없는 건가요?"

그들의 얼굴에는 실망의 빛이 역력했다. 그러자 할아버지는 웃으면서 말씀하셨다. "돌은 단단하면서도 부드러운 것이고, 돌은 조용하면서도 왁자지껄한 것이며, 돌은 냉정하면서도 정열적이란다. 그들은 평생 한 마디도 하지 않을 수 있지만, 만약 한다면 그것은 평생 잊을 수 없는 한 마디가 될 것이다. 돌들은 웬만해서 노래를 부르지 않는데 성격이 활달하고 의지가 강한 사람들에게만 노래를 들려준단다. 열심히 찾다 보면 가까운 곳에서 조석을 찾을 수 있을 거다!"

징징과 야야에게는 알 듯 말 듯 한 말이었다. 할아버지는 말을 마치고 일어서더니, 녹색 공작에게 몇 마디 귓속말을 했다. 녹색 공작은 머리를 끄덕였다. 녹색 공작은 아름다운 꽁지깃을 닫더니 아이들에게 말했다.

"이제 시간이 많이 늦었으니, 할아버지께 인사를 드리려무나."

짙은 계수나무 꽃향기가 다시 솔솔 불어왔다. 왠지 잠을 부르는 향기였다. 머리가 어지러운 것이 마치 꿈속으로 빠져 들어가는 것 같았다. 녹색 공작의 등에 올라탄 징징과 야야는 빨간색 집에 사는 할아버지와 작별인사를 하고 집으로 돌아왔다.

8

대부분의 동화이야기라면, 징징과 야야는 이쯤에서 눈을 뜨고 잠에서 깨어난다. 자기의 작은 침대에 누워있는 자신을 발견하고, 모든 것이 꿈임을 깨달

는다. 물론 녹색 공작도 꿈속의 존재였다!

하지만 징징과 야야는 이런 동화이야기를 싫어한다. 그들은 할아버지가 이야기한 '조석'의 존재가 바로 그들과 가까운 곳에 있다는 말을 고집스럽게 믿었다. 그리하여 징징과 야야는 조약돌 더미 속에서 여전히 찾고 있었다. 그들은 각양각색의 이상야릇한 돌들을 많이 모았다.

그 후 고층빌딩이 건축되면서 마당에 있던 조약돌들은 조용히 빌딩 속으로 숨어들어가 빌딩의 일부가 되었다. 주민들은 새로운 빌딩으로 이사를 하게 되었고, 거의 집집마다 문에 음악 초인종을 설치했다. 징징과 야야는 아름다운 선율의 초인종 벨소리 안에 즐겁고 명쾌한 새들의 지저귐도 있다는 것을 발견했다.

징징과 야야는 문득 깨달았다.

"조석이 존재하는 것 같아. 정말 가까이에 있는 것이 아닐까? 다만 하나가 아니라 수많은 조석들이 건축하는 노동자 아저씨들에 의해 이 빌딩 속에 쌓이게 되었을 거야. 믿을 수 없다면 집집마다에서 울려나오는 초인종의 아름다운 선율소리를 들어보면 알 수 있는 것 아닌가? 맞아! 조석의 지휘에 따라 노래를 부르고 있는 게 틀림없어. 빌딩마다 노래를 부를 수 있는 조석이 하나씩 들어 있는 게 틀림없어!"

야야와 징징은 중얼거렸다. 이때, 새들이 지저귀는 소리가 들렸다. 그들은 벌떡 일어나 퇴근하여 돌아온 어머니를 반기러 달려갔다.

어린이 여러분! 조석에 관한 이야기는 끝났어요. 이 동화이야기를 좋아하는 어린이라면, 누구나 조석을 가지고 싶어 할 거라고 생각해요. 그렇다면 밖으로 나가 여기저기 돌아다니면서, 평소에 그냥 지나쳤던 작은 돌들을 유심히 관찰해 보세요. 만약 마침 두 개의 돌을 찾게 된다면, 그들을 귓가에 대고 마찰시켜 보아요. 절대 실망시키지 않을 거예요. 그것이 바로 조석이에요. 그래, 맞아요, 나는 장담할 수 있어요!

물고기 등(燈)

1

홍미어(紅尾魚)는 징버호(鏡泊湖)[07] 안의 보잘것없는 작은 물고기이다.

징버호는 아주 넓고 평평하며, 물이 맑고 푸르다. 징버호는 말 그대로 선녀가 인간 세상에 흘리고 간 하나의 거울 같기도 하고, 삼림과 잇닿아 있는 뭇 산들이 숨겨 놓은 한 알의 커다란 진주 같기도 하다. 징버호는 늘 웃는 얼굴로 태양과 포옹하고, 요람처럼 달빛을 흔들어 주기도 한다. 그리고 바람에 파문이 일 때면, 징버호는 또 끝없이 펼쳐진 초록빛 비단 같다. 그리하여 햇빛이며, 새들이며, 수면에 비친 나무의 그림자며, 구름의 옷깃이며, 전부가 이 커다란 초록빛 비단 안에 꽁꽁 싸이게 된다. 바람이 멎고 징버호가 기분이 좋은 날엔, 조금 전에 숨겨두었던 보물들을 한꺼번에 모두 풀어놓는데, 이때가 바로 우리의 홍미어들이 분주하게 일해야 하는 때이다.

그렇다면 홍미어는 분주하게 무엇을 하는 걸까? 홍미어는 햇빛을 수집한다.

홍미어는 무엇으로 햇빛을 수집하는 걸까? 바로 꼬리이다.

홍미어라고 불리는 만큼, 남다른 꼬리를 가지고 있다. 적어도 쏘가리(鼇花)의 꼬리와는 다르다. 쏘가리의 꼬리에는 무늬가 있고, 꼬리가 크고 예쁘다. 징버

07) 징버호(鏡泊湖) : 중국 북부 헤이룽장성(黑龍江省) 남동부에 있는 호수.

호의 푸른색 물속에서 꼬리를 저으며 헤엄치는 모습은 참말로 아름답다. 그러나 쏘가리라고 불리는 모든 물고기들은 하나같이 시도 때도 없이 꼬리를 흔드는 습관이 있다. 흔들지 않아도 될 경우에도 흔든다. 도시의 꾸미기를 좋아하는 여자아이 같다.

반면 홍미어는 경우에 맞게 적절하게 꼬리를 젓는다. 흔들 필요가 없을 때에는 절대로 흔들지 않는다. 홍미어는 물속에서 헤엄을 칠 때, 대부분 아주 느긋하다. 느긋한 그들이 꼬리를 흔들기 시작하는 것은 집합하여 회의를 여는 경우이다. 즉 어떻게 햇빛을 수집할 것인가라는 중대한 문제를 토론하기 위한 때이다.

우리의 주인공 홍미어는, 징버호 홍미어 가족 중에서 어린 남동생이다. 사실 징버호 안에 살고 있는 매 한 마리의 홍미어를 모두 홍미라고 부를 수 있다. 그들 스스로 그렇게 부를 뿐만 아니라 사람들도 그렇게 부른다. 그러나 우리의 주인공 홍미는 남들과 달리 재미난 데가 있다. 그는 후에 반짝반짝 빛나는 생활을 경험하게 되는데, 그 덕분에 징버호 안에서 가장 견문이 넓은 홍미어가 되었다. 그렇기 때문에 그를 아예 홍미라고 부르기로 한다. 이것은 중요한 포인트이기 때문에 기억해둘 필요가 있다.

요즘 고민이 많은 홍미는 수면으로 올라가 기포를 만드는 것마저도 귀찮아졌다. 사실 수면 위로 올라와 뻐금거리며 기포를 만드는 것은 모든 물고기들이 가장 열심히 하는 일이다. 작은 홍미의 고민은 자신의 꼬리에 있었다. 그의 꼬리는 납작하고 얇으며, 약간 투명하다. 그리고 중간이 오목하게 파여서 꼬리는 반달 모양이다. 물속에서 꼬리를 저으면, 작은 물방울 하나가 생기는데, 이 물방울은 수초 위에 붙어서 흰색 거품이 된다. 흰색 거품은 햇빛 아래에서 반짝반짝 빛나다가 천천히 초록빛 물속으로 사라진다. 꼬리를 저을 때 홍미의 눈은 최선을 다해 꼬리 쪽을 쳐다보고, 꼬리는 최대한 쳐다보는 눈 쪽으로 휘어져 활 모양으로 되었다가 다시 원상태로 돌아가곤 한다. 이와 같은 동작을 반복하는 작은 홍미는 마치 이상한 체조를 하는 것 같다. 그는 도대체 무엇을 하는 걸까? 알고 보니 그는 자신의 꼬리를 감상하고 있었던 것이다. 홍미라고 불리는데 만약 꼬리가 빨간색이 아니면 얼마나 창피한 일인가! 그런데 그런 노력 끝에 안타깝게도 우리의 작은 홍미는 자신의 꼬리가 그다지 빨갛지 않다는 것을 발견했다. 그리하여 무척 풀이 죽어 있었던 것이다.

들은 바에 의하면, 햇빛은 빨간 태양의 곁에서 온 것이라고 한다. 그리하여 햇빛은 모든 홍미어 가족들의 꼬리를 빨개지게 할 수 있는 신비한 힘을 가지고 있다고 한다. 이것은 대대로 전해져 내려온 홍미어들의 비법이다. 우리의 주인공인 작은 홍미도 홍미어이기 때문에, 그 이치를 모를 리가 없었다. 이건 모든 어린아이들이 본능적으로 사탕이 달다는 것을 아는 것과 같은 이치이다! 그리하여 홍미는 오늘도 납작한 꼬리를 치켜들고, 아가미를 벌렁거리며 노와 같은 지느러미를 있는 힘껏 저었다. 따뜻한 햇볕이 부드럽고 꼼꼼하게 자신의 꼬리에 빨간색을 칠해줄 수 있도록, 오랫동안 꼬리를 치켜들고 있기 위한 노력이었다. 하지만 그의 이런 모습은 참으로 익살맞았다. 얼음 위에서 복부로 활주하는 바다표범과 같다고 설명하면 상상이 되려나?

하루 중에 햇빛을 채집하기 가장 좋은 때는 정오가 아니라, 이른 아침과 해질 무렵이다. 이른 아침의 햇빛은 시원하여 꼬리에 청량유(清涼油)를 바른 것 같고, 해질 무렵의 햇빛은 부드러워서 꼬리에 비추면 무심하게 안마를 해주는 것 같아 아주 편안하다. 이른 아침과 해질 무렵의 태양은 가장 빨갛지만, 이 두 시간대의 태양광선은 오히려 가장 약하다. 이런 모순된 상황 때문에 우리의 홍미는 골머리를 앓게 되었다. 가장 빨간 태양이 꼬리를 빨갛게 물들이는 효과가 가장 뛰어나지만, 동시에 가장 약한 태양광선은 또 꼬리로 채집하기가 가장 어려웠던 것이다. 그리하여 홍미는 머리를 써서 방법을 생각해야 했다.

그는 우선 호숫가의 옅은 물속에서 꼬리를 치켜들고 있었다. 물이 옅어서 햇빛이 꿰뚫고 들어오기 쉽기 때문이다. 그러던 어느 날 홍미는 호숫가의 통나무 중간에 뭔가가 눈부시게 반짝거리는 것을 발견했다. 홍미는 헤엄쳐 가서 자세하게 살펴보았다. 그리고 반짝반짝 빛나고 있는 그 뭔가는 홍미의 마음을 크게 뒤흔들어놓았다. 이 반짝이는 것에 의해 강열한 햇빛이 모두 흡수되고 있었기 때문이다. 꼬리로 슬쩍 건드려보고 나서 홍미는 그것의 진귀함을 바로 깨닫게 되었다. 그것은 다름이 아니라 사람들이 무심코 버린 하나의 작은 거울이었다.

거울은 반듯하게 옅은 물속에 누워있었다. 이곳을 헤엄쳐 지나가는 물고기들마다 와서 거울 면을 깨끗하게 청소하고는 그 대가로 자신들의 미모를 마음껏 비춰보곤 했다. 그리하여 거울 위에는 흙모래 한 알 없이 깨끗했다. 징버호의 물고기, 새우, 조개들은 얕은 물속에 있는 거울이 찾아오는 손님들을 아주 친절하게 반겨준다는 것은 모두 알고 있지만, 그들은 자신을 감상하는 것 외에 거울의 가장 중요한 기능에 대해서는 전혀 모르고 있었다. 지금 우리의 홍미가 본능적으로 그 비밀을 발견하였던 것이다.

홍미는 이 신기한 거울의 도움으로 자신의 꼬리가 곧 빨갛게는 물론, 새빨갛게 변할 수 있다고 믿었다. 마치 호숫가에 내려앉은 석양처럼 사람들이 경탄과 부러움을 금치 못할 만큼 말이다.

2

작은 거울은 조용하게 얕은 물속에 누워있었다. 거울은 그날 이후 홍미의 무대가 되었다. 다른 작은 물고기와 작은 새우들은 거울을 비추는 것에 차츰 흥미를 잃었다. 하지만 홍미는 모든 호기심을 가진 친구들처럼 거울에 자신의 모습을 비춰보는 것 외에, 더욱 중요한 것은 이른 아침부터 늦은 저녁까지 작은 거울 위에서 꼬리 치켜들기, 거꾸로 서있기, 왼쪽 오른쪽 뒤집기 등 온갖 포즈를 다 취하는 것이었다. 마치 주위를 맴돌며 뭔가를 쫓고 있는 것처럼 말이다. 그러나 거울 위에는 아무것도 없었다. 그리하여 다른 친구들은 홍미를 정말 이상한 물고기라고 생각했다.

날씨는 점점 추워졌다. 낙엽들은 한 통 한 통의 늦가을 편지를 호수 안의 모든 수족들에게 전달했다. 마지막 낙엽까지 전달되었을 때, 징버호의 파문은 더는 일지 않았다. 이 마지막 낙엽은 호숫가의 가장 큰 백양나무가 보낸 것이다. 북방의 하늘을 쳐다보고 서 있는 이 백양나무는 굵고 큰 팔로 구름을 붙잡고 있을 뿐만 아니라, 한 무리의 잔소리꾼인 들꿩들을 받쳐 들고 있었다. 그가 겨울의 소식을 자신의 마지막 잎에 적으려고 할 때, 들꿩들은 이구동성으로 걱정도 팔자라며 잔소리를 했다. 그러나 백양나무는 머리를 절레절레 흔들었다. 그는 징버호 안의 모든 물고기들을 좋아한다. 자신의 그림자 아래에서 물놀이를 하며 이야기를 나누는 물고기들의 우아함을 좋아하고, 특히 홍미라고 부르는 겸손한 작은 물고기를 좋아한다. 이 마지막 하나의 나뭇잎은 바로 작은 홍미에게 보내는 편지였다. 한파가 곧 징버호에 도착할 텐데, 늙은 백양나무는 작은 물고기들이 모두 따뜻하게 겨울을 나기를 바라는 마음에서였다.

그러나 작은 홍미는 늙은 백양나무가 보낸 이 낙엽편지를 미처 읽지를 못했다. 그는 거울 위에서의 춤에 흠뻑 빠져 있었다. 그는 자신의 꼬리가 점차 빨갛게 변해가는 것 같았다. 꼬리의 끝에서부터 빨갛게 물들어가는 것 같지만, 그가 바라던 그런 새빨간 색깔이 아니라, 양홍색(胭脂紅, 양홍색)과 핑크 사이의 색깔이었다. 그리고 빨갛게 된 면적도 그다지 크지 않았고, 단지 꼬리 끝부분에만 제한되었다. 그러나 홍미는 이 약간의 양홍색에서 희망을 보았고, 더욱 부지런히 움직였고, 더욱 일찍 일어나 늦게 자면서, 점점 냉담해져 가는 겨울의 태양에게 자신의 정성과 열정을 바쳤다.

징버호는 얼기 시작했다.

작은 홍미는 태어나 처음으로 물이 어는 것을 보았다. 처음에 그는 파문이나 파도가 그대로 얼어버리는 장면을 보고 놀랐다. 그는 수면 위로 올라가려고 시도했다. 수면 위의 흰색의 광명을 향해 돌진해 갔다가, 머리가 단단한 얼음에 부딪치고 말았다. 그는 어리둥절하여 올려다보았다. 아무리 노력해도 입을 수면 위로 내보낼 수가 없었다. 징버호는 두꺼운 수정 유리 한 장에 의해 격리되었고, 우리의 홍미는 유리 안의 작은 생명이 되었다!

처음 겪는 상황이 작은 홍미에게는 약간 두렵고 불안했다.

그는 세상이 왜 갑자기 단단하게 변해버렸는지 알 수가 없었다. 그러나 그는 이내 얼음 아래의 생활에 적응했다. 얼음의 존재로 인해 태양이 전에 비해 각별히 관대해 졌기 때문이다. 얼음 층을 뚫고 들어온 햇빛은 그의 꼬리에 대한 점염(點染, 천천히 물드는 것-역자 주)효과가 아주 선명했다. 작은 홍미는 이 특이한 느낌에 놀라고 감격했다. 그리하여 얼음에 찰싹 달라붙거나, 꼬리를 높게 치켜드는 행동이 점점 더 잦아지고 심해졌다. 높게 치켜 올린 꼬리는 마치 태양과 아름다움을 추구하는 작은 깃발 같았다. 그야말로 집요한 물고기였다!

3

호숫가의 늙은 백양나무가 잔소리꾼인 들꿩들 때문에 귀찮아하고 있을 때, 징버호의 석양은 또 한 번 찬란하게 웃으며 찾아왔다. 저 멀리 절벽에 조용하게 걸려있는 석양은 자아도취에 빠진 것 같았다. 석양은 걸려있는 시간이 아주 짧다. 아무튼 늙은 백양나무의 견해는 그러했다. 하지만 이 짧은 찬란함은 우리의 홍미에게 형언할 수 없는 기쁨을 주었고 자극이 되었다. 왜냐하면 마침 홍미는 얼음의 가장 높은 곳과 가까워지고 있었기 때문이다. 그의 앙증맞은 꼬리는 석양의 어루만짐으로 인해 선홍빛으로 변했다. 얼음 층을 지나 들어온 햇빛은 관통력과 거부할 수 없는 아름다움이 있었다. 그 힘과 아름다움에 작은 홍미는 온몸에 전율을 느꼈다. 지극히 적절한 각도와 투영은 작은 홍미와 얼음 층을 혼연일체로 만들었다. 그의 꼬리는 순식간에 루비와 같이 눈부실 정도로 아름답게 빛났다. 홍미는 최선을 다해 몸을 활처럼 구부려 자신의 꼬리가 한 번 또 한 번 석양과 많이 닿을 수 있도록, 얼음 층에 더 가까이 다가갔다. 이러한 노력은 석양에 대한 충성이고 만류이며, 아침 해에 대한 간절한 기다림이었다. 하지만 한파의 습격을 염두에 두지 않은 우리의 주인공에게 체현되었을 때, 여기에는 갈수록 약간의 비장함까지 더해졌다.

작은 홍미는 얼음 층과 조금 더 가까워지려고 마지막까지 온힘을 다해 솟아올랐다. 그를 비추는 석양의 빨간색 빛다발은 아름답기 그지없었다. 그러나 그는 오늘의 마지막 한 가닥의 햇빛의 점차 붉어지는 것을 감상할 수가 없었다. 작은 홍미는 얼음 층 밑에서 잔잔하게 움직이던 물이 점차 걸쭉해지는 것을 느꼈다. 얼음 층이 점점 낮게 더 낮게 다가왔던 것이다. 그는 이 얼음 안에 포위되어 나갈 수도 헤엄칠 수도 없게 되었다. 그는 미련이 가득 담긴 눈빛으로 서산으로 내려가고 있는 서쪽하늘을 바라보았다. 작은 홍미는 자신의 운명을 이미 감지했다. 그는 이 얼음 속에 갇히게 될 것이고, 징버호의 첫 번째 얼음 속의 홍미가 될 것이라고…

하지만 홍미는 후회하지 않았다. 그의 물고기 머리가 아직 사고를 할 수 있을 때, 태양은 절대 자신을 포기하지 않을 것이라고 생각했다. 그리하여 그는 기뻐서 몸을 한 번 부르르 떨었다. 입으로 기포 하나를 뱉어내고 나서 작은 홍미는 더 이상 발버둥을 치지 않았다. 걸쭉한 물이 그의 온몸을 휘감았다. 작은 홍미는 차츰 의식을 잃어갔다…

징버호에 겨울이 왔다.

4

"딩딩 동동" 하는 소리에 홍미는 놀라서 깨어났다. 그는 재빨리 헤엄쳐서 이런 이상한 소란으로부터 벗어나려고 했다. 그러나 이내 자신의 뻣뻣함과 여기서 벗어날 수 없다는 것을 인식하게 되었다.

"물고기에요. 얼음 물고기에요!"

낯선 목소리가 소리를 쳤다.

"얼음을 깨 봐요. 살살 천천히. 하, 예쁜 홍미어 한 마리구나!"

또 하나의 목소리가 맞장구를 치며 말했다. 홍미는 자기에게 어떤 일이 벌어지고 있는지 알 수 없었지만, 자신이 거대한 얼음의 일부분이 되었고, 사람들이 이 한 덩이의 거대한 얼음을 호수 면에서 자르고 있다는 것을 발견했다. 그는 아마도 얼음들과 관련된 아름답고 즐거운 일을 하게 될 것 같았다.

홍미는 얼음 안에서 얼음을 깨고 있는 사람들을 주시하고 있었다. 밖에서 얼음을 깨고 있는 사람들은 낙천적인 청년들이었다. 그들은 엄동설한에 징버호의 얼음을 잘라서 한 덩이씩 쌓아두었다가, 징버호보다 더 번화한 도시로 운반해 가려는 것이었다.

천명(天命)에 따르려는 홍미는 얼음의 신분으로 다른 세상에 나가 보려는 생각이었다.

그리고 그는 이내 이 사람들이 채빙하고 얼음을 운반해가는 목적이 빙등(冰燈)을 제작하기 위한 것임을 알게 되었다.

홍미가 들어있는 얼음은 아주 크고 두꺼웠다. 다른 얼음들은 사람들에 의해 보탑(寶塔), 미끄럼대, 난간으로 조각되었다. 그런데 홍미가 들어있는 얼음을 사람들은 만져보기만 할 뿐, 누구도 조각하려고 하지 않았다. 홍미의 존재로 인해 기예가 평범한 조각가들은 감히 손을 대지 못했던 것이다. 이런 푸대접에 홍미는 기분이 썩 좋지 않았다.

그러던 어느 날, 드디어 한 여자아이가 홍미 앞에 나타났다. 볼이 빨간 여자아이는 빨간색 패딩을 입고 있었고, 빨간색 털실로 뜬 스키용 모자를 쓰고 있었다. 여자아이가 홍미가 들어있는 얼음 앞으로 와서 서는 순간 홍미는 심장이 "쿵" 하고 뛰는 것 같았다. 입가에 그대로 응고되어 있던 작은 기포도 미세하게 움직이는 것 같았다. 홍미는 여자아이의 아름다움과 태양을 닮은 옷차림에 많이 감격했다. 그리하여 홍미는 얼음 속에서 모을 수 있는 모든 감정을 끌어 모아서, 뜨거운 눈빛으로 여자아이를 바라보았다. 여자아이는 그런 홍미를 토닥거리면서(물론 얼음을 사이에 두고), 격앙된 목소리로 소리쳤다.

"아버지께 이 얼음을 조각하시라고 말씀드려야겠다. 이 물고기가 들어있는 얼음을 말이다!"

여자아이를 만난 건 홍미의 행운이었다. 여자아이는 마침 이 도시에서 기예가 가장 뛰어난 얼음조각(冰雕) 예술대가의 딸이었다. 예술대가는 딸의 간절한 부탁으로 홍미 앞에 서게 되었고, 그는 한참동안 유심히 살펴보았다. 그리고 얼음 안에 홍미어가 들어있는 이 상황은 지금껏 살면서 본 모든 기적 중에서도 가장 큰 기적이라고 인정했다. 그는 딸을 보고, 홍미를 보고, 또 딸을 보며 고민했다. 홍미도 조용하게 예술대가를 바라보았다. 대가는 홍미의 눈빛에서 한 수족(물에 사는 한 생물의 족속 - 역자 주)의 기대를 읽었다. 갑자기 그의 가슴속에서 영감으로 인한 기이한 충동이 마구 솟구쳤다. 이런 충동은 오랜만에 다시 느끼는 감정이었고, 무엇보다 그가 예술대가가 될 수 있었던 것도 바로 이런 감정 때문이었다.

예술대가는 홍미가 들어간 채로 얼어버린 얼음을 작업실로 옮겨서 조각을 시작했다. 조각할 때 그의 손바닥에는 땀이 났고, 눈에서는 빛이 났다. 사방으로 흩날리는 얼음 가루들은 그의 눈썹 위에 쌓여 대가를 산타클로스의 모습으로 만들었다. 그는 아무것도 신경 쓰지 않고, 자신의 조각 예술에만 무서울 정도로 몰두했다. 대가는 끌을 들 때마다 얼음 속 작은 물고기 홍미의 무언의 부탁이 들리는 듯했다. 홍미가 어떻게 얼음 안에 들어가게 된 것인지, 또 홍미의 마음속에 어떤 비밀이 있는지는 알 수 없지만, 한 가지 인정해야 할 것은 이 작은 물고기에게 형언할 수 없는 마력이 있다는 것이었다. 그리하여 대가도 이번 조각에 유난히 집중할 수밖에 없었던 것이다.

햇살이 찬란한 어느 날 오전, 겨울의 태양이 높디높은 개잎갈나무 위에 걸렸다. 대가는 조각칼을 내려놓고 나서 숨을 길게 푹 내쉬었다. 그는 일주일이라는 시간을 들여 조각한 얼음조각인 "동방의 비너스"라고 불리는 관세음보살을 물끄러미 바라보았다. 긴장감이 풀려서인지 그는 극도의 느른함을 느꼈다. 그의 눈길이 관세음보살이 들고 있는 어람(魚籃, 물고기를 담는 바구니-역자 주) 위에 멈췄다. 투명하게 빛나는 이 어람은 눈부신 햇살을 가득 담고 있었고, 해살 속에 생기발랄한 물고기 한 마리가 언뜻 나타났다. 작은 물고기의 꼬리는 새빨갛게 빛났다. 마치 잘 익은 딸기 같았다. 대가는 두 눈을 비비고 다시 똑똑히 보았다. 일주일 전엔 단지 옅은 빨간색이던 물고기의 꼬리가 새빨갛게 변하다니, 도무지 믿을 수가 없었다.

"혹시 햇빛이 재주를 부린 건가?"

예술대가는 혼잣말로 중얼거렸다. 이 어람을 조각하느라, 그는 이미 이틀 밤낮을 꼬박 새웠다. 자신의 실수로 천연적인 장식을 잃게 될까 그는 조심 또 조심하였던 것이다. 예술대가에게 이와 같은 조심스러운 조각은 일종의 영감을 분출하는 일이나 마찬가지였다. 뿐만 아니라 작은 홍미의 주시도 예술 감독의 작용을 한 것이 분명했다. 적어도 홍미는 그렇게 생각했다. 그리하여 우리의 홍미는 빙등제(冰燈會)에서 가장 풍채가 넘치는 빙등이 되었다.

물고기 빙등은 불빛이 휘황찬란한 중심에 놓이게 되었고, 그 왼쪽은 시장(西藏, 티베트)의 높고 우람한 포탈라궁(布達拉宮)이 있고, 오른쪽은 얼음 탑으로 항저우(杭州)의 육화탑(六和塔, 첸탕 강[錢塘江] 어귀에 있다-역자 주)이 있다. 물론 이 모든 것은 얼음이 부린 재주이다. 홍미는 얼음의 한 정자 안에 있었는데, 여덟 명의 신선에게 둘러싸여 있었다. 용왕(龍王)과 싸워서 이긴 명성이 자자한 이 '팔선(八仙, 중국에 전해 오는 8명의 선인[仙人]-역자 주)'에 대해고 홍미는 알고 있었다. 그 중에서 특히 이철괴(李鐵拐, 鐵拐李라고도 함)[08]와 여동빈(呂洞賓, 呂祖라고도 함)[09]이 가장 대단한데, 지금 팔선이 홍미를 둘러싸고 서있는 게 아닌가! 홍미는 자신이 용왕보다 더 위대한 것처럼 느꼈다!

물론 홍미는 용왕과 비교가 되지 않는다. 하지만 얼음조각 대가에 의해 홍미는 물고기 등으로 조각된 것이다. 정확하게 말하자면, 관세음보살의 손에 들려 있는 어람 등 이었던 것이다.

관세음보살은 당연히 용왕보다 대단하다. 홍미는 관세음보살의 손에 들려서 묵묵히 빙등을 관상하러 찾아온 사람들을 바라보았다. 그리고 사람들이 가장 좋아하는 빙등이 바로 자신이라는 것을 발견했다.

---

08) 이철괴 : 곡기를 끊고 잠을 자지 않는 고행을 40년 동안 계속했는데, 마침내 스승 노자는 그가 지상으로 돌아가 같은 문중 사람들에게(노자의 성도 역시 이씨임) 세속의 덧없음을 가르쳐도 좋다고 동의했다. 어느 날 하늘의 스승을 방문하고 지상으로 돌아온 이철괴는 그의 육신을 맡았던 제자가 그 육신을 불태워버린 것을 알았다. 세속의 육신을 잃어버린 그는 굶어 죽은 거지의 몸속으로 들어감으로써 새로운 신원을 갖게 되었다. 그래서 미술작품에서는 철괴(쇠지팡이)를 짚고 호리병을 어깨에 메거나 손에 든 늙은 거지의 모습으로 묘사된다. 그는 밤이면 호리병 속에 들어가 잠을 잤고, 그 속에 약을 넣어 가지고 다니면서 가난한 사람들에게 은혜를 베풀었다.

09) 여동빈 : 이름은 여암이고 자는 동빈이며 호는 순양자이다. 중국 신화에 나오는 도교의 8선 가운데 하나이다. 그는 학령에서 3종류의 공덕과 5등급의 혼백에 대해 설교했다. 예술작품에서 마법의 칼과 채찍을 들고 있는 학자로 묘사된다. 그에 관한 많은 전설 가운데, 그가 정직한 노파를 위해 우물물을 술로 만들어주었다는 것과 가기 백모란의 방탕한 생활을 바꾸도록 3번씩이나 시도한 것 등의 이야기가 잘 알려져 있다.

심지어 대다수 사람들은 홍미가 진짜 물고기라는 사실조차 믿지 못했다! 사람들은 관세음보살 얼음조각을 겹겹이 둘러싸고 관상하였고, 홍미를 가리키며 분분히 논의했다. 홍미는 얼음 층을 통해 밖의 사람들을 바라보았다. 사람들의 의혹이 찬 표정을 보며 홍미는 밖의 상황이 재미있기도 하면서, 한편 아무것도 할 수 없는 자신이 아쉬웠다. 눈동자조차 움직일 수 없는 그가 아름답기 그지없는 꼬리를 흔든다는 것은 전혀 불가능한 일이었다. 참으로 힘이 빠지는 상황이었다. 그러던 어느 날 여자아이가 찾아왔다.

여자아이는 홍미를 쳐다보았다. 여자아이의 빨간색 옷차림 덕분에 홍미는 햇빛이 자신의 꼬리를 비추는 것 같았고 이런 기분은 오래간만이었다. 여자아이는 빨간색 장갑을 낀 손을 내밀어 빙등을 조심스럽게 어루만졌다. 그러자 갑자기 등불이 휘황 차게 밝혀지더니, 팔선들의 손에 들고 있던 병기들이 한 묶음의 빛다발로 변하여, 일제히 관세음보살의 어람을 비추는 것이었다. 그리하여 물고기 빙등은 찬란한 불빛 아래, 영롱하게 빛나는 눈부신 빨간색 보물 바구니가 되었다. 홍미는 순간 눈먼 물고기가 된 것 같았다. 눈앞에는 온통 오색찬란한 빛이었고, 빛들은 무지개처럼 서로 얽히고설키며, 일곱 가지 색깔의 꽃바구니로 변했다. 그러나 작은 홍미의 눈에는 온통 빨간색뿐이었다. 그것은 징버호에 떠오르는 아침 태양의 고운 빨간 빛깔이고, 징버호 석양의 홍조이며, 작은 거울이 반사한 마지막 아침 햇살의 양홍색이고, 또 홍미의 꼬리가 얼음 층을 통해 채집한 수정의 빨간빛이었다… 홍미는 자신이 얼음 영혼의 정화(精華)가 되어 바람보다 빠르게, 구름보다 가볍게, 햇살보다 따스하게, 파도보다 짓궂게, 끝없는 휘황함을 향해 헤엄치고 있는 것 같았다. 태양이 손짓하고 있었다. 햇살이 손으로 홍미를 이끌고 안내했다.

홍미의 꼬리는 햇빛 속에서 빨갛다 못해 자주색을 띠었다. 마치 한 송이의 큰 맨드라미, 커다란 딸기 같이 아름답고 싱싱했다. 그야말로 징버호에서 가장 출중한 한 마리의 홍미어였다…

그리하여 우리의 작은 홍미는 빙등세계의 찬란한 불빛 속에서 생명의 정점에 도달하고 있었다. 그는 남다른 빨간색 꼬리로 예술을 장식하였고, 예술은 또 홍미의 아름다움을 부각시키고 더욱 빛나게 도와주었다.

얼음 축제가 끝날 무렵, 봄도 살며시 찾아왔다. 빙등들은 "똑 똑 똑" 눈물을 흘리며 봄과 이야기를 주고받으며 작은 강에 대한 소식을 물었다. 여자아이는 홍미가 들어있는 얼음 어람을 조심스럽게 들고 작은 강으로 걸어갔다.

작은 강은 조용히 흐르고 있었다. 얼음이 풀린 강물 위에는 가끔씩 큰 얼음이 떠내려갔다. 그들은 서로 부딪치며 "탁 탁" 소리를 냈는데, 마치 운동장에서 시끄럽게 뛰노는 남자아이들 같았다. 막 머리를 내민 강가의 푸른 풀들은 수줍어하면서도 열심히 태양을 부르고 있었다. 홍미는 몸이 점차 따뜻해지는 것을 느꼈고, 입가의 기포는 작은 풀잎에 찔려 "퐁" 소리와 함께 터졌다. 여자아이의 손바닥이 너무나 따뜻하고, 봄의 햇살이 너무나 부드러워서 얼음 어람은 차츰 녹아갔다. 물론 더욱 중요한 이유는, 봄의 노래 소리를 들은 어람 속의 홍미가 딱딱함에서 깨어나 생명의 정상 상태로 돌아가기를 갈망하였기 때문이다. 여자아이가 홍미에게 물었다.

"즐거워?"

그러자 홍미가 물었다.

"너도 즐거워?"

여자아이는 머리를 끄덕였다. 홍미도 머리를 끄덕였다. 그러나 홍미의 끄덕임은 다른 사람이 느끼지 못할 정도로 아주 미세했다. 왜냐하면, 그의 턱 바로 아래에 딱딱한 얼음이 받치고 있어서, 몹시 불편하고 차가웠기 때문이었다.

여자아이는 홍미와 얼음 어람을 조심스럽게 강에 넣었다. 작은 강은 이 투명하게 빛나는 이 예술품을 안고, 반짝거리며 끝이 보이지 않는 먼 곳으로 급급히 떠나갔다. 저 멀리 강 끝에 있는 아름다운 큰 호수 징버호를 향해서…

누구나 이 이야기 속의 홍미에 대한 결말을 예측할 수 있을 것이다. 우리의 어린 주인공 홍미는 징버호 안에서 즐겁게 장난도 치고, 잡담도 하며 행복하게 지내고 있고, 작은 거울은 여전히 호숫가의 얕은 물속에 누워 있으며, 작은 물고기들의 무대가 되었다. 홍미가 호수 안의 친구들에게 얼음 축제에 있었던 이야기를 들려줄 때마다, 모든 물고기들은 모두 의심스러운 표정을 지었고, 심지어 그를 허풍쟁이 홍미라고까지 생각했다.

물론 그가 남다른 빨간 꼬리를 흔들 때면, 다른 홍미들은 더 이상 반박하지 못하고 벙어리가 되었다. 그 외에 주인공 홍미에게는 작은 유감스러움이 남아 있었다. 즉 홍미는 같은 나이의 홍미어들에 비해 키가 훨씬 작았는데, 그는 그 이유가 궁금했다. 사실 이것도 마침 그의 경력을 증명해주고 있었다. 그가 물고기 빙등이 되어 사람들에게 즐거움을 주고 있는 동안, 키는 조금도 자라지 않았고, 또 자랄 수도 없었다!

이 비밀은 호숫가의 늙은 백양나무만이 알고 있다. 그는 제 59번째 나뭇잎을 보내, 홍미에게 전달하도록 했다. 백양나무의 가장 꼭대기에 달려 있는 이 59번째 나뭇잎은 햇살을 가장 많이 받았기 때문에, 작은 홍미와 공통어가 가장 많을 것 같다는 것이 백양나무의 생각이었다. 홍미에게 편지가 제대로 전달되었을까?

징버호는 아주 크고 아름답다. 징버호에는 물고기가 아주 많다. 그러나 그 중에서 가장 출중한 물고기는 작은 홍미뿐이다. 믿을 수 없다면 직접 가서 물어보아도 좋다. 징버호에 비치는 햇빛의 질은 최상급이다. 특히 홍미어의 꼬리를 빨갛게 물들이는 데 있어 효과가 선명하고, 영원히 퇴색하지 않게 한다.

그 이유에 대해 모든 홍미어들은 익히 잘 알고 있다.

마법 펜을 가진 곰

마법 펜을 가진 곰

기분 좋은 주말, 빨간 캥거루와 훠마오즈(火帽子), 폴짝폴짝 개구리가 삼림 공원으로 왔다. 공원 대문에 들어서자마자 그들은 곰 한 마리를 발견했다. 진짜 크고 뚱뚱한 곰 한 마리였다! 이상한 것은 아주 기괴한 곰인 것 같으면서, 그 기괴함 속에 학식이 있어 보였다. 도대체 무엇 때문일까? 왜냐하면 그의 시커먼 콧등 위에 안경이 걸려 있었기 때문이다!

세상에! 안경을 낀 곰, 혹은 시력이 나쁜 곰, 시력 교정 중인 곰, 아무튼 불가사의한 일이었다.

빨간 캥거루는 함께 온 친구들에게 머리를 끄덕거리며 말했다.

"나는 알아."

훠마오즈는 기분이 언짢아서 말했다.

"네가 뭘 알아!"

폴짝폴짝 개구리가 뱃가죽을 두드리며 말했다.

"미련한 곰탱이야, 미련한 곰탱이! 아무리 안경을 써도 그는 교장이 될 수 없어."

"비아냥거리지 좀 말아줘!"

안경 곰(잠시 이렇게 부르기로 하자)이 입을 열었다. 뚱보 곰이 이렇게 말하자, 세 친구는 오히려 난처해했다. 안경 곰은 콧등에 있는 안경을 추켜올리고 나서는 손가락으로 귀를 힘껏 팠다. 귀를 파는 곰의 모습이 정말 우스워보였다. 곰은 입을 크게 벌리고 뾰족하고 흰 이빨을 드러냈다. 만족스러운 듯 눈을 거슴츠레 뜨고 귀를 파는 이 뚱보 곰은 보기만 해도 웃음이 났다. 만약 강아지를 기른 적이 있다면, 귀를 긁어줄 때 강아지의 만족스럽고 즐거워하는 표정을 본 적이 있을 것이다. 다만 곰의 귀는 강아지 귀보다 훨씬 더 크고 깊다.

폴짝폴짝 개구리는 속으로 생각했다.

"곰의 귀 안에서 한 잠 푹 잔다면, 기분이 정말 좋을 거야!'

이렇게 생각하고 있을 때, 안경 곰은 귀 안에서 한 가지 물건을 꺼냈는데, 바로 사인펜이었다. 빨간 캥거루 일행들은 깜짝 놀랐다! 뚱보 곰 한 마리가 안경을 낀 것만으로도 아주 기괴하였는데, 이 안경 곰이 귀 안에서 펜까지 꺼내다니, 놀라지 않을 수 없었다. 이런 기질은 학식이 깊은 곰에게서 나타날 수 있는 것이다.

역시, 뚱보 곰은 사인펜을 들고 말했다.

"다른 걸 바라지는 않아. 난 다만 사인을 좋아할 뿐이지. 왜 사인을 좋아하느냐 하면, 나는 유명하니까 그래. 유명할수록 사인을 좋아하고, 사인을 많이 할수록 유명한 것이거든. 하루라도 사인을 하지 않으면 머리가 막 아파오지!"

"아니 어찌 이런 곰이 다 있을까?"

세 친구는 속으로 정말 웃기는 곰이라고 생각했다. 더욱 예상치 못한 것은 뚱보 곰이 그들에게 간절하게 부탁하는 것이었다.

"손이 근질근질해서 그러는데, 제발 너희들 셋에게만 사인을 할 수 있게 해줘!"

남을 돕는 일에 언제나 적극적인 빨간 캥거루가 주머니 속에서 노트를 꺼내

안경 곰에게 건넸다.

뚱보 곰은 몹시 굶주린 강아지가 뼈다귀를 덮치듯 재빨리 노트를 가져갔다. 아니, 노트를 빼앗아갔다고 해야 더 정확했다. 그리고 "삭 삭 삭" 한 장 한 장 펼치며 매 페이지마다 세 글자를 적었다.

글씨는 굵직하고 컸으며 아주 난잡했다. 훠마오즈는 머리를 갸우뚱하고 이리보고 저리보고 한참을 들여다보았지만 끝내 알아보지 못했다.

빨간 캥거루와 폴짝폴짝 개구리도 훠마오즈와 똑같았다. 뚱보 곰의 사인을 전혀 알아보지 못했다.

뚱보 곰은 사인을 마치고 한숨을 돌렸다. 그는 안경을 추켜올리며 말했다.

"아, 시원하다. 시원해. 이제야 살겠구나! 정말 오래간만에 느끼는 통쾌함이야!"

그에게 뭐라고 사인을 했냐고 묻자 뚱보 곰은 득의양양해 하면서 대답했다.

"제일 곰(第一熊)."

'제일 곰'의 이유

그리하여 사인을 좋아하는 뚱보 곰은 빨간 캥거루와 훠마오즈, 폴짝폴짝 개구리의 새로운 친구가 되었다.

훠마오즈가 물었다.

"무슨 자격으로 '제일 곰'이라고 하는 거지?"

뚱보 곰은 자랑스럽게 대답했다.

"나는 세상에서 힘이 제일 세거든. 내 뱃가죽은 천하제일이고. 이 발바닥은 천하무적이며. 내 이빨은 말이야, 하하, 말 안 해도 알지?"

그는 큰 입을 쩍 벌렸다. 훠마오즈는 깜짝 놀라 뒤로 물러섰다. 곰의 입안은 산굴처럼 깊었다. 뚱보 곰은 아무 말도 없이 큰 손바닥을 쑥 내밀었다. 그러자 세 명의 친구는 어리둥절하여 물었다.

"뭐 달라는 거야?"

뚱보 곰이 말했다.

"내 이름의 비밀을 알았으니까, 비밀 유지비용을 줘야 돼! 이 비밀은 아무에게나 알려주지 않거든. 너희 셋이 인상이 좋아서, '제일 곰'의 비밀을 처음으로 말해준 거야. 처음 말했고, 처음 들었고, 즐겁게 이야기를 했고, 즐겁게 들었으니, 꿀 한 통 줘봐, 목 좀 축이게."

"꿀?"

폴짝폴짝 개구리가 연신 손을 흔들며 말했다.

"없어, 없어."

훠마오즈는 뚱보 곰이 공갈 갈취의 혐의가 있다고 생각했다.

"말도 안 되는 소리!"

그는 화가 나서 말했다.

"나 기분 나빠, 나 화 났어. 나 화 낼 거야!"

훠마오즈는 갑자기 근육이 빵빵해지더니 키가 커졌다. 닭 볏에서 불이 뿜어져 나올 것만 같았다.

빨간 캥거루만이 느긋했다. 그는 하늘을 한 번 쳐다보고 나서 머리를 끄덕이더니, 뚱보 곰을 보며 말했다.

"어렵지 않아. 꿀을 먹고 싶으면 꿀벌과 소통을 하면 돼. 꿀벌이 동의하면 우리를 데리고 가줄 테니까."

똥보 곰은 '흥'하고 콧방귀를 뀌더니 말했다.

"이 크고 둥근 배를 봐. 이 큰 손바닥을 봐. 감히 내 말에 거역하면 이 손바닥으로 납작하게 만들어 버릴 거야!"

이때 꿀벌 한 마리가 그들의 머리 위로 날아 지나갔다. 똥보 곰은 눈이 번쩍하더니, 세 친구들을 이끌고 꿀벌을 쫓아갔다. 꿀벌은 풀밭을 날아 지났다. 꿀벌은 작은 수림을 날아 지났다. 꿀벌은 얕은 강도 지나갔다. 고개를 쳐들고 꿀벌을 쫓는 그들의 모습은 어딘가 우스웠다.

한 그루의 높고 큰 나무 아래에서 꿀벌이 갑자기 사라졌다. 빨간 캥거루는 위를 올려다보며 와 소리를 쳤다. 엄청나게 큰 벌집 하나가 나무 위에 있었던 것이다.

똥보 곰은 나무 주위를 몇 바퀴 맴돌더니, 귀속에서 사인펜을 쓱 꺼냈다. 훠마오즈는 똥보 곰이 무엇을 하려는 건지 이해할 수가 없어 멍하니 쳐다보았다.

"혹시 꿀벌들에게 사인을 해주려는 거야?"

똥보 곰이 허허 웃으며 말했다.

"맞아. 내가 사인을 해줄 거야."

그는 둔한 몸놀림으로 나무를 타고 올라가더니, 벌집에다 자신의 이름을 사인했다. 그런데 신기하게도 꿀벌들은 조금도 화를 내지 않았다. 꿀벌들은 정연하게 줄을 지어, 똥보 곰이 사인을 한 벌집에서, 한 마리씩 날아가 버렸다. 알고 보니 똥보 곰의 사인펜은 마력이 있는 신기한 펜이었다! 똥보 곰은 사인펜을 들고 소리쳤다.

"사인할 거야? 안 할 거야? 사인을 못하게 하면 가만 두지 않을 거야!"

빨간 캥거루는 노트를 꺼내 뚱보 곰더러 사인을 하라고 했다. 훠마오즈도 뚱보 곰이 사인을 하도록 허락했다. 폴짝폴짝 개구리는 훠마오즈 뒤에 줄을 섰다. 세 친구는 돌아가며 뚱보 곰의 사인을 받느라, 지쳐서 몸을 가누지 못할 지경이었다.

펜을 훔치다

빨간 캥거루, 훠마오즈와 폴짝폴짝 개구리는 뚱보 곰이 실컷 사인을 하는 동안, 힘이들어서 제대로 서 있지도 못했다. 그리하여 세 친구는 의논했다. 뚱보 곰의 사인펜을 훔쳐서 뚱보 곰이 두 번 다시 사인을 할 수 없게 하려는 계획이었다.

훠마오즈와 폴짝폴짝 개구는 원을 그리며 빙빙 돌면서, 박수에 맞춰 노래를 불렀다.

빨간 캥거루야, 머리를 끄덕여 봐,
빨간 캥거루야, 빙글빙글 돌아 봐,
빨간 캥거루야, 마술을 부려 봐.

그러자 빨간 캥거루는 머리를 빙빙 돌리며 큰소리로 노래를 불렀다.

"알았어, 알았어, 수리수리 마수리, 잘 봐봐!"

빨간 캥거루의 말이 끝나기 무섭게, 허공에서 큰 무 하나가 훠마오즈와 폴짝폴짝 개구리의 머리 위에 뚝 떨어졌다.

휘마오즈와 폴짝폴짝 개구리는 아파서 깡충깡충 뛰었다.

휘마오즈와 폴짝폴짝 개구리는 이구동성으로 소리를 질렀다.

"마술을 잘못 부렸잖아. 빨리빨리 다시 해봐!"

빨간 캥거루는 다시 마법 주문을 외웠다.

"알았어, 알았어, 수리수리 마수리, 잘 봐봐!"

얍! 주문이 끝나자마자 크고 뚱뚱한 특대 잠자리 한 마리가 그들 앞에 떡하니 나타났다. 휘마오즈가 말했다.

"안 돼, 안 돼. 이 잠자리는 날지 못해!"

빨간 캥거루는 다시 한 번 주문을 외쳤다. 그러자 이번에는 꿀벌처럼 작은 잠자리로 변했다. 폴짝폴짝 개구리가 소리쳤다.

"안 돼, 안 돼, 너무 작아서 들지를 못해!"

어쩔 수 없이 빨간 캥거루는 재차 도전했다. 그리고 끝내 성공했다! 주문이 끝나자, 아름다운 빨간 잠자리 한 마리가 휘마오즈 앞에 나타났다. 다만 머리만 빨간 캥거루의 모양이어서, 모습이 참으로 익살맞았다. 그러자 셋은

"이 잠자리를 '빨간 캥거루 잠자리'라고 부르기로 하자. 어때?"

'빨간 캥거루 잠자리'는 날갯짓을 하며 세 친구들을 향해 머리를 끄덕이더니, 뚱보 곰의 집을 향해 날아갔다.

뚱보 곰의 집에 도착한 '빨간 캥거루 잠자리'는 우선 창가에 앉아 안의 상황을 살폈다. 뚱보 곰은 소파에 앉아, 노래를 흥얼거리며 TV를 보고 있었다. 귀를 기울여 들어보니 뚱보 곰이 자작한 노래인 것 같았다.

사인, 사인, 빨리 사인하자, 나는 유명한 사인 곰이다.

언제 어디든 사인을 하지, 누구든 내 사인을 막을 수 없어!
흥 흥 흥…

한참 흥얼거리던 뚱보 곰은 끝내 꾸벅꾸벅 졸기 시작했다. 드디어 기회가 왔다. '빨간 캥거루 잠자리'는 살며시 집안으로 날아 들어갔다. 그런데 마침 큰 바람이 불어오는 바람에, 더 이상 날 수가 없었다. 당황하여 정신을 가다듬고 둘러보니, 큰 선풍기 한 대가 문어귀를 향해 틀어져 있었다. 그제야 선풍기의 바람소리가 들렸다. '빨간 캥거루 잠자리'는 뚱보 곰의 근처까지 날아갈 수가 없게 되었다. "어떻게 하지?" 그는 어쩔 수 없이 다시 문밖으로 나왔다.
첫 번째 시도는 이렇게 해서 실패하고 말았다.

성공의 희열

빨간 캥커루와 훠마오즈, 폴짝폴짝 개구리는 다시 방법을 의논했다. 폴짝폴짝 개구리가 말했다.
"너무 쉽잖아. 내가 집안으로 들어가서 선풍기 스위치를 꺼버리면, 바람이 불지 않을 거 아니야?"
그리고는 배를 두드리며 소리쳤다.
"나는 세상에서 으뜸가는 개구리란다. 능력으로는 누구도 나를 따라갈 수 없지.
나는 천리안을 가졌지, 천리안을 가졌어, 누구도 내 시력을 따라갈 수 없지!"
폴짝폴짝 개구리는 배가 볼록해지더니 풍선처럼 둥둥 떠올랐다.

그리고 눈도 둥그렇게 커지더니 천리안이 되었다. 폴짝폴짝 개구리는 뚱보 곰의 집 방향을 슬쩍 보고 나서 말했다.

"문제없어, 나에게 맡겨!"

이때 훠마오즈 갑자기 소리를 지르며 짓궂은 장난을 쳤다.

"뱀, 뱀이다!"

하고 소리를 지르자 폴짝폴짝 개구리는 "푸" 하는 바람 빠지는 소리와 함께, 공중에서 땅바닥으로 떨어졌다. 그는 화를 내며 말했다.

"앞으로 이런 장난은 하지 말아줘!"

개구리는 폴짝폴짝 뛰어서 뚱보 곰의 집으로 들어갔다. 그리고 살며시 선풍기의 스위치를 끈 다음 아무도 모르게 다시 집에서 나왔다. 돌아온 폴짝폴짝 개구리는 빨간 캥거루 잠자리에게 말했다.

"다음은 네 차례야!"

'빨간 캥거루 잠자리'는 뚱보 곰의 집으로 날아 들어갔다. 뚱보 곰은 소파에 누워서 코를 골며 자고 있었다. 그는 뚱보 곰이 사인펜을 어디에 숨겨놓았는지 몰라 한참을 서서 생각했다.

'빨간 캥거루 잠자리'는 먼저 뚱보 곰의 오른쪽 귓가로 날아와서 머리를 갸우뚱거리며 귀속을 들여다보았다. 헉, 곰의 귀 안에는 사인펜뿐만 아니라, 보물들이 적잖게 들어 있었다. 초콜릿 한 알, 막대사탕 두 개, 땅콩 세 알도 숨겨 놓았던 것이다. 뚱보 곰의 귀는 창고 못지않았다.

'빨간 캥거루 잠자리'는 있는 힘을 다해 사인펜을 밖으로 잡아당겼다. 그런데 사인펜이 굵고 커서 밖으로 꺼내기가 쉽지 않았다. "어떻게 하지?" 그는 잠깐 방법을 고민했다. 문득 한쪽 모퉁이에 있는 연줄 한 뭉치가 눈에 들어왔다.

뚱보 곰의 얼굴이 그려져 있는 연이었는데, 얼굴에는 온통 자신의 사인이었다. 그는 속으로 생각했다.

"이번에는 사인을 못하게 해 주지!"

'빨간 캥거루 잠자리'는 연줄을 끊어서, 한쪽 끝을 사인펜에 묶었다. 그리고 다른 한쪽 끝을 물고 뚱보 곰의 집에서 날아 나왔다. 훠마오즈와 폴짝폴짝 개구리는 힘껏 연줄을 당기고 또 당겼다. 뚱보 꼼의 사인펜이 마침내 귀 안에서 나왔다. 그런데 뜻밖의 상황이 벌어졌다. 사인펜이 소파의 모퉁이에 걸리는 바람에 아무리 당겨도 움직이지 않는 것이었다.

뚱보 곰은 조금도 눈치를 채지 못하고 있었다. 그는 코를 쓱쓱 문지르더니, 계속하여 코를 골았고, 입맛까지 다셨다. 아마도 꿈속에서 꿀을 먹고 있는 것 같았다.

"아 맞아, 꿀!"

빨간 캥거루는 뚱보 곰이 좋아하는 꿀이 생각났다. 아예 꿀로 변해서 뚱보 곰을 집밖으로 유인하면 된다고 생각했다. 그리하여 그는 다시 주문을 외우며 빙빙 돌았다. 두 친구도 함께 주문을 외웠다.

빨간 캥거루야, 머리를 끄덕여 봐,
빨간 캥거루야, 빙글빙글 돌아 봐,
빨간 캥거루야, 마술을 부려 봐.

그러자 빨간 캥거루는 머리를 빙빙 돌리며 큰소리로 주문을 외웠다.

"알았어, 알았어, 수리수리 마수리, 잘 봐봐!"

말이 끝나기 무섭게 하늘에서 큰 무 하나가 뚝 떨어졌다. 머리에 맞은 훠마오즈와 폴짝폴짝 개구리는 눈앞에 별이 번쩍했다! 그들은 빨간 캥거루를 가리키며 소리쳤다.

마술을 잘못 부렸잖아. 빨리빨리 다시 해봐!

빨간 캥거루는 드디어 달콤하고 향긋한 꿀 한 단지로 변했다.

뚱보 곰은 코를 씰룩거리고, 입맛을 쩝쩝 다시더니, 눈을 번쩍 떴다. 그리고 집밖에 있는 나무 위에 꿀 한 단지가 있는 것을 발견했다.

뚱보 곰은 눈을 비비며 중얼거렸다.

"응? 이거 꿈은 아니겠지?"

꿀벌 몇 마리가 날아와, 빨간 캥거루가 변한 꿀 단지 위에 앉았다. 빨간 캥거루는 참기 힘들었지만, 이를 악물고 견뎠다. 뚱보 곰은 한걸음에 집밖으로 뛰쳐나와서는, 곧장 큰 나무를 향해 걸어갔다. 그가 소파에서 일어나자마자 훠마오즈와 폴짝폴짝 개구리는 잽싸게 사인펜을 잡아당겼다. 사인펜은 뒤에서 통통 튀며 그들을 따라 집으로 돌아왔다.

'빨간 캥거루 꿀'은 어떻게 되었을까? 뚱보 곰이 손바닥으로 툭 치자, 그는 아파서 악 소리를 냈다. 뚱보 곰은 깜짝 놀랐다.

"이상하네, 참으로 이상하네. 꿀단지가 어떻게 소리를 내는 거지?!"

뚱보 곰은 이 수상한 꿀단지를 건드리지 않기로 했다. 그리하여 빨간 캥거루, 훠마오즈와 폴짝폴짝 개구리는 마침내 뚱보 곰의 사인펜을 훔치는 데 성공했다. 뚱보 곰이 사인을 하겠다며 귀찮게 구는 일이 다시는 일어나지 않게 되었다!

선물을 한 작은 여우

뚱보 곰은 꿀을 먹지 못해서 의기소침해졌다. 집으로 돌아온 곰은 새하얀 벽을 보고 서있노라니, 문득 벽에 사인을 하고 싶어졌다. 사인펜을 꺼내려고 손가락을 귀속에 넣었는데, 사인펜이 사라졌다!

뚱보 곰은 당황하고 화가 났다. 오른쪽 귀 안의 물건들을 하나씩 꺼냈다. 두 개의 막대사탕, 세 알의 땅콩, 한 알의 초콜릿! 사인펜만 없었다! 이번에는 왼쪽 귀에서 숟가락 하나, 손수건 두 장, 작은 노트 한 권을 꺼냈지만, 여전히 사인펜이 보이지 않았다!

"엉엉, 나 울고 싶어! 사인펜이 도망갔어. 뚱보 곰의 가슴이 찢어지는 것 같애!"

뚱보 곰은 발을 구르고 가슴을 쳤다. 많이 슬프고 속상했다. 이때 밖에서 문 두드리는 소리가 들려왔다.

뚱보 곰이 물었다.

"누구야?"

그러자 아주 가는 목소리가 들렸다.

"나야. 너의 좋은 이웃, 마음씨 고운 작은 여우야."

문이 열리자 미소를 머금은 작은 여우가 문밖에 서 있었다. 여우는 아주 예의 바르게 물었다.

"나 들어가도 돼?"

뚱보 곰은 머리를 끄덕거렸다. 작은 여우는 예쁜 책가방 하나를 메고 있었다. 그는 책가방을 열더니 일곱 가지 색깔의 아름다운 사인펜 하나를 꺼내서 뚱보

곰에게 건넸다. 뚱보 곰은 자기 눈을 의심하며 물었다.

"이 칠색 펜은 나에게 주는 선물이야?"

"그럼, 물론이지."

작은 여우는 아주 확실하게 머리를 끄덕이며 말했다.

"이 큰 삼림 안에서 네가 가장 유명하잖아. 키도 크고, 이빨도 크고, 그래서 칠색 펜으로 무엇이든 마음대로 적으라고 선물하는 거야."

작은 여우는 칠색 펜을 들어 창밖으로 휙 던졌다. 그러자 칠색 펜은 다트 핀처럼 창밖으로 날아 나갔다. 그리고 여우는 손짓을 하며 주문을 외웠다.

날아라, 날아라, 돌아와, 돌아와,

한 번 날고 두 번 날고,

스스로 날고, 스스로 돌아온다.

그러자 칠색 펜은 아주 고분고분 하게 여우의 손으로 돌아왔다. 뚱보 곰은 깜짝 놀란 눈으로 이 과정을 지켜보고 있었다. 휘둥그레진 눈으로 넋을 놓고 쳐다보다가 안경까지 떨어뜨릴 지경이었다.

"마법의 펜이야?"

그는 조심스럽게 여우에게 물었다.

"그럼, 당연하지. 이건 마법의 칠색 펜이야. 어떤 색깔로 사인하든 다 가능하지. 다만 일단 사인을 하면 다시는 지울 수가 없어."

작은 여우는 대범하게 칠색 펜을 뚱보 곰에게 건네주며 말했다.

"지금부터 이 펜은 네 거야. 명실상부한 제일 곰아."

뚱보 곰은 신이 난 나머지 텀블링을 보여주었다. 그리고 문득 어떤 생각이 들었는지 말했다.

"잠시만! 그 마법의 주문도 얼른 가르쳐 줄래?"

작은 여우는 주위를 살피더니, 신비롭게 다가와 조금 전에 외웠던

"날아라, 날아라, 돌아와, 돌아와"

주문을 다시 한 번 읊었다. 뚱보 곰에게 잘 기억해두라고 당부하고는 천천히 걸어서 삼림 속으로 사라졌다.

뚱보 곰은 집밖으로 뛰쳐나와, 칠색 펜을 들고 흥얼거리면서 닥치는 대로 사인을 했다. 그는 돌과 나무에 사인을 하였고, 울타리와 오솔길에도 사인을 했다. 그 즐거움은 말로 형언할 수 없었다.

걸어 다니는 식탁

뚱보 곰에게는 새로운 칠색 펜이 생겼다. 그는 기뻐서 「마법의 펜의 노래」를 불렀다.

나의 칠색 펜은, 삼림에서 최고야.
나무를 그리면 나무가 더 커지고, 풀을 그리면 풀이 더 파랗게 되지.
음 음 음, 이 이 이…

더 이상 말이 떠오르지 않자 뚱보 곰은 의성어를 넣어 불렀다. 그는 빨간 캥거루가 살고 있는 곳에 가보고 싶었다. 만약 기회가 된다면 그 곳에다 사인도

몇 개 하고 싶었다.

빨간 캥거루는 외출했는지 집에 없었다. 반듯하고 반들반들한 출입문이 뚱보 곰의 시선을 끌었다. 그는 의기양양해서 자신의 이름을 문짝에다 적었다. 집안으로 들어간 뚱보는 주위를 두리번거렸다. 깨끗하게 정리된 예쁜 식탁이 눈에 띠자, 그는 또 식탁 위에도 사인을 했다. 식탁에만 사인하는 건 그나마 괜찮은데, 뚱보 곰은 그만 이성을 잃고 말았다. 그는 식탁 위의 컵, 집안의 의자, 빨간 캥거루의 토끼인형, 빨갛고 큰 사과, 노란 바나나에까지 사인을 했다. 그야말로 닥치는 대로 사인을 하였고, 신이 나서 노래를 흥얼거렸다.

사인, 사인, 사인을 할 거야. 사인을 못하게 하면 가만 두지 않을 거야.

사인을 하지 않으면, 손톱이 근질거리고, 머리가 지끈거려.

나는야 삼림의 제일 곰이지.

사인을 다하고 나자 날이 저물었다. 뚱보 곰은 기뻐서 실실거리며 돌아갔다. 빨간 캥거루와 훠마오즈, 폴짝폴짝 개구리는 버섯을 뜯으러 갔다가 돌아왔다. 집에 도착한 그들은 집안의 모든 물건이 이상하게 변해 있는 것을 발견했다. 모든 물건이 형광 빛을 띠고 있고 있었는데, 마치 무슨 색깔을 한 층 발라 놓은 것 같았다.

배가 고프고 지친 세 친구는 빨리 식사를 하고 얼른 휴식을 취하는 것이 급급하여 크게 신경을 쓰지 않았다.

그런데 한밤중에 신기한 일이 벌어졌다.

먼저 출입문이 끽 하는 소리를 내며 스스로 열렸다.

다음 탁자와 의자가 네 다리를 움직이며 집 밖으로 걸어 나왔다. 그들의 뒤로 빨간 캥거루의 토끼인형이 뒤따르고 있었고, 큰 사과 한 알, 노란 바나나 세 개, 흰 찻잔 두 개도 다리가 달린 듯 뒤에서 따라가고 있었다. 그들은 길게 줄을 지어 신비로운 삼림을 향해 걸어갔다.

삼림의 초원 위에, 신비로운 그림자 하나가 TV 리모컨처럼 생긴 물건으로, 자유롭게 걸어 다니는 가구와 물건들을 조종하고 있었다. 빨간 캥거루네 식탁뿐만 아니라, 냉장고, 세탁기마저 흔들거리며 스스로 걷기 시작했다.

그 신비스런 그림자는 냉장고와 세탁기를 창고 안으로 조종하여 넣었다. 그리고 빨간 캥거루네 집 가구를 다른 오솔길로 안내했다. 가구들은 그림자가 조종하는 대로 고분고분 따라 걸었다. 오솔길의 끝은 바로 뚱보 곰의 집이었다.

날이 밝았다. 잠에서 깬 빨간 캥거루는 탁자, 의자가 사라진 것을 발견했다. 뿐만 아니라, 과일도 줄어들고, 토끼인형마저 없어진 것을 눈치 챘다.

"아뿔싸! 도둑이 들었구나!"

빨간 캥거루는 급한 마음에 이마를 탁 쳤다. 훠마오즈와 폴짝폴짝 개구리가 소식을 듣고 달려왔다.

"누구 짓이야?"

훠마오즈의 볏은 점점 커지고 빨갛게 달아올랐다.

"나 기분이 나빠, 나 화 났어. 몹시 화가 나!"

빨간 캥거루는 냉수 한 잔을 떠다 훠마오즈의 머리 위에다 부었다. 그러자 훠마오즈는 이내 잠잠해졌다. 빨간 캥거루가 말했다.

"화를 내도 소용이 없어. 어떻게 된 일인지 조사부터 해야 돼. 반드시 흔적이 남아 있을 거야."

아니나 다를까, 집 밖의 오솔길 위에서 그들은 탁자의 발자취를 발견했다.

누가 도둑이지?

폴짝폴짝 개구리는 배를 잔뜩 부풀리며 소리를 질렀다.

"나는 세상에서 으뜸가는 개구리란다. 능력으로는 누구도 나를 따라갈 수 없지. 나는 천리안을 가졌지, 천리안을 가졌어, 누구도 내 시력을 따라갈 수 없지!"

그의 뱃가죽은 북처럼 크게 불어났고, "둥둥"소리가 났다. 그는 고무풍선처럼 공중으로 떠올랐다. 그의 눈은 둥그렇게 커지더니 천리안이 되었다. 폴짝폴짝 개구리가 자세하게 살펴보더니 소리쳤다.

"옅은 발자국, 깊은 발자국, 발자국은 삼림으로 향해 있어."

훠마오즈는 개구리에게 겁을 주기 위해 소리쳤다.

"뱀이다!"

"푸" 하는 소리와 함께 폴짝폴짝 개구리는 이번에도 바람이 빠지며 땅으로 떨어졌다.

"미워, 또 뱀이야! 제발 내 앞에서 뱀 이야기를 꺼내지 말아주면 안 될까?! 나는 세상에서 으뜸가는 개구리야. 뱀 이외에 그 누구도 두렵지 않단 말이야!"

그들은 함께 삼림 깊숙이 걸어 들어갔다.

이튿날 아침, 눈을 뜬 뚱보 곰은 깜짝 놀라서 입을 떡 벌렸다. 왜냐 하면, 하룻밤 사이에 집안에 물건들이 많아졌기 때문이다. 탁자, 의자, 토끼인형, 큰 사과, 노란 바나나, 그리고 흰 찻잔까지, 낯선 물건들이 모두 집안에 있었다.

"누가 가져다 놓은 거지? 왜 나는 조금도 인기척을 느끼지 못했지?"

뚱보 곰은 신기하게 생각하며 머리를 긁적거렸다.

"문 열어, 얼른 문 열어!"

집 밖에서 누군가 화가 난 듯 소리를 질렀다. 뚱보 곰은 잠자리에서 일어나 문을 열어주었다. 문밖에는 빨간 캥거루, 훠마오즈와 폴짝폴짝 개구리가 서 있었다.

훠마오즈는 한눈에 빨간 캥거루네 식탁을 알아보았다. 그리고 탁자 위에 놓여있는 사과와 바나나도 발견했다. 그의 볏은 또 순식간에 빨갛게 달아오르며 점점 커졌다. 그리고 씩씩거리며 말했다.

"제일 곰! 난 화가 나서 배가 아플 정도야! 왜 남의 물건을 훔쳐? 넌 분명 강도 곰이야!"

뚱보 곰은 억울했지만 변명할 방법이 없었다. 그는 자신과 집안에 영문 모르게 많아진 물건들을 가리키며 말했다.

"흥 흥 흥, 정말 뭐라고 해야 할지 모르겠어. 아침에 눈을 떴을 때 꿈인 줄 알았어. 이 물건들은 정말 내가 훔친 게 아니야. 결점이라면 나는 사인을 좋아하는 것밖에 없어."

빨간 캥거루는 이상한 생각이 들어 물었다.

"어제 우리 집에 온 적이 있어?"

뚱보 곰은 힘껏 머리를 끄덕이며 연거푸 간 적이 있다고 대답했다. 그러자 빨간 캥거루가 또 물었다.

"그럼 우리 집에 들어와서 무슨 짓을 했어?"

뚱보 곰이 말했다.

"너의 집 물건들에다 사인만 했어. 정말 훔치지는 않았어."

폴짝폴짝 개구리는 콧방귀를 뀌며 말했다.

"거짓말을 하지 마, 너 사인펜이 어디 있어? 우리에게 꺼내 보여줘 봐."

뚱보 곰이 말했다.

"원래 그 사인펜은 잃어버렸어. 그리고 누군가 나에게 아주 신기한 칠색 펜을 선물했어. 어떻게 신기한 건지는 너희들에게 말해줄 수 없어. 아무튼 나에게는 사인펜이 있어. 사인펜이 있단 말이야. 정말 있어."

뚱보 곰은 칠색 펜을 꺼내 슥 보여주고는 재빨리 넣었다. 빨간 캥거루는 뭔가 조금은 알아챘다는 듯이 물었다.

"좋아. 너 힘이 좋으니까, 우리를 도와 이 물건들을 우리 집으로 옮겨다 줘. 사과는 너에게 줄게. 어때?"

뚱보 곰은 기뻐서 박수를 치며 다급하게 말했다.

"그래그래, 나는 제일 곰이야. 힘을 쓰기 좋아하고 일하는 걸 사랑하지. 당장 탁자부터 너의 집으로 옮겨 줄게. 그리고 시간이 나면 찾아가서 사인도 하고 말야."

훠마오즈와 폴짝폴짝 개구리가 이구동성으로 말했다.

"이 뻔뻔스러운 뚱보 곰아, 다시는 함부로 사인을 하지 못할 거야."

그리하여 탁자와 의자는 다시 빨간 캥거루네 집으로 돌아왔다. 그러나 풀리지 않은 궁금함이 빨간 캥거루의 마음속에 남아 있었다.

"뚱보 곰은 절대 강도가 아니야. 그렇다면 탁자가 어떻게 그의 집에 나타나게 된 걸까? 너무 이상해!"

빨간 앵두나무

빨간 캥거루는 생각하고 또 생각했다. 문득 뚱보 곰이 말한 칠색 펜이 떠올랐다. "칠색 펜이 문제의 근원이 아닐까?"라는 의심을 하기 시작했다.

빨간 캥거루는 훠마오즈와 폴짝폴짝 개구리를 불러서 자신의 의심을 말했다. 그러자 훠마오즈가 말했다.

"맞아, 일리가 있어. 그럼 그 칠색 펜을 훔치러 가자!"

폴짝폴짝 개구리가 소리를 질렀다.

"나는 세상에서 으뜸가는 개구리란다.

능력으로는 누구도 나를 따라갈 수 없지.

나는 천리안을 가졌지, 천리안을 가졌어, 누구도 내 시력을 따라올 수 없지!"

그는 배를 불룩하게 팽창시키더니 공중으로 떠올라, 천리안으로 이리저리를 살폈다. 뚱보 곰은 아무런 기척도 없었다. 훠마오즈가 겁을 주기 전에 폴짝폴짝 개구리는 스스로 바람을 빼고 땅으로 내려왔다.

빨간 캥거루는 이번 일은 스스로 해결하겠다고 말했다. 그는 제자리에서 빙빙 돌며 마법의 주문을 외웠다. 이번에는 큰 무가 아니라, 빨간 앵두가 가득 달린 앵두나무로 변했다. 크고 빨간 앵두는 참으로 탐스러웠다. 훠마오즈는 참지 못하고 올라가서 앵두를 따려고 했다. 그러자 앵두나무가 입을 열었다.

"얘, 얘, 얘, 함부로 따지마. 아파서 귀가 빨개진 게 안 보여!"

그러자 훠마오즈는 잡았던 앵두를 얼른 놓았다.

앵두나무는 껑충껑충 뛰면서 뚱보 곰의 집으로 향했다. 걸어 다니는 신기한 앵두나무에 대해 우리는 물론 이 나무의 비밀을 다 알고 있지만, 그러나 이 비밀을 모르는 한 사람이 있다. 누구일까? 바로 뚱보 곰이었다!

뚱보 곰은 전혀 모르는 비밀이었다. 뚱보 곰은 신바람이 나서 칠색 펜을 들고 손이 닿는 대로 사인을 하고 다니는 중이었다. 하늘의 한 송이 흰 구름을 발견한 그는 여우가 가르쳐준 주문을 외우기 시작했다.

"날아라, 날아라, 돌아와, 돌아와,
한 번 날고 두 번 날고,
스스로 날고, 스스로 돌아온다."

그러자 칠색 펜은 구름 위로 날아올라 '제일 곰'이라는 세 글자를 크게 적어 놓았다. 기분이 언짢아진 흰 구름은 먹구름으로 변했다. 뚱보 곰은 껄껄 웃어댔다. 칠색 펜으로 돌에 사인을 하자 돌이 움찔 또 움찔하였고, 머리가 비뚤어진 말뚝에 사인을 하자, 말뚝은 '흥' 또 '흥' 소리를 냈으며, 강가의 큰 거북 등에 사인하자 큰 거북이가 소리를 질렀다.

"등이 간지러워. 너무 간지러워."

큰 거북이는 이렇게 소리를 지르며 막 뒹굴자 강가의 모래톱은 엉망진창이 되었다.

뚱보 곰은 신이 나서 노래를 불렀다.

"칠색 펜은 정말 신기해.
방방곳곳 어디에나 사인을 할 수 있어.

흰 구름 위에도 사인을 했으니,
제일 곰의 명성이 자자하겠구나."

뚱보 곰은 노래를 부르며 길을 걸었다. 그런데 갑자기 등 뒤에 누군가 따라오고 있는 것 같았다. 뒤를 돌아보니, 앵두나무 한 그루 외에는 아무도 없었다.

뚱보 곰은 계속하여 앞으로 걸어갔다. 그는 비어 있는 집으로 들어가 칠색 펜으로 집집마다에 사인을 했다. 자신의 이름을 마음에 드는 물건에 적었다. 큰 옷장, 작은 의자, 세탁기, 탁상 등 외에 어린이 베개, 할머니의 소파 방석에까지 모두 사인을 했다. 그는 사인을 하면서 흥얼거렸고, 흥얼거리면서 또 사인을 했다.

"와, 너무 즐겁고 만족스러워!"

싱글벙글 길을 걷던 뚱보 곰은 문뜩 뒤를 돌아보았다. 그리고 멍해졌다. 자신이 이렇게 멀리까지 온 줄을 몰랐던 것이다. 그리고 그의 뒤에는 여전히 앵두나무가 따라오고 있었다. "앵두를 먹으라는 뜻인가?" 뚱보 곰은 속으로 생각했다.

뚱보 곰이 손을 뻗어 앵두를 뜯으려고 하자, 앵두나무가 비명을 질렀다.

"아아아, 함부로 뜯지 마. 아파서 내 귀가 빨갛게 부어오른 거 안 보여!"

뚱보 곰은 갑작스러운 비명소리에 깜짝 놀라, 뒤로 나자빠졌다. 뚱보 곰은 뒤도 돌아보지 않고 줄행랑을 쳤다. 빨간 캥거루는 앵두가 가득 달린 머리를 흔들며 배를 잡고 "깔깔깔" 웃었다. 뚱보 곰의 비밀이 드디어 밝혀졌던 것이다.

작은 여우를 추적하다

빨간 캥거루는 뚱보 곰의 칠색 펜의 비밀을 알아냈다. 그는 기뻐서 훠마오즈와 폴짝폴짝 개구리에 이 소식을 전했다. 훠마오즈는 빨간 캥거루의 말을 듣고 그런 일이 있을 수 없다며 머리를 절레절레 흔들었다. 뚱보 곰에게 날 수 있는 마법의 펜이 있다는 게 좀처럼 가능하지 않다는 것이었다.

그러나 폴짝폴짝 개구리의 생각은 달랐다. 그는 뱃가죽을 두드리며 소리를 질렀다.

"나는 세상에서 으뜸가는 개구리란다.
능력으로는 누구도 나를 따라갈 수 없지.
나는 천리안을 가졌지, 천리안을 가졌어, 누구도 내 시력을 따라갈 수 없지!"

그는 순간 개구리 풍선으로 변신하여 공중으로 떠올랐다. 그리고 천리안으로 주위를 살폈다. 그리고 정말로 신기한 것을 발견했다.

폴짝폴짝 개구리는 도대체 무엇을 보았을까?

가구들, 베개, 소파 방석 등이 정연하게 줄을 지어 조용하게 삼림의 오솔길로 걸어가고 있는 것이었다. 세 친구는 재빨리 그들의 뒤를 따라갔다. 스스로 걸어가고 있는 이 가구들은 모두 뚱보 곰이 사인을 했던 물건들이라는 것을 빨간 캥거루는 알고 있었다. 즉 이 물건들은 전부 마법에 걸렸던 것이다.

말이 없는 가구들은 다리가 있든 다리가 없든 조용하게 움직이고 있었다. 그것들은 마치 무성의 명령과 지휘를 따르듯 깊은 밀림으로 조용하게 걸어갔다. 그 곳에는 작은 초원이 있었고, 초원 위에 뾰족 지붕의 작은 집 한 채가 있었다. 뾰족 지붕 집 앞에 신비로운 형체가 있었는데, 열심히 리모컨을 조종하고 있었다. 빨간 캥거루는 제자리에서 한 바퀴 빙 돌더니 의자로 변신했다. 그리고 냉장고의 뒤를 따라 걸었다. 신비로운 형체 앞에 도착하여 자세히 살펴보니, 그 형체의 주인은 바로 주둥이가 뾰족한 작은 여우 한 마리였다.

뾰족 지붕 집의 대문은 활짝 열려 있었는데 다가가 보니 그것은 창고였다. 창고 안에는 각양각색의 물건들이 있었는데, 가구로부터 시작하여 음식, 심지어 강가에서 만났던 큰 거북이마저 여우에 의해 소장품이 되었던 것이다. 빨간 캥거루는 문득 깨달았다. 뚱보 곰의 칠색 펜은 여우가 선물한 것이고, 여우는 사인한 모든 물건을 자신의 뾰족 지붕 집으로 들어오도록 조종하고 있다는 사실을 알았던 것이다. 그야말로 교활한 여우였다!

작은 여우는 서 있기가 힘들었는지 빨간 캥거루가 변신한 의자를 끌어다가 앉았다. 여우의 꼬리 때문에 목이 간지러운 빨간 캥거루는 참다못해 재채기를 하고 말았다. 작은 여우는 깜짝 놀라 자신의 코를 비비며 말했다.

"감기에 걸렸나?"

그러자 빨간 캥거루는 껄껄 웃었다. 작은 여우는 의자에서 벌떡 일어나서 물었다. "너 누구야?"

빨간 캥거루는 순식간에 원래의 모양으로 돌아왔다. 그리고 박수를 탁 치자 훠마오즈와 폴짝폴짝 개구리가 뛰쳐나와 작은 여우를 잡으려고 했다. 작은 여우는 상황이 좋지 않은 것을 눈치 채고 얼른 리모컨을 버리고 뾰족 지붕 집 뒤로 도망쳤다. 빨간 캥거루는 리모컨을 집어 들고, 여우의 뒤를 바짝 쫓아갔다.

훠마오즈가 크게 소리를 질렀다.

"나 기분이 안 좋아. 나 화 났어. 화를 낼 거야!"

훠마오즈는 몸집이 커지고, 닭 볏이 빨갛게 달아올라 무서울 정도였다. 그는 씩씩거리며 말했다.

"작은 여우가 담이 크네. 감히 우리 셋을 상대로 수작을 부리다니 말야!"

작은 여우는 창고의 모퉁이를 돌아가더니, 밀폐되어 있던 작은 문을 열었다. 그러자 그 안에서 흰색의 큰 개 한 무리가 왕왕 짖어대며 뛰쳐나왔다. 큰 개들이 빨간 캥거루와 훠마오즈, 폴짝폴짝 개구리를 향해 달려왔다. 그런데 흰색 큰 개들은 어딘가 조금 멍청해 보였다. 그들은 작은 여우가 시키는 대로 흰 이빨을 드러낸 채 빨간 캥거루 셋을 계속 쫓아내려 했다.

빨간 캥거루는 훠마오즈와 폴짝폴짝 개구리를 잡고, 쏜살같이 집으로 달려왔다.

마법 펜을 가진 곰

한 무리 흰색 큰 개들의 공격력이 강해서 빨간 캥거루도 그들을 상대할만한 방법을 찾지 못했다. 그런데 문득 손에 들고 있는 리모컨을 발견했다. 마침내 좋은 수가 떠올랐다.

빨간 캥거루와 훠마오즈, 폴짝폴짝 개구리는 뚱보 곰을 찾아왔다. 뚱보 곰은 칠색 펜을 들고 멍해 있었다. 천장을 제외한 집안 사면의 벽에 이미 모두 사인을 한 상황이었다.

빨간 캥거루는 뚱보 곰에게 밤중에 물건을 훔친 도둑을 찾았다고 말했다. 뚱보 곰은 누구냐고 물었다. 그러자 훠마오즈가 화를 내며 말했다.

"교활한 작은 여우 한 마리였어. 칠색 펜을 그 여우가 선물한 거 맞지?"

뚱보 곰은 머리를 끄덕였다. 빨간 캥거루가 말했다.

"괜찮아. 우리는 너의 도움이 필요해서 찾아왔어. 한 무리 흰색 큰 개가 있는데, 그들의 몸에다 사인을 부탁해."

뚱보 곰은 사인이라는 말을 듣자 눈에서 빛이 났다.

그리고 다급하게 대답했다.

"좋아, 좋아 난 할 수 있어 할 수 있고말고."

뚱보 곰은 조금도 지체하지 않고 즉시 집을 나섰다. 그들 넷은 함께 삼림 깊은 곳에 있는 뾰족 지붕 집을 향해 걸어갔다. 집에 가까워지자 한 무리의 흰색 큰 개들이 그들을 향해 달려왔다. 이때 뚱보 곰은 칠색 펜을 들고 매 한 마리의 몸에다 바람 같은 속도로 사인을 했다. 흰색 큰 개들은 몸이 근질거려 짖어대는 소리마저 부드러워졌다.

빨간 캥거루가 리모컨 버튼을 누르자, 조금 전까지만 해도 흉악하게 달려들던 큰 개들은 얌전한 강아지가 되었다. 그들은 뾰족 지붕 집 뒤에 있는 대문을 향해 줄을 맞춰 나란히 걸어갔다.

대문으로부터 작은 여우가 걸어 나왔다. 귀를 축 늘어뜨린 여우는 풀이 죽어 말했다.

"항복할게, 내가 잘못했어. 훔친 물건들은 모두 돌려줄 거야. 큰 개들에게 물리고 싶지 않아, 부탁이야!"

빨간 캥거루, 훠마오즈와 폴짝폴짝 개구리는 서로 눈빛을 주고받았다. 훠마오즈가 큰소리로 말했다.

"나쁜 짓을 했으니까 벌을 받아야 해. 우리 집에 가서 청소를 하고, 모든 가구들을 제자리에 돌려놓도록 해. 조금이라도 틀리면 가만두지 않겠어."

여우는 머리를 끄덕이며 말했다.

"그럼, 당연히 해야지!"

뚱보 곰은 여우와 손에 있는 칠색 펜을 번갈아보더니 말했다.

"나는 천하제일 곰이다. 아니, 천하제일 바보 곰이야. 유명해지고 싶어 환장하고, 사인을 너무 사랑한 내가 죄인이야. 하마터면 못된 놈이 될 뻔 했네! 여기서 맹세할게. 지금부터 함부로 사인을 하지 않을 거야."

폴짝폴짝 개구리가 말했다.

"안 돼, 안 돼. 내 뱃가죽에 사인을 부탁해. 큰 개를 제압했으니, 넌 내 마음속의 영웅이야!"

뚱보 곰은 오히려 쑥스러워하며 말했다.

"그래, 그래. 사인해 줄게 개구리 뱃가죽에 사인을 하고, 개구리와 함께 하늘로 날아오를 거야!"

빨간 캥거루와 그의 친구들은 뚱보 곰에게 원래의 사인펜을 돌려주었다. 뚱보 곰은 열심히 사인을 하고 나서 말했다.

"이건 나의 마지막 사인이 될 거야. 마지막 사인이야."

빨간 캥거루, 훠마오즈, 폴짝폴짝 개구리는 뚱보 곰에게 박수를 보냈다. 닥치는 대로 사인을 하는 뚱보 곰은 확실히 이상하고 익살맞았다.

그런데 지금은 모든 것이 정상으로 돌아왔다.

그리고 우리의 이야기도 끝났다. 안녕!

쌍두 뱀 쌍쌍(雙雙)

쌍두 뱀 솽솽(雙雙)

1

솽솽은 이 세상에 나오는 과정부터 힘들고 억울했다.

그의 작은 집은 즉 사람들이 늘 말하는 '알껍데기'인데, 그의 집은 일반 껍데기보다 두꺼웠다. 그리하여 솽솽은 뱀 알껍데기를 깨고 나올 때 아주 힘이 들었다. '집'안에 있을 때, 솽솽은 답답하고 비좁음을 느꼈을 뿐만 아니라, 이 작은 집을 혼자 쓰고 있는 것이 아니라고 생각했다. 물론 그것은 그의 생각일 뿐이었다. 사실 비좁은 알껍데기 속에서 많은 생각을 하는 것은 불가능한 일이었다. 숨 막힐 정도로 답답할 때마다 그는 껍데기를 깨려고 노력했다. 그러다가 그의 입술이 껍데기의 얇은 부분을 찾게 되었다. 그리하여 한 마리의 작은 뱀이 가지고 있는 모든 힘을 다해 위로 들이받았다. 한 번, 두 번, 드디어 알껍데기는 차츰 금이 가기 시작했다. 그리하여 솽솽은 마지막 남은 힘을 다해 알껍데기를 뚫고 머리를 내밀었다.

2

동시에 신기한 일이 벌어졌다. 솽솽의 뾰족한 뱀 머리가 알껍데기를 뚫고 내밀었을 때, 알의 다른 한쪽으로 다른 하나의 작은 머리가 나온 것이었다. 솽솽은 처음에 자신과 같이 태어나게 될 형제라고 생각하고, 갓 태어난 뱀의 언어로 다른 한쪽으로 내민 작은 머리에게 "쓰 쓰"하고 인사를 건넸다.

인사를 하고 나서 쐉쐉은 몇 개월 동안 웅크리고 지냈던 알껍데기 속에서 기어 나오려고 했다.

그런데 허리 이하가 그의 말을 듣지 않았다. 오히려 다른 하나의 힘을 느꼈는데, 그를 다른 한쪽으로 잡아당기고 있었다. 쐉쐉은 당황하기 시작했다. 그는 온힘을 다해 밖으로 나오려고 하자, 껍데기는 더 크게 벌어졌다. 그리하여 알은 두 동강이 나고 말았다. 쐉쐉은 풀밭으로 떨어졌다. 차가운 이슬에 놀라 머리를 흠칫했다. 이때 그의 형제도 함께 굴러 나온 것을 발견했다.

더욱 놀라운 것은 쐉쐉이 진정한 뱀처럼 똬리를 틀려고 하였을 때, 조금 전에 느꼈던 반작용의 힘이 다시 전해왔던 것이다. 그리하여 쐉쐉은 똬리를 틀 수가 없었다. 왜냐하면 몸의 다른 한쪽에도 노기등등한 뱀 머리가 있었기 때문이다. 다른 한쪽의 뱀 머리도 쐉쐉과 똑같은 노력을 하고 있었다.

쐉쐉은 드디어 알게 되었다. 자신이 머리가 두 개인 기형 뱀이라는 것을!

3

쌍두 뱀 쏭쏭은 이렇게 불운의 운명을 가지고 세상에 나오게 되었다.

그의 출생지는 밀짚더미 아래였다. 금빛이 반짝이는 밀짚의 색깔은 쏭쏭을 돋보이게 하였고, 태양은 다른 금빛으로 어린 뱀의 몸을 따뜻하게 감싸주었다. 차가운 이슬 때문에 추위를 느꼈던 쏭쏭의 몸은 이내 따뜻해졌다. 몸이 따뜻해지자, 쏭쏭은 다른 한쪽의 머리와 앞으로 어떻게 할 것인지에 대해 의논하기로 했다.

쏭쏭이 물었다.

“이름이 뭐야?”

“난 쏭쏭이라고 해.”

다른 한쪽 머리가 눈을 깜빡거리며 진지하게 대답했다. 쏭쏭은 머리를 끄덕였다. 상서로운 좋은 이름인 것 같았다.

“그럼 우리 둘 중 누가 형이고, 누가 동생이지?”

쏭쏭은 아주 중요한 문제이기 때문에 반드시 명확하게 정해야 한다고 생각했다! 다른 한쪽 쏭쏭(지금부터 그를 따쏭[大雙]이라고 부른다.)도 따라서 머리를 끄덕였다. 따쏭은 쏭쏭(지금부터 그를 얼쏭[二雙]이라 부른다)의 말이 일리가 있다고 생각했다.

“당연히 내가 형이지. 나는 너보다 1초 먼저 알을 깨고 나왔으니까.”

따쏭이 자신 있게 말했다.

“1초라고? 그게 무슨 뜻이야?”

얼쏭은 따쏭이 약간 교활하고 속되다고 생각되어 되물었다.

“1초란 바로 굴러 떨어진 시간을 말하는 거야.”

따쌍이 설명했다.

"그런데 내가 너보다 먼저 굴러서 나왔잖아."

얼쌍이 승복할 수 없다는 듯 우겼다.

"나보다 먼저 굴러 나온 건 맞지만, 내 머리가 먼저 풀밭에 닿았어. 첫 번째 이슬을 먹고 나서, 내가 형이라는 걸 깨달았지."

따쌍의 말은 정중하고 설득력이 있었다. 얼쌍은 그제야 고집을 부리지 않았다. 그는 길고 가는 몸을 움직이며 따쌍에게 말했다.

"알았어. 네가 형이고 나는 동생이야. 그런데 지금 많이 피곤해서 똬리를 틀고 싶은데, 어떻게 하지?"

"그건 어렵지 않아. 우리 둘이 같이 틀면 돼."

따쌍은 흐뭇해하면서 말했다. 작은 쌍두 뱀은 오른쪽 왼쪽으로 몸을 꼬며 드디어 성공적으로 똬리를 틀었다. 두 개의 작은 머리는 똬리의 중간에 솟아있었는데, 참 기괴해 보이면서도 아주 조화로웠다.

4

따쌍과 얼쌍이(우리는 이미 이들이 한 몸을 공유하고 있다는 것을 알고 있다.) 한잠 자고 일어났을 때, 주위가 이상하리 만치 조용했다. 그들과 함께 알에서 나온 어린 뱀들도 무슨 영문인지 하나도 보이지 않았다. 그들은 뱀의 머리로 지금 있는 위치를 열심히 돌이켜 생각해보았다. 생각하고 또 생각하고 나서야 겨우 약간의 갈피를 잡았을 수 있었을 때 옆에서 "바스락"하는 소리가 들려왔다.

따쌍이 머리를 들어 소리가 나는 쪽을 쳐다보았다. 자기와 똑같이 생긴 뱀 한 마리가 거기에 있었는데, 다만 그보다 몇 배나 큰 뱀이었다. 얼솽은 그에 비해 반응이 빨랐다. 그는 신이 나서 큰 소리로 불렀다.

"엄마! 엄마 맞죠!"

큰 뱀은 짚더미 아래로 다가왔다. 그는 따솽과 얼솽의 엄마가 맞았다. 어미 뱀은 어미 닭과는 육아 방법이 다르다. 어미 뱀은 어미 악어와 더 비슷하다. 뱀은 알을 짚더미 아래에 놓아두고, 따뜻한 태양을 이용하여 새끼를 부화한다. 그리고 어미 뱀은 알들과 가까운 곳에서 자애롭고 기대가 가득한 마음으로 새끼들이 껍데기를 깨고 나오기를 기다린다. 그러다가 일단 새끼 뱀들이 알에서 나오면, 어미 뱀은 다가가서 그들을 감싸고 긴 몸으로 새끼들을 보호한다. 그리고 그들을 데리고 짚더미에서 나와 먹이를 찾아다닌다.

쌍두 뱀은 알에서 까나오는 순간 너무나도 기괴하여 어미 뱀마저 깜짝 놀랐다! 그리하여 어미 뱀은 선뜻 그들에게 다가가지를 못했던 것이다. 머리가 두 개인 아이들이 한참 동안 형과 동생 문제를 의논하는 것을 지켜보고 나서야 어미 뱀은 마음을 다잡았다. 새끼 뱀의 용모가 아무리 추해도 자기 새끼지 않은가! 그리하여 그때서야 어미 뱀이 그들 앞에 나타났던 것이다.

따솽과 얼솽은 엄마가 있다. 그들은 이 짚더미가 너무 좋고 푸근했다. 부드럽고 폭신폭신한 짚더미는 따뜻할 뿐만 아니라, 그 속에는 메뚜기와 귀뚜라미도 있었다. 거문고를 연주하며 노래하고 있는 그들 때문에 더욱 북적거리는 분위기가 되었다. 그 외에 짚더미 위에는 늙은 백양나무 한 그루가 있었는데, 나무 위에는 까치둥지 하나가 있었다. 둥지 안에는 세 마리의 새끼 까치가 있는데, 말이 아주 많았다. 그들은 따솽과 얼솽이 알에서 나오는 순간부터 까치의 언어로 쉼 없이 논쟁을 이어왔다. 논쟁의 내용은 간단했다.

"쌍두 뱀이 나중에는 두 마리로 분리되는 걸까?"였다.

그들 중에 한 마리는 "깍! 깍! 깍!" 소리를 질렀고, 다른 두 마리는 "깍깍, 깍깍! 깍깍!"하고 소리를 질렀다. 단마디 "깍"의 뜻은 따쐉과 얼쐉이 영원히 분리되지 못하며, 한 마리의 쌍두 뱀일 수밖에 없다는 것이었다! "깍깍"은 이와 반대로 결국 갈라지게 된다는 주장이었다. 따쐉과 얼쐉이 언젠가 분리된다는 것이다. 그들 셋은 구리로 된 옷핀을 걸고, 이 문제로 내기까지 했다. 그 핀은 까치 엄마의 엄마가 물려준 유산이었는데, 원래는 삼십 리 밖의 한 장원(莊院) 여주인의 것이었다.

따쐉과 얼쐉은 자신이 태어나자마자 까치들의 논쟁거리와 내기거리가 되었다는 사실을 전혀 모르고 있었다. 그들은 엄마가 나타나 자신을 보호하고 있다는 것만으로 충분히 기뻤다. 그 외에 더욱 중요한 것은 배가 고프고, 먹이를 먹고 싶다는 것이었다.

5

따쐉은 머리를 높이 쳐들고 가느다란 혀를 날름거리며 "쓰 쓰 쓰"하고 엄마를 불렀다. 얼쐉은 따쐉보다도 더 배가 고픈 것 같았다. 그는 혀를 날름거릴 힘조차 없었다. 그러나 그의 작은 눈은 반짝거리며 앞을 주시하고 있었다. 왜냐하면 멀지 않은 곳에 작은 풀이 천천히 움직이고 있었기 때문이었다.

바람이 손으로 흔들지 않고서는 풀은 당연히 스스로 움직일 수 없다. 혹은 풀 아래에 다른 곤충이 있다면 가능한 일이다. 작은 풀을 움직이고 있는 것은 곤충이 아니라 한 마리의 뱀에 더 가까웠다. 그럼 뱀을 닮은 건 무엇일까? 당연히 지렁이였다.

얼쏭은 먹이가 스스로 찾아왔다는 것을 본능적으로 알았다. 그리하여 그는 몸을 활처럼 구부렸다가, 지렁이가 머리를 내밀고 주위를 두리번거리며 그의 앞에 나타났을 때, 그는 화살처럼 날아가 한입에 지렁이의 머리를 물었다. 달콤하고 향긋한 즙액이 순식간에 새끼 뱀의 입 안을 가득 채웠다. 이 순간 얼쏭이 느낀 행복은, 초콜릿 아이스크림을 먹었을 때의 모든 아이가 느끼는 행복감에 못지않았을 것이라고 믿는다!

지렁이는 필사적으로 발악했다. 지렁이는 용수철처럼 꼬리를 말았다가 힘껏 뻗었다. 발악의 동작이 큰 탓에 따쏭의 굶주린 눈길을 끌었다. 따쏭은 머리를 내밀더니 사정없이 지렁이의 꼬리를 물었다.

따쏭과 얼쏭은 줄다리기 선수마냥 죽을힘을 다해 맛있는 지렁이를 잡아당겼다. 물론 줄다리기는 단지 그들이 먹이를 빼앗을 때의 조건반사일 뿐이고, 더욱 중요한 것은 이 지렁이가 그들에게 먹혔다는 것이다. 따쏭과 얼쏭은 입이 서로 닿자, 그들은 힘껏 머리를 비틀며, 서로 교차함으로써 국수 같이 생긴 맛있는 지렁이를 두 개로 끊으려고 애를 썼다.

그런데 지렁이는 생각보다 굵고 컸다. 그리고 몸의 탄력도 새끼 뱀들이 물어뜯을 수 있는 능력의 한도를 초과했다. 그리하여 우스운 광경이 벌어졌다. 지렁이 한 마리 때문에 쌍두 뱀 따쏭과 얼쏭은 어쩔 수 없이 서로 마주보게 되었다. 작은 생명의 숙명적 비애가 느껴졌다.

배는 더 이상 고프지 않았다. 그러나 상대방에게 지렁이를 빼앗기면 남는 건 굶주림뿐이라는 걸 그들은 알고 있었다. 그래서 끝까지 대치할 수밖에 없었다.

이 가엾은 지렁이는 따쏭과 얼쏭이 세상에 나온 뒤의 첫 생명 교사가 되었다. 지렁이는 끝내 뱀의 이빨을 견디지 못하고, 아주 고통스럽게 두 동강이 나고 말았다. 따쐉과 얼쐉은 신속하게 떨어지더니, 급급히 자신에게 속하는 절반의 지렁이를 삼켰다. 배불리 먹고 나자 그들은 만족스럽고 홀가분해졌다. 따쐉과 얼쐉은 따뜻한 햇볕 아래에서 잠이 들었다.

6

비가 내리기 시작했다. 큰 빗방울이 다급하고 세차게 하늘에서 떨어졌다. 짚더미는 이내 비에 젖은 커다란 버섯이 되었다. 이 버섯의 뿌리 밑에서 휴식을 취하고 있던 쌍두 뱀 따쐉과 얼쐉은 소란스럽게 떨어지는 빗방울 때문에 여간 불편하지 않았다. 그들은 정신을 차리고 짚더미에서 나가 비를 피할 수 있는 작은 집을 찾으려고 했다.

짚더미 옆에 둑이 있었는데, 둑 위에는 쑥과 붉은 버드나무(紅柳)가 가득 자라고 있었다. 따쐉과 얼쐉은 서로 격려하면서 진창 속에서 가늘고 구불구불한 선을 그렸다. 그들은 빗물 때문에 사레라도 들까봐 머리를 높이 쳐들고 있는 힘을 다해 앞으로 이동했다. 비는 점점 작아지기 시작했다. 둑의 움푹 파인 곳에 빗물이 가득 고였다. 일벌이기를 좋아하는 개구리 한 마리가, 이유 없이 신이 나서는 그 물웅덩이 옆을 지키고 앉아 "개굴개굴" 크게 소리를 질렀다. 개구리의 소리에는 비의 기운이 담겨 있었고, 습윤한 공기 속에서 더 멀리 울려 퍼졌다.

따쐉과 얼쐉은 끝내 비를 피할 수 있는 작은 보금자리를 찾았다. 그것은 비뚤게 자란 늙은 버드나무였다. 버드나무는 하도 늙어서 밑동에 큰 구멍 하나가 뚫려 있었다. 쌍두 뱀은 후다닥 그 구멍으로 구르다시피 들어갔다. 구멍 안은 건조하고 따뜻했다. 짚더미 아래보다 몇 배나 더 안락했다!

새끼 쌍두 뱀은 서로 힐끗 쳐다보았다. 작은 눈에는 피로와 어쩔 수 없음을 말해주는 빛이 반짝였다. 버드나무 밑동에 난 이 구멍 안은 예쁜 홀에 비유해도 과언이 아니었다. 땅에는 언젠가 벌레들이 갉아 놓은 톱밥이 부드럽고 두툼하게 한 층 깔려 있었다. 구멍 밖은 비가 내려 뿌옇게 안개가 꼈다.

태양은 미소를 지으며 다시 얼굴을 내밀었다. 비는 갑작스럽게 내리더니 살며시 가버렸다. 마치 따쐉과 얼쐉을 짚더미 아래에서 쫓아내고, 엄마의 품속에서 쫓아내기 위해 내린 것 같았다. 그것도 그럴 것이 이번의 큰비를 계기로 쌍두 뱀은 엄마와 영영 이별하게 되었다. 혹은 그들이 스스로 첫 번째 먹이인 지렁이를 잡은 순간부터, 엄마는 조용히 그들을 떠났다고 말할 수 있다. 이것이 뱀들의 생존 방식이기 때문이었다.

7

나무 밑동의 구멍은 널찍하고 안락했다. 하지만 구멍 안에는 아쉽게도 맛있는 지렁이가 없었다. 빗속에서 먼 길을 기어오느라 따쐉과 얼쐉은 어지러울 정도로 허기졌고, 그 사이 몸이 더 가늘어진 것 같았다. 따라서 만약 여기에 정착한다면 그들이 해결해야 할 첫 번째 문제는 바로 먹이를 찾는 것이었다.

그들은 굶주림에 시달리다가 참지 못하고 끝내 구멍 밖으로 기어나갔다. 구멍의 어귀는 아주 반들반들하였는데, 다른 동물이 몸으로 자주 마찰한 흔적이고, 위험한 신호임이 분명했다. 그러나 쌍두 뱀은 아직 너무 어려서 매끄러운 굴 어귀가 무엇을 의미하는지 전혀 의식이 없었다. 그들은 구멍 입구를 기어 나왔다. 왼쪽은 둑 안에서 흐리는 혼탁한 강물이었는데, 거품과 물보라는 급급히 먼 곳으로 흘러가고 있었다. 버드나무는 새끼 뱀에게 아무것도 줄 수가 없었다. 오른쪽은 높고 깊은 쑥밭이었는데, 쑥에서 나는 이상한 비린내 때문에 새끼 뱀은 괴로웠다. 그러나 굶주림은 쑥의 냄새보다 더 참기 힘들었다. 그들은 쑥밭 깊숙한 곳으로 들어가 먹이를 찾기로 했다.

만약 운이 좋아 지렁이 한 마리를 잡게 된다면, 따쌍과 얼쌍에게 있어 즐거운 명절이 아닐 수 없었다.

개구리 한 마리가 쑥 잎 아래 고인 물속에 엎드려 있었다. 개구리는 위험을 감지한 게 분명했다. 아니나 다를까 풀 스치는 소리가 들려오더니 포크 모양으로 생긴 괴상한 뱀 한 마리가 나타난 것이다. 괴상한 뱀은 두 머리를 높게 쳐들고 있었고, 혀는 꽤 위협적인 자태로 내밀고 있었다. 개구리는 이 괴물이 우스꽝스럽게 생겼다고 여기며 담도 크게 달아나지도 움직이지도 않고 자세하게 살펴볼 생각이었다.

얼쌍이 먼저 초록색 개구리를 발견했다. 맛있는 냄새가 풍겨오자 그는 재빨리 머리를 쑥 내밀었다. 개구리는 순식간에 잡혔고 반항할 여지조차 없었다. 개구리는 호기심 때문에 목숨의 대가를 치르게 되었던 것이다.

따쌍은 풀이 꺾여 낙담한 표정을 숨기지 못했다. 먹이를 찾는 능력에 있어 따쌍은 얼쌍의 민첩함을 따라가지 못하는 듯했다. 얼쌍은 개구리를 꿀꺽 삼켰다. 개구리를 삼키는 동시에 얼쌍은 자신감과 용기도 커지고 강해지는 것 같았다. 그는 따쌍을 격려하며 말했다.

"멍청한 개구리야. 맛도 없어. 넌 개구리보다 더 맛있는 먹이를 찾을 수 있어. 정말이야!"

따쌍은 머리를 끄덕이며, 머리를 더 높게 쳐들었다. 나비 한 마리가 풀끝에 내려와 앉아 휴식을 취하고 있었다. 아름다운 날개를 천천히 움직이는 모양은 마치 비가 내린 뒤의 대지를 위해 부채질을 하는 것 같았다. 따솽은 눈빛이 돌변했다. 이 나비를 잡는 것은 그에게 있어 큰 의미가 있다고 생각했다. 왜냐하면 나비는 날개가 있기 때문이었다. 얼솽은 따솽의 마음을 알아챈 듯, 묵묵히 따솽을 따라 앞으로 이동했다. 그들은 살며시 풀잎 아래까지 올라갔지만, 나비는 조금도 눈치를 채지 못하고 아무 걱정 없이 이리 보고 저리 보면서 더듬이로 더듬거렸다. 마치 경극(京劇, 중국의 대표적인 전통 연극)에서 나오는 교만한 무사의 머리 위의 깃털 같았다.

풀끝이 미세하게 움직였다. 나비가 놀라서 날개를 펴고 날려고 하는 순간 따솽의 이빨이 나비의 꼬리를 물었다. 나비는 필사적으로 날갯짓을 했다. 그 바람에 따솽의 머리는 풀 위의 빗물과 나비 날개 위의 가루로 범벅이 되어, 용모가 기괴하기 짝이 없게 되었다. 따솽은 먹이를 물고 놓지 않았다. 먹이가 날 수 있는 작은 생명이기 때문에 비록 나비의 맛이 그다지 좋지 않다는 것을 이미 느꼈지만 절대로 놓지를 않았다. 나비를 포식하는 행위는 거의 예술의 경지에 이르렀다고 스스로 생각한 따솽은 포기하지 않고 무미건조한 날개를 꾸역꾸역 삼켰다. 동시에 자신이 얼솽에 비해 뱀들 중의 시인에 더 가깝다고 생각했다. 개구리와 나비는 따솽과 얼상의 서로 다른 성격을 검증했다. 하나는 실속을 중시하고, 다른 하나는 환상적인 것을 추구하는 편이었다. 그야말로 흥미로운 쌍두 뱀이었다.

8

먹이 구하기를 끝내고, 따솽과 얼솽은 각자 다른 경험을 하면서 나무구멍으로 돌아왔다. 뱃속에 음식이 들어가자 기어가는 동작마저 더욱 자신감이 있고 힘이 났다. 뿐만 아니라 참을 수 없는 간지러움이 속으로부터 전해지더니 겉 피부를 통해 분출되었다. 그들은 본능적으로 새로운 생명 체험을 하고 있다는 것을 느꼈다. 그리하여 그들은 귀가 속도를 더욱 높였다.

굴속으로 들어와 나무 톱밥 위에 똬리를 틀자마자 체내로부터 심장을 파고드는 가려움이 전해지기 시작했다. 따쐉과 얼쐉은 몸통을 쭉 뻗고 톱밥 위에서 끊임없이 몸을 마구 비틀고 비벼대지 않을 수가 없었다. 피부는 보이지 않는 큰 손에 의해 야금야금 벗겨져 나가는 것 같았다. 그러나 몸속에서 뿜어져 나오는 거센 기운은 조금도 누그러들지 않았다. 그들은 가려움으로부터 아픔을 느꼈고, 또 쾌감도 느꼈다.

한참 동안의 몸부림 끝에 그들은 재빨리 몸통을 끼울 수 있는 무언가를 찾았다. 이때 알 수 없는 가려움은 점점 더 강렬해지더니, 머리에서 꼬리 끝까지 전해졌다. 따쐉과 얼쐉은 죽을힘을 다해 가려움에서 벗어나려고 애를 썼다. 그리고는 끝내 유형의 우리, 무형의 외투에서 벗어났음을 느꼈고, 홀가분하게 움직일 수 있었다.

뒤를 돌아본 그들은 저도 모르게 깜짝 놀랐다. 자신의 껍질이 거기에 걸려 있는 것이 아니겠는가! 새로운 비늘 조각들은 윤기가 흐르고 부드러웠으며, 생명의 또 다른 환희로 부풀어 있었고, 여기 깊은 곳에서 지친 듯 나른하게 펼쳐졌다.

따쐉과 얼쐉은 순간 모든 것을 깨달았다. 그들은 묵은 표피를 벗어던진 것이고, 몸은 한참 동안의 아픔과 가려움을 거쳐 자연스럽게 더 길어지고 굵어졌다. 허물을 벗어던진 따쐉과 얼쐉의 모습은 더 이상 유치하거나 우습지 않게 되어 있었다.

탈피를 경험해 보지 못한 인간들이 어찌 이 모든 것을 이해할 수 있겠는가?!

9

따쐉과 얼쐉은 나른하게 서로에게 기대어 있었다. 탈피로 인해 그들은 힘이 쭉 빠져 있었다. 이때 굴 밖에 그림자 하나가 민첩하고 재빠르게 스쳐지나갔다. 마치 노란색의 번개 같았다. 그 그림자는 이내 다시 돌아와 작은 머리를 굴 속으로 들이밀고 코를 벌름거리더니, 조심스럽게 널찍한 굴 안으로 천천히 들어왔다.

이 노란색의 동물은 이 굴속의 모든 것이 아주 익숙한 듯했다. 그는 경계가 가득한 반짝거리는 두 눈으로 이리저리 둘러보고 나서 따쐉, 얼쐉과 그리 멀지 않은 곳에 엎드렸다. 그는 큰 꼬리를 좌우로 움직이더니 자신의 코를 가렸다. 그리고 여유롭게 꿈속으로 빠져들었다.

작은 뱀은 깜짝 놀랐다!

그들은 목숨의 종말이 다가온 줄 알았다. 왜냐하면 노란색의 작은 짐승은 날카로운 이빨과 민첩한 움직임을 보여주었고, 그들은 탈피 후의 가장 연약한 상태였기 때문이었다. 따쐉과 얼쐉은 눈을 크게 부릅뜨고, 두려움에 빠져 여유롭게 잠이 든 짐승을 쳐다보다가 한참 후에야 놀란 가슴을 진정하고 정신을 가다듬었다. 알고 보니 그들이 새로 찾은 이 보금자리는 족제비의 굴이었던 것이다. 다행히 집 주인이 지금은 배가 불러서 경각성이 조금 떨어진 상태였기에 망정이지 굶주려서 예민한 상황이었다면 족제비가 굴속으로 머리를 들이미는 순간 쌍두 뱀의 운명은 끝났을 것이다.

집 주인이 경각성이 없이 잠이 들었으니, 불청객 따쐉과 얼쐉의 유일한 선택은 이 굴에서 얼른 나가 목숨을 건지는 것뿐이다. 그들은 서로 눈을 눈빛을 주고받았다. 그들 사이에는 이미 말하지 않아도 서로 마음이 통할 만큼 친밀감이 형성되었다. 그리하여 용기를 내 조심스럽게 밝은 문어귀로 향해 기어갔다.

동굴 입구를 벗어나는 그 순간 혹여나 무서운 짐승이 갑자기 깨어나 포효하며 덮쳐 올까봐 그들은 심장이 벌렁거렸다. 그러나 그들의 걱정과 달리 너무나 조용하였고, 심지어 그 작은 짐승의 코고는 소리까지 들렸다. 그들은 그제야 한시름 놓았다. 그들은 재빨리 벌판으로 도망을 쳤고, 소란과 위험으로 가득한 대자연으로 향해 달려갔다.

10

따쏭과 얼쏭은 댐의 벽을 타고 미끄러져 내려가, 냄새가 고약한 쑥밭을 지나서, 넓고 딱딱한 땅을 따라 앞으로 기어가고 있었다. 이 땅은 풀잎 하나 없이 메말랐고, 거울 면처럼 평탄했다. 이 이상한 땅 위를 기어가고 있는 쌍두 뱀은 수많은 시선이 그들을 주시하고 있는 것 같아 아주 불편함과 위험함을 강렬하게 느꼈다. 그리하여 그들은 빨리 이 땅을 벗어나고 싶었다.

이 땅은 사실 농촌의 한 큰길이었다. 이때 한 남자아이가 뛰어오고 있었는데, 넘쳐나는 힘을 주체할 수 없어 맹목적으로 뜀박질을 하는 것이었다. 아이의 손에는 가느다란 버드나무가지가 있었는데, 그것으로 아름다운 소리가 나는 버들피리를 만들 계획이었다. 봄을 노래하고, 입술도 마음도 파랗게 물드는 버들피리를 만들고 싶었던 것이다.

남자아이가 갑자기 멈춰 섰다. 그리고 큰길 한가운데 있는 신기하게 생긴 따쏭과 얼쏭을 의아한 눈빛으로 물끄러미 바라보았다. 기어가던 쌍두 뱀도 멈추고 가만히 있었다. 앞에 마주선 남자아이에 대해 곤혹스러운 건 그들도 마찬가지였다. 두 다리로 직립보행을 하는 동물을 그들은 태어나 처음 보기 때문이었다. 그야말로 한치 앞도 예상할 수 없는 상황에 맞닥뜨리게 되었다!

남자아이는 드디어 자기 앞에 있는 것이 보기 드문 쌍두 뱀이라는 것을 알아차렸다! 깜짝 놀란 그는 겁을 먹고 버드나무가지로 뱀을 슬쩍 건드려 보았다. 나뭇가지가 먼저 닿은 것은 따쏭이었다. 따쏭은 아주 언짢아서 머리를 흔들었다. 그러자 얼쏭도 형의 분노에 같이 반응했다. 그는 "쓰 쓰" 소리를 내면서, 사납게 긴 혀를 내밀었다. 남자아이는 쌍두 뱀의 흉악한 반응에 깜짝 놀라 발을 동동 굴렀다. 스스로 두려움을 떨쳐내기 위함과 동시에 쌍두 뱀을 위협하려는 행동이었다. 그리고 손에 들고 있는 버드나무가지로 여전히 도발을 멈추지 않았다.

따쏭은 눈 깜짝할 사이에 입을 벌려 버드나무가지를 단번에 물었다. 순간 입안에 쓴 맛이 확 퍼졌다. 딱딱하고 쓴 느낌이었다. 얼쏭은 조금도 망설임 없이 나뭇가지를 타고 올라가 휘감았다. 딱딱하고 탄력이 있는 이 물건이 남자아이의 특별한 팔일 것이라고 생각하였던 것이다. 그리하여 몸으로 휘감으며 타고 올라가 격투를 벌이려는 것이었다.

쌍두 뱀의 흉악한 천성은 남자아이의 버드나무가지의 자극에 의해 여실하게 드러났다. 그들의 척척 맞는 손발과 협동 능력에 남자아이는 다시 한 번 깜짝 놀랐다. 쌍두 뱀과 남자아이가 교착 국면에 놓여있을 때, 마침 "따르릉" 하는 소리와 함께 자전거 한 대가 지나갔다. 자전거를 타고 있는 사람은 청년이었는데, 농촌 초등학교의 선생님이자 학교장이었다.

선생님을 보자 남자아이는 언제 그랬냐는 듯 갑자기 담이 커졌다. 그는 소리를 고래고래 질렀다.

"죽어라! 죽어. 때려죽일 거야, 이 쌍두 뱀아!"

젊은 선생님은 자전거에서 뛰어내리더니, 격노하여 소리를 지르는 남자아이를 제지했다. 그리고 따쌍과 얼쌍을 보더니 몹시 기뻐하며 말했다.

"마얼바오(馬二寶), 함부로 대하면 안 돼. 이 뱀은 희귀 동물이란 말이다."

선생님은 쌍두 뱀을 자세하게 살펴보더니, 독사가 아니라는 것을 발견했다. 그리하여 속으로 더욱 기뻐했다. 선생님은 남자아이 손에서 버드나무가지를 조심스럽게 건네받아 그대로 따쌍과 얼쌍을 들고 걸어가 자전거 앞에다 꽂아 놓았다. 긴 몸으로 나뭇가지를 단단하게 휘감고 있는 따쌍과 얼쌍은 떨어지지 않으려고 더욱 힘을 주었다. 큰길에 울려 퍼지는 자전거의 신난 방울소리와 함께 따쌍과 얼쌍은 어딘지 모르는 곳을 향해 가고 있었다.

11

「산성(山城) 석간신문」 4월 14일 소식에 "어제 마쟈(馬家)촌의 청년 교사 한 분이, 진귀한 쌍두 뱀 한 마리를 들고 본사에 찾아와 편집진에게 보여주었다. 그는 신문매체의 힘을 빌려, 많은 독자들에게 대자연의 이체공생(異體共生)이라는 이 신기한 현상을 알리고 싶다고 했다."는 기사가 실렸다.

다른 한 소식에는 "이 희귀한 쌍두 뱀은 아주 건강하고 성격이 활발하며, 현재 시산동물원(西山動物園)의 파충류 관에서 살고 있다. 전문가의 말에 의하면, 이 뱀은 줄꼬리뱀(黑眉錦蛇)으로 대자연에서 보기 드문 쌍두 뱀이라고 한다."고 쓰여 있었다.

따쌍과 열쌍은 산간 도시의 이슈가 되면서 유명한 뱀이 되었다. 정확히 말하면 스타가 되었던 것이다. 그러나 그들이 원해서 스타가 된 건지는 알 길이 없었다. 세상에는 자기 마음대로 되지 않는 일들도 많기 때문이다. 인간이 그렇듯 뱀도 예외는 아니었다.

편자(鞭子) 이야기

편자(鞭子)[10] 이야기

착한 빨간 캥거루

빨간 캥거루는 착한 아이이다. 착한 아이의 특징은 늦잠을 자지 않는 것이다. 아침 일찍 일어나 이를 닦고 세수를 한다. 그다음 삼림 속에서 달리기라고 해도 되고 줄넘기라고 해도 되는 운동을 한다.

삼림 속의 오솔길은 이슬에 젖어 미끄러웠다. 하지만 빨간 캥거루는 두렵지 않았다. 그는 머리를 들고 목을 빙빙 돌리고 나서 다리를 쭉쭉 뻗으면서 굵은 꼬리를 세 번 흔들었다. "하나, 둘, 셋", 굵고 큰 꼬리는 구령에 맞춰 움직였다. 이것은 빨간 캥거루가 운동을 시작하는 신호이기도 했다.

그런데 굵고 큰 꼬리를 마지막으로 한 번 흔들고 나서 빨간 캥거루가 갑자기 모든 동작을 멈췄다. 저 앞에 오솔길 위해 반짝반짝 빛나는 무언가가 있었기 때문이다. 반짝거리는 저것은 도대체 무슨 보물일까? 빨간 캥거루는 앞으로 다가가 그 물건을 집어 들었다. 그것은 'U'자 모양의 편자(鞭子)였다. 이건 '편자'가 아닌가? 빨간 캥거루가 소리를 질렀다.

맞다. 그것은 예쁘게 생긴 편자였다. 묵직하고 반들거리는 편자였다. 중요한

---

10) 편자(鞭子, horseshoe) : 험하고 울퉁불퉁한 노면으로부터 말발굽을 보호하기 위해 덧대는 U자형의 쇳조각.

것은 누가 잃어버렸냐 하는 것이었다.

사실 물을 것도 없이 당연히 결따마(棗紅馬)[11] 아저씨의 아들 어린 결따마가 잃어버린 것이었다. 그래 어린 결따마에게 빨리 돌려주러 가야겠다. 알다시피 편자를 잃어버리면 어린 결따마는 달릴 수가 없기 때문이다.

빨간 캥거루는 착할 뿐만 아니라, 동시에 아주 친절한 아이였다. 어린 결따마가 편자를 찾지 못해 조급해하는 모습을 상상하자 빨간 캥거루는 이마에 땀이 송골송골 맺혔다. 물론 빨간 캥거루의 땀은 누구도 볼 수 없다. 하지만 그는 정말 조급했다. 몹시 다급해진 빨간 캥거루는 가장 빠른 속도로 달렸다. 아니다. 달렸다기보다 껑충껑충 점프했다고 해야 정확할 것이다! 그는 편자를 배주머니 속에 잘 간수한 다음 출발했다.

편자는 차가웠다. 여름에 냉장고 안에 있는 얼음 같았다. 그러나 빨간 캥거루의 마음은 아주 따뜻했다. 어른들은 이런 현상을 '열 받다'라고 표현한다. 지금 한 마리의 '열 받은' 빨간 캥거루는 이미 어린 결따마를 만나러 출발했다.

편자를 신은 느낌

빨간 캥거루는 착한 아이지만, 동시에 호기심이 강한 아이였다. 주머니 속의 편자가 체온에 의해 점점 따뜻해져 갈 때 빨간 캥거루의 뜀박질도 점차 느려졌다. 그의 작은 머릿속에 재미나는 생각이 불쑥 떠올랐다. 편자를 주운 건 나인데 내 발에 신어 보아도 되는 거잖아?

11) 결따마(棗紅馬) : 몸이 붉은색에 가까운 누런색의 말.

편자를 발에 신어 볼 이유가 하나라도 있어 다행이었다. 이 이유는 캥거루에게 아주 큰 유혹이었다. 그리하여 착한 빨간 캥거루는 주위를 두리번거렸다. 아무도 없는 것을 확인하고 나서 그는 배주머니 속에서 편자를 꺼냈다. 그리고 자신의 왼쪽 발에 대 보았다. 편자는 제법 잘 어울렸다. 캥거루는 든든하고 가는 줄을 찾아서, 떨어지지 않게 발에 편자를 꼭 묶었다. 모든 준비를 마친 빨간 캥거루는 일어서서 먼저 오른쪽 발을 내딛었다. 별 문제가 없자 자연스럽게 왼쪽 발을 또 내딛었다. 즉 편자를 묶은 왼쪽 발이었다. '딱', 발아래에서 금속과 돌이 부딪치는 소리가 났다. 이 소리에 빨간 캥거루는 깜짝 놀라 왼쪽 발을 들고 머리를 숙여 자세하게 살펴보았다. "역시 아무 문제가 없는데, 이 소리는 뭘까? 조금 더 걸어보자."하면서 오른발 왼발 번갈아 조심스럽게 땅을 밟아보고 나서 캥거루는 마침내 깨달았다. 편자는 아주 딱딱하여 오솔길의 돌들과 부딪치기만 하면 '딱 딱' 소리가 나는 것이었다. 빨간 캥거루는 서툰 광고를 찍고 있는 것 같았다. 광고 문구는 "내가 왔다"인 듯했다.

착한 아이 빨간 캥거루의 성격은 조용한 편이었다. 그는 발이 묵직하고 요란하게 소리 나는 것이 그다지 좋지 않았다. 그리하여 다시 자신의 아름답고 건강한 점프를 하려고 했다. 하지만 점프를 하는 순간 왼발 발바닥이 미끄러지는 것이었다. 빨간 캥거루는 졸지에 절름발이 고양이가 되었다.

남의 일에 참견하여 떠들기를 좋아하는 까치 한 마리가 날아왔다. 까치는 빨간 캥거루가 편자를 신고 있는 모습을 보고, '짹 짹 짹' 웃음을 터뜨렸다. 뿐만 아니라 끊임없이 왼쪽 날갯짓을 하는데, 그 모습은 우습기도 하고 즐거워 보이기도 했다. 빨간 캥거루는 쑥스러웠다. 그는 왼발의 편자를 풀었다. 그리고 까치를 향해 휙휙 주먹질을 했다. 그러자 정상적으로 출발할 수 있었다.

'싫어싫어' 토끼를 만나다

절름발이 고양이에서 다시 정상적인 빨간 캥거루로 돌아왔을 때, 그는 '싫어싫어' 토끼를 만났다.

'싫어싫어' 토끼는 삼림에서 명성이 자자한 인물이었다. "명성이 자자하다"고 하는 것은 무엇 때문일까? 바로 "싫어"가 입에 붙어 있어서 '싫어싫어' 토끼로 유명해진 것이다.

어머니가 수학 공부를 하라고 하면, 그는 "싫어"라고 대답했다.

어머니가 쓰레기를 버리라고 하면, 그는 "싫어"라고 대답했다.

아버지가 발 좀 씻으라고 하면, 그는 "싫어"라고 대답했다.

친구들이 함께 당근을 심으러 가자고 하면 그는 연신 머리를 흔들며 소리를 지른다. "싫어, 싫어, 싫어!"

'싫다'는 말을 하도 많이 해서 이제는 입에 붙어 스스로도 어쩔 수 없게 되었다. 빨간 캥거루는 바로 이 유명한 '싫어싫어' 토끼와 마주치게 된 것이다. '싫어싫어' 토끼는 빨간 캥거루가 반짝거리는 보물을 들고 있는 것을 보고 말했다.

"싫어, 싫어, 나에게도 보여줘. 안 보여주면 나 화낼 거야!"

빨간 캥거루는 착한 아이다. 누군가 자기 때문에 화를 내는 것이 가장 두려웠다. 그리하여 그는 재빨리 편자를 토끼에게 건네주었다.

그런데 이게 어찌된 일인가! '싫어싫어' 토끼가 편자를 받자마자 말했다.

"싫어, 그럼 사양하지 않을게. 편자는 돌려주지 않겠어. 괜찮지?"

'싫어싫어' 토끼는 그나마 정중하게 말했다. 그러자 빨간 캥거루가 말했다.

"이건 작은 말이 잃어버린 편자란 말이야. 그에게 돌려주러 달려가던 참이야.

그러니까 돌려주지 않으면 안 돼."

'싫어싫어' 토끼가 대답했다.

"싫어, 그런 뜻이 아니야. 난 단지 너랑 함께 가고 싶은 거뿐이야. 내 부탁을 거절하면 안 돼. 싫다고 말하지 마!"

'싫어싫어' 토끼의 태도가 너무나 단호하여 빨간 캥거루는 '싫다'는 말을 할 수가 없었다. 게다가 그는 '싫어싫어' 토끼가 아니라 착한 빨간 캥거루였다. 그리하여 빨간 캥거루는 흔쾌히 동의했다. '싫어싫어' 토끼는 예쁘게 생긴 편자에 정신이 팔려 자세히 관찰했다. 이때 폴짝폴짝 개구리도 와서 동참했다. '싫어싫어' 토끼는 떠날 준비를 마쳤다. 빨간 캥거루도 막 출발하려고 준비했다.

"싫어, 이대로 갈 순 없어."

'싫어싫어' 토끼가 문득 입을 열었다. 빨간 캥거루는 무슨 영문인지 알 수가 없어, 별난 토끼를 의문이 가득한 눈빛으로 쳐다보았다. '싫어싫어' 토끼는 빨간 캥거루를 흘끗 보더니 말했다.

"널 성가시게 한 건 아니지? 이 편자를 아무래도 내 오른발에 박아야겠어. 내 오른발이 힘이 가장 세거든."

그리고는 곧바로 한 마디 덧붙였다.

"'싫다'는 말은 절대 하지 마!"

빨간 캥거루는 자신의 경험을 말해주고 싶었지만, 입을 열려고 하는 순간 '싫어싫어' 토끼는 이미 팔을 걷어붙인 채 뽐내듯 오른발을 들고 손가락으로 발바닥을 가리키며 콧방귀를 뀌었다.

"사양할 거 없어. 얼른 해봐!"

빨간 캥거루는 별 수가 없었다. 그는 주머니를 요리조리 뒤지기 시작했다. 다행히 주머니 안에 두 개의 작은 못이 들어있었다. 빨간 캥거루는 편자를 '싫어싫어' 토끼의 오른발 발바닥에 대고, 돌멩이로 못을 박기 시작했다. "하나 둘 셋", 못 하나를 박아 넣었다. "하나 둘 셋" 다른 못 하나도 박아 넣었다. '싫어싫어' 토끼는 발바닥으로부터 극심한 아픔이 전해져 왔지만, 일부러 센 척을 하며, 빨간 캥거루가 못을 모두 박아 넣을 때까지, 억지로 미소를 지었다.

'싫어싫어' 토끼는 오른발로 땅을 디뎌보았다. 땅은 딱딱해진 것 같았고, 발바닥도 저릿했다. 그는 계속하여 몇 발자국 걸어보았는데, 마치 나무다리걷기를 하듯, 걸음걸이가 심하게 변형되었다.

'싫어싫어' 토끼는 이를 악물고 한 마디 했다.

"가자고."

빨간 캥거루와 '싫어싫어' 토끼는 마침내 길을 떠났다. 풀밭을 지날 때 즐거운 청개구리 한 마리가 빨간 캥거루의 주머니 속으로 폴짝 뛰어 들어왔다. 개구리가 말했다. "나는 폴짝폴짝 개구리라고 해. 노래 부를 때 목청이 큰 게 나의 특점이지. 함께 여행을 떠나자, 여행가가 되자."

'싫어싫어' 토끼는 기분이 언짢아서 말했다.

"싫어, 널 환영하지 않아. 넌 걸음걸이가 너무 느려!"

그러자 빨간 캥거루는 청개구리의 머리를 쓰다듬으며 말했다.

"너도 점프를 좋아하고, 나도 점프를 좋아하니까, 내 주머니 속에 들어가 있어. 우리 함께 앞으로 뛰어가자꾸나!"

폴짝폴짝 개구리는 좋아서 웃었고, '싫어싫어' 토끼는 그제야 입을 다물었다. 편자를 발에 박은 느낌이 정말 좋지 않았다. 그는 몹시 후회되었다!

늑대가 나타나다

풀은 갈수록 무성해져 갔고, 바람은 윙윙 불기 시작했다. 뭔가 스산한 분위기여서 겁이 났다. 밀림 안에는 가끔 이름 모를 새들이 한 마리씩 날아 지나갔는데, '푸드덕' 날개 짓하는 소리가 들렸다. 빨간 캥거루는 저도 모르게 긴장하기 시작했다. 폴짝폴짝 개구리는 여전히 큰소리로 노래를 부르고 있었다.

"개굴개굴, 개굴개굴, 나는 즐거운 청개구리야."

길이 험난해질수록 그의 목청도 점점 작아졌다. '싫어싫어' 토끼는 걸음을 뗄 때마다 얼굴을 찌푸렸다. 편자는 갈수록 무거워지는 것 같았다.

처음의 감상과 교만은 차츰 사라지고, 자신의 선택에 대한 후회와 어이없음만 남게 되었다.

바람은 점점 더 커졌다. 갑자기 무시무시한 울부짖음이 들렸다.

"아우—아우, 내가 왔다. 한 마리 토끼로 배를 채울 수 없으니, 캥거루까지 딱 좋구나!"

소름이 끼치는 울부짖음이 끝나기가 바쁘게, 흉악한 늑대 한 마리가 그들의 눈앞에 나타났다. 늑대의 입은 아주 컸다. 뾰족한 이빨을 드러내고, 무섭게 울부짖었다.

"빨리 도망쳐!"

빨간 캥거루가 다급하게 소리를 질렀다.

"싫어, 편자가 싫어!"

'싫어싫어' 토끼는 후회막급이었다. 몇 번의 점프로 빨간 캥거루와 폴짝폴짝 개구리는 위험에서 벗어났다. 그러나 '싫어싫어' 토끼는 도망치지 못했다.

편자는 그에게 도움은커녕 오히려 치명적인 부담이 되었다. 토끼가 한 번 달리고 한 번 미끄러지는 모습을 보자 늑대는 웃음을 터뜨리고 말았다.

"와, 토끼야 토끼야 도망치지 말고 내 입안으로 들어와. 내 이빨을 통해 내 배 속에 안착하려무나."

알고 보니 시 읊기를 좋아하는 늑대였다. 폴짝폴짝 개구리는 '싫어싫어' 토끼를 응원했다. 빨간 캥거루는 '싫어싫어' 토끼에게 힘을 실어주었다.

"빨리 달려 빨리. 신발을 벗어던져!"

'싫어싫어' 토끼는 있는 힘껏 뒤로 다리를 찼다. 편자는 끝내 떨어져 나갔고, 마침 늑대를 향해 날아갔다. "딱" 하는 소리와 함께, 편자는 늑대의 이빨에 부딪쳤다. 늑대는 깜짝 놀라 감히 쫓지 못하고 멈춰 섰다. 그리고 킁킁 편자 냄새를 맡더니, 실망한 듯 뒤돌아 가버렸다. 위험에서 벗어난 친구들은 기뻐서 서로 부둥켜안았다.

편자를 찾다

빨간 캥거루와 폴짝폴짝 개구리, 그리고 운이 없는 '싫어싫어' 토끼는 드디어 밀림을 벗어나게 되었다. 그런데 그때 빨간 캥거루가 말했다.

"참, 편자를 잃어버렸으니 어떻게 말을 만나러 가지?"

'싫어싫어' 토끼가 속상해서 말했다.

"싫어, 편자가 싫어."

그러자 폴짝폴짝 개구리가 말했다.

"괜찮아. 내가 가서 찾아올게."

그는 왔던 길을 폴짝폴짝 되돌아갔다. 폴짝폴짝 개구리는 작은 수림에 도착했다. 그러나 수림에는 편자가 없었다. 폴짝폴짝 개구리는 바위 옆으로 뛰어왔다. 하지만 바위 옆에도 보이지 않았다. 폴짝폴짝 개구리는 편자를 찾아 두리번거리다가 강가에서 천천히 움직이는 동그란 무언가를 발견했다. 그는 잽싸게 뛰어가 보았다. 그것은 기어가고 있는 한 마리의 검은 거북이었다.

폴짝폴짝 개구리가 뛰어오는 것을 본 검은 거북이는 걸음을 멈추고 가만히 있었다. 그리고 목을 쭉 내밀더니 한참 후에야 입을 열었다.

"너… 너… 너, 누… 누… 누구… 야?"

알고 보니, 성미가 굼뜨고 말까지 더듬는 검은 거북이었다. 그가 묻고 싶은 말은 "너 누구야?"였다.

폴짝폴짝 개구리는 검은 거북이의 앞으로 폴짝 뛰어가 물었다.

"너 혹시 반짝반짝 빛나는 편자 하나를 본 적 있니?"

검은 거북이는 작은 눈을 깜빡거리더니, 목을 또 쭉 내밀었다. 그리고 무언가를 삼키는 듯한 행동을 하고 나서, 한참 후 입을 열었다.

"본… 본적… 있어."

폴짝폴짝 개구리는 다급해졌다. 그 편자는 어린 결따마가 잃어버린 것이니 얼른 돌려 달라고 재촉했다. 그러자 검은 거북이는 머리를 끄덕이더니, 네 다리를 휘저으며, 천천히 몸을 이동했다. 그가 있던 자리에 'U'자 모양의 편자가 나타났다. 알고 보니, 검은 거북이는 수집가였는데, 이 가치 있는 보물을 수집하려던 참이었다.

편자를 찾은 폴짝폴짝 개구리는 신이 나서 어쩔 줄을 몰랐다. 그는 성미가 굼뜬 검은 거북이에게 정중하게 인사를 하고 나서, 소중한 편자를 머리에 이고 빨간 캥거루와 '싫어싫어' 토끼를 향해 용수철마냥 뛰어갔다. 이 좋은 소식을 들으면 '싫어싫어' 토끼도 더 이상 '싫다'는 소리를 하지 않을 거라도 개구리는 믿었다.

수줍은 타조

편자를 찾지 못해 안달이 났던 빨간 캥거루와 '싫어싫어' 토끼는, 폴짝폴짝 개구리가 편자를 들고 돌아오는 것을 보고는 너무 기뻐서 제자리에 퐁퐁 뛰었다.

빨간 캥거루는 편자를 다시 배주머니 속에 넣었고, 폴짝폴짝 개구리는 편자 위에 앉았다.

"편자는 정말 딱딱하고 차가워. 개구리의 침대 같아."

'싫어싫어' 토끼는 폴짝폴짝 개구리를 흘겨보더니 말했다.

"아무래도, 난 너희들과 동행하지 않는 게 좋겠어!"

"아니 왜 그래? 그런 말 하지 마. 우리는 서로 친구잖아. 편자 하나로 끈끈해진 친구잖아. 편자를 잃어버린 어린 결따마는 우리를 손꼽아 기다리고 있을 거야!"

빨간 캥거루는 진심을 다해 '싫어싫어' 토끼를 설득했다. 그러자 '싫어싫어' 토끼는 면목이 없다는 듯이 웃으며 말했다.

"아니, 그게 아니라, 싫다는 게 아니야. 다시는 싫다는 말을 하고 싶지 않아. 반드시 편자의 주인을 찾아줘야 해. 가자, 얼른 출발하자."

삼림을 지나 사막에 들어섰다. 모래 밑에 깃털 한 뭉치가 묻혀있는 것을 발견했다. 가까이 다가가 보니, 그 한 뭉치의 깃털은 쉴 새 없이 떨리고 있었다. 마치 모래 속에 심어놓은 한 마리의 새 같았다. 아니나 다를까, 그것은 큰 타조 한 마리였다.

모래 속에 묻고 있던 머리를 쑥 뽑아내는 동시에, 타조는 빨간 캥거루 일행을 보게 되었다.

"아니 너희들이니? 그 무서운 치타는 어디 있어?"

알고 보니 타조는 치타를 피하기 위해 머리를 모래 속에 파묻고 있었던 것이다. 사막 위의 달리기 우승자가 초원에서 가장 빨리 달리는 치타를 만나 경주에서 패배를 하고 쑥스러워 숨었던 것이다.

방울뱀

빨간 캥거루의 이야기를 듣고 나서 타조도 편자에 대해 흥미가 생겼다. 기어코 편자를 직접 봐야겠다는 것이었다.

빨간 캥거루는 주머니 속에서 편자를 꺼냈다. 폴짝폴짝 개구리는 타조에게 충고했다.

"이 편자를 만만하게 보면 안 돼. 조금 전에 늑대의 이빨을 부러뜨릴 뻔 했거든!"

타조는 머리를 끄덕였다. 그리고 빨간 캥거루에게 앞으로 계속 가다보면 타조 마을이 나타나게 되는데, 타조 마을을 지나고 또 오아시스를 지나면, 어린 결따마가 생활하고 있는 말떼를 찾을 수 있다고 가르쳐 주었다.

타조와 인사를 나누고 그들은 계속하여 사막의 깊은 곳을 향해 걸어갔다. 태양이 머리 위로 높게 떠올랐다. '싫어싫어' 토끼는 풀을 꺾어 모자를 엮어서 썼다. 그리고 빨간 캥거루에게도 하나를 만들어 주었다. 그리하여 조금은 시원한 느낌이 들었다. 모래는 발이 따가울 정도로 열을 흡수했다. 발에 난 작은 상처가 거의 회복된 '싫어싫어' 토끼는, 점차 속도를 내기 시작했다. 폴짝폴짝 개구리는 빨간 캥거루의 주머니 속에서 머리를 내밀고 눈치를 살폈다.

그는 빨간 캥거루가 너무 힘들까 걱정이 되었던 것이다. 그래서 그는 모래 위로 뛰어 내려 스스로 걷기로 했다. 그런데 모래에 닿는 순간 "개굴" 하고 소리를 질렀다. 모래는 생각보다 더 뜨거웠고 폴짝폴짝 개구리가 감당할 수 있는 온도가 아니었다.

이때 옆에서 "따르륵 따르륵" 하는 이상한 소리가 들려왔고, 그 소리는 그들과 점차 가까워지고 있었다. 얼마 후 방울뱀 한 마리가 빨간 캥거루의 앞에 나타났다. 그의 꼬리에는 단추처럼 각질화 된 것이 있었는데 꼬리가 떨릴 때면 방울처럼 소리가 났다.

방울뱀은 폴짝폴짝 개구리를 흘끗 쳐다보고 나서 군침을 꿀꺽 삼켰다. 폴짝폴짝 개구리는 재빨리 빨간 캥거루의 주머니 속으로 뛰어 들어갔다. 그리고 너무 긴장한 나머지 편자를 밖으로 던져버리고 말았다.

방울뱀은 깜짝 놀라 머리를 갸우뚱거리며 편자를 조심스럽게 관찰했다. 그리고 꼬리로 슬쩍슬쩍 건드려 보았다. 방울뱀의 꼬리가 편자에 닿자 귀에 거슬리는 소리가 났다. 방울뱀은 머리를 끄덕거리더니 조금 전에 갑자기 나타났던 것처럼 또 갑자기 사막 속으로 사라져 버렸다.

"사막의 왕 방울뱀도 별 수 없네 그려!"

'싫어싫어' 토끼는 벌렁거리는 가슴을 쓸어내리며 생각했다.

큰 사막

일망무제한 큰 사막, 끝이 보이지 않는 누런 사막. 작열하는 태양은 뜨거운 빛을 그대로 몽땅 모래 위에다 뿌렸다. 빨간 캥거루는 땀을 비 오듯 흘렸고, 땀은 또 이내 뜨거운 태양에 의해 다시 말라버렸다. 손으로 이마를 닦았더니 땀은 이미 딱딱한 소금 알갱이들로 변해있었다. 목이 몹시 말랐다!

그러나 물은 없었다. 저 멀리 보이는 곳은 여전히 모래 언덕뿐이었다. '싫어싫어' 토끼는 모래 위에 털썩 주저앉아, 풀로 만든 모자를 벗어 부채질을 했다.

"타조 마을까지 아직 얼마나 남았지?"

토끼는 지쳐서 걷기 힘들어 보였다. 그러자 빨간 캥거루가 힘을 북돋우어 주었다. "저 모래 언덕을 넘으면 반드시 마을이 나타날 거야. 조금만 더 힘을 내자!"

그들은 이를 악물고 푹신푹신한 모래 위에 발자국을 남기며 계속해서 걸어갔다. 폴짝폴짝 개구리가 말했다.

"초지가 정말 그립네. 연못 안의 연꽃잎도 그립고. 집으로 돌아가면 너희들에게 싱싱한 연꽃잎 다섯 장씩 선물할게. 머리 위에 쓰고 다니면 향기도 좋고 시원하기도 하거든…"

그렇게 걷고 또 걷다가 빨간 캥거루는 갑자기 눈앞이 캄캄해지는 것을 느꼈다. 그 뒤로는 아무 기억이 없었다. '싫어싫어' 토끼도 잇따라 쓰러졌다. 그들은 더위를 먹은 것이었다.

정신을 차리고 눈을 떴을 때 빨간 캥거루의 앞에서 긴 얼굴 하나가 언뜻거리고 있었다. 콧구멍은 크지만 자애로운 웃음을 머금은 눈빛이었다. 빨간 캥거루는 몸을 뒤집어 일어나려고 애를 썼다. 그때 자상한 목소리가 들려왔다.

"얘야, 움직이지 말고, 샘물이나 좀 마셔라!"

"누구세요?"

'싫어싫어' 토끼는 경계를 하며 물었다.

"저 분은 낙타 아저씨란다. 우리의 목숨을 구해준 은인이야."

폴짝폴짝 개구리가 재빨리 대답했다. 빨간 캥거루와 '싫어싫어' 토끼가 쓰러질 무렵, 낙타 아저씨가 마침 개구리의 도움을 구하는 소리를 듣고 성큼성큼 서둘러 왔던 것이다. 그리고 두 아이를 부축하여 자신이 사는 마을로 돌아왔다. 낙타 아저씨는 그들이 이 곳에 오게 된 이유를 듣고 나서 다짜고짜 그들을 부축하여 일으켜 세우면서 이 사막을 벗어날 수 있도록 도와주겠다고 했다.

사막은 여전히 아주 뜨거웠다. 그러나 낙타 아저씨는 아무렇지도 않은 것 같았다. 그는 춤을 추듯 성큼성큼 발걸음을 옮겼고, 목 아래에 있는 낙타방울은 즐겁게 사막을 노래했다.

"낙타 아저씨야말로 사막의 왕이시네요."

'싫어싫어' 토끼가 존경하는 눈빛으로 바라보며 물었다.

"아니다. 나는 아주 평범한 낙타일 뿐이란다."

낙타 아저씨는 성실하게 대답했다. 사막은 그들 뒤로 점점 멀어져 갔다.

결따마를 찾았다

사막을 지나 낙타 아저씨께 감사의 인사를 하고 나서, 세 친구는 강을 따라 펼쳐진 오솔길 위를 즐겁게 걸어갔다.

폴짝폴짝 개구리는 편자를 들고 소리쳤다.

"망아지야 망아지야, 얼른 우리에게로 오너라!"

이때 말발굽소리가 어수선하게 들리더니, 마차 한 대가 그들 앞에 나타났다. 마차는 아주 천천히 속도를 내며 굴러가고 있었다. 그 수레를 끌고 있는 말이 바로 결따마였다. 그는 아주 힘겹게 수레를 끌고 있었는데, 한쪽 다리가 불편한 듯 보였다. 옆에는 그의 아들 어린 결따마가 따라 걷고 있었다.

빨간 캥거루는 나는 듯이 뛰어갔다. '싫어싫어' 토끼의 큰 귀도 신이 나서 곧게 섰다.

결따마는 머리를 들고 세 친구를 바라보며 물었다.

"얘들아, 무슨 일이 있는 거냐? 힘들어 보이는데… 마차에 올라 타거라. 가려는 데까지 실어다 줄 테니."

"아니요, 그게 아니고요,"

'싫어싫어' 토끼는 다급하게 설명했다.

"우리는 마차에 타지 않아도 괜찮아요. 우리는 편자를 돌려주러 온 거예요."

어린 결따마가 달려와 보더니 기쁜 나머지 소리를 질렀다.

"아버지, 아버지, 편자를 찾았어요!"

정말 공교롭고도 다행이었다. 결따마가 잃어버린 묵직하고 반들반들한 편자는, '싫어싫어' 토끼의 손에서 반짝반짝 빛나고 있었다.

"정말 고맙구나. 너희들은 정말 착한 아이구나."

결따마는 아주 숙련된 솜씨로 이 소중한 편자를 발바닥에 고정시켰다. 그러자 조금 전까지 불편해 보이던 다리는 곧게 펴졌다. 대지는 발아래에 있고 편자는 '딱딱' 소리를 냈다. 수레를 끄는 일이 더 이상 힘겹지 않았다.

어린 결따마는 초원 위의 가장 아름다운 마란화(馬蘭花)를 꺾어서 빨간 캥거루에게 선물했다. 빨간 캥거루는 얼굴이 빨갛게 달아올랐다. 폴짝폴짝 개구리가 소리를 질렀다.

"마란화 한 송이가 가슴앞 주머니에 꽂혔네! 빨간 캥거루는 정말 착한 아이야."

'싫어싫어' 토끼도 감동하여 말했다.

"빨간 캥거루야, 나에게 꼭 사인을 해줘. 언제든지 너의 부름을 들을 수 있게, 나의 왼쪽 귀에다 해줘."

꽤 긴 문장이었는데, '싫어싫어' 토끼는 '싫어'를 한 번도 말하지 않았다. '싫어싫어' 토끼의 버릇이 많이 좋아진 것 같았다!

이것이 바로 편자에 관한 이야기이다.

날아다니는 손

황혼 무렵 작은 캥거루는 수림 속 오솔길 위를 다급하게 걸어가고 있었다. 친구들과 한창 숨바꼭질을 하고 있는 중인 그는 친구들이 절대 찾을 수 없는 나무밑동에 난 구멍을 찾아 헤매고 있었다.

캥거루는 이리저리 주위를 두리번거렸다. 그러나 몸을 숨길 수 있는 마땅한 곳이 없었다. 이때 눈앞에 갑자기 수상한 그림자가 언뜻 스쳐 지나갔는데, 눈앞으로부터 몸 뒤로 날아갔다. 까마귀 같기도 하고 박쥐같기도 하고, 또 다 아닌 것 같기도 했다.

그 이상한 그림자는 아래위로 날면서 캥거루를 잡으려는 듯 했다. 작은 캥거루는 이리저리 피하다가 한 늙은 소나무 뒤로 몸을 숨겼다. 그러자 이상한 그림자도 공중에서 멈추고 무언가를 찾고 있었다. 얼마 후 그림자는 나무줄기를 덮치더니 나무껍질을 흉악하게 잡아 뜯는 것이었다. 나무껍질은 사정없이 벗겨져 나갔다. 작은 캥거루는 숨을 참고 조심스럽게 머리를 내밀었다. 알고 보니 이상한 그림자는 까마귀도 아니고 박쥐도 아닌 커다랗고 손톱이 뾰족한 손이었다. 이 손은 소나무를 마구 두드리며 미친 듯이 나무껍질을 뜯는 것이었다.

정말 이상야릇한 일이었다. 그렇게 숨을 죽인 채 조용하게 지켜보고 있노라니, 날은 점점 저물어갔다. 작은 캥거루는 소나무에 기대어 앉아, 이러지도 저러지도 못하고 있었다.

그런데 문뜩 그를 부르는 소리가 들렸다. 친구들이 캥거루를 찾지 못해 다급하게 찾으러 다니는 모양이었다. 그래서 여기 있다고 대답하려는 순간 목이 조여오더니 몸이 단번에 공중으로 떠오르는 것이었다. 캥거루는 이상한 손에 잡히고 말았던 것이다! 작은 캥거루는 그대로 수림 속 깊은 곳에 있는 이름 모를 통나무집으로 날아갔다.

통나무집 주인은 세상에서 가장 유명하고 가장 늙은 무당(女巫)이었다. 무당은 너무너무 늙어서 혼자 침대에 누워있었는데, 그러다보니 하도 고독하고 심심하고 적적하여 술법을 부려 날아다니는 손으로 수림에서 아이들을 붙잡아 온 것이었다.

아이들을 붙잡아서 무엇을 하려는 걸까? 그것은 아이들에게 동요를 부르게 하려는 것이었다. 늙은 무당은 동요를 좋아하는데 동요만 들으면 즐거워하며 이가 다 빠진 큰 입을 벌리고 흥얼흥얼 따라 부르곤 했다. 동요를 들으면 늙은 무당은 어린 시절로 돌아갈 수 있어서 좋아했다.

불쌍한 늙은 무당과 날아다니는 이상한 손을 번갈아 보다가 작은 캥거루는 신비한 주머니 속에서 동요와 여러 가지 음악이 녹음되어 있는 작은 녹음기를 꺼냈다. 버튼을 누르자 즐거운 동요가 이름 모를 통나무집을 가득 채웠다. 늙은 무당은 기뻐서 웃음을 멈추지 않았다. 손톱이 뾰족한 손도 박자에 맞춰 박수를 쳤다. 이때 통나무집에서 들려오는 노래 소리에 함께 숨바꼭질을 하던 친구들도 몰려왔다. 그들은 통나무집을 둘러싸고 즐거워하는 늙은 무당과 함께 춤을 췄다.

동요를 따라 부르던 늙은 무당은 점차 그들이 사랑스러워지는 것을 느꼈다…

작은 수탉

승부욕이 강한 작은 수탉 한 마리가 있었다. 그는 항상 자신이 대단하다도 생각했다. 왜냐하면 몇 번인가 아침에 노래를 부를 때면 해님이 잠에서 깨어 일어나는 것을 목격했기 때문이다. 그리하여 그는 까치에게 자랑했다.

"해님은 내 말에 잘 따르는 거 같아. 내가 부르지 않으면 해님은 일어나지 않을 거야!"

까치는 믿지 않았다. 그리하여 두 친구는 이튿날 아침 일찍 삼림 광정에서 만나기로 약속했다. 그런데 이튿날 아침 공교롭게도 작은 수탉이 늦잠을 자고 말았다. 그는 일어나자마자 서둘러 삼림 광장으로 달려갔다. 작은 수탉이 늦은 것을 보고 까치는 뭐라고 한 마디 하려고 했다. 그런데 작은 수탉이 다짜고짜 소리를 지르기 시작했다. "꼬끼오, 꼬끼오, 해님 어서 일어나세요. 해님은 절 모르시겠지만, 저는 해님을 잘 알아요. 저는 유명한 수탉이라고요."

그러자 주위 여기저기에서 웃음소리가 터져 나왔다. 해님은 벌써 저 높은 나무 끝에 걸려 있었다. 작은 수탉이 전혀 보지 못했던 것이다. 작은 수탉은 부끄러워서 볏이 토마토처럼 빨갛게 달아올랐다.

하늘 위의 밀짚모자

하늘 위의 밀짚모자

귀가 큰 남자아이 총총(聰聰)과 여자아이 미미(咪咪)는 반덩개(板凳狗, 중국의 사냥개의한 품종으로 몸뚱이가 길고 사지가 짧아 길고 등받이가 없는 나무걸상[板凳]을 닮았다고 하여 붙여진 이름-역자 주)을 데리고 마을의 오솔길을 가고 있었다.

큰 귀 총총이와 미미는 깡충깡충 뛰면서 즐겁게 가고 있었다. 나비 한 마리를 쫓고 있는 반덩개는 그들보다 더 즐거워 보였다.

그런데 갑자기 하늘에서 흰 구름 한 송이가 날아오더니, 점점 더 가까워지는 것이었다. 그러자 큰 귀 총총의 귀가 순간적으로 빨개졌다. 이것은 그가 흥분했다는 표현이다.

이 구름은 큰 귀 총총의 앞에 내려앉았다. 총총은 호기심에 다가가 보았다. 그런데 그것은 구름이 아니라 밀짚모자였다. 큰 귀 총총은 밀짚모자를 자기 머리에 써보았는데 딱 맞았다. 미미도 가지고 싶어서 입이 삐죽 나왔다. 큰 귀 총총은 노란 밀짚모자를 벗어서, 미미의 머리에 씌워 주었다. 그러자 미미가 다시 웃었다.

반덩개가 하늘 쳐다보며 왈왈 급하게 짖어댔다. 큰 귀 총총이와 동생 미미는 머리를 들어 하늘을 올려다보았다. 이게 웬 일일까? 하늘에서 또 한 송이, 두 송이, 세 송이… 헤아릴 수 없이 많은 밀짚모자 구름들이 날아오는 것이었다.

큰 귀 총총이와 미미는 신이 나서 밀짚모자를 줍기 시작했다. 반딩개도 몇 개를 주웠다. 밀짚모자를 쓴 반딩개는 의기양양한 모양이었다.

이때 토끼 한 마리와 고슴도치 한 마리가 오더니 큰 귀 총총 이에게 밀짚모자를 달라고 했다. 스스로 날아온 밀짚모자니까, 두 어린 친구에게 선물해도 괜찮다고 생각한 큰 귀 총총은 선뜻 밀짚모자를 건네주었다.

토끼와 고슴도치는 밀짚모자를 쓰고 즐겁게 떠나갔다. 한참 후 새끼돼지 두 마리도 찾아와서 밀짚모자를 달라고 했다. 큰 귀 총총은 밀짚모자가 아주 인기가 좋다고 생각했다. 큰 귀 총총이 밀짚모자를 새끼돼지 두 마리에게 선물하려고 할 때, 산꼭대기에서 수염을 기른 할아버지 한 분이 짐을 지고 다급하게 달려왔다. 할아버지는 급히 달려오면서 소리쳤다.

"얘들아, 내 밀짚모자가, 바람에 날려가 버렸어. 착한 애들아, 나를 도와 찾아주겠니?"

큰 귀 총총이와 미미는 그제야 알아차렸다. 하늘에서 날아온 밀짚모자는 수염 기른 할아버지의 것이라는 사실을 말이다. 그리하여 그들은 하나하나의 밀짚모자를 다시 거두어들이기 시작했다. 토끼와 고슴도치도 다시 돌려주었다. 수염 기른 할아버지는 무척 기뻐했다.

수염 기른 할아버지는 고맙고 기쁜 마음에 착한 아이들에게 밀짚모자 하나씩을 선물했다. 그리고 그들은 다함께 여행을 떠났다.

작은 연못

큰 귀 총총이와 미미가 수림 속 오솔길을 지나고 있을 때, 그들 앞에서 신나게 달리던 반덩개가 갑자기 한 작은 연못을 향해 크게 짖어대기 시작했다. 큰 귀 총총이 반덩개를 향해 말했다.

"짖지 마, 짖지 마."

미미도 말했다.

"얘, 혹시 연못에 비친 너의 못생긴 모습을 보고, 속상해서 그러는 거 아냐?"

그러자 반덩개는 "왈" 한 마디 짖더니 대답했다.

"나는 너처럼 잘난 체하지 않아! 연못 안에 재미난 물건이 있단 말이야."

큰 귀 총총이 다가가 보았다. 올챙이 떼가 춤 연습에 한창 열을 올리고 있었다. 그들을 지휘하고 있는 것은 큰 청개구리였다. 큰 청개구리는 연잎에 앉아 있었다. 큰 청개구리가 오른손을 들자, 물속의 올챙이들은 곧바로 몸을 곧게 폈고, 큰 청개구리가 오른손을 아래위로 흔들자 올챙이들은 질서 정연하게 머리를 흔들기 시작했으며, 이어서 꼬리도 같이 흔들어 댔다. 머리와 꼬리를 흔들더니 이번에는 또 제자리에서 일제히 빙글빙글 돌기 시작했다. 올챙이들은 말을 참 잘 들었다.

큰 귀 총총이 궁금하여 큰 청개구리에게 물었다.

"청개구리 선생님, 뭘 하고 있는 거예요?"

그러자 큰 청개구리가 대답했다.

"춤 연습을 하고 있어. 연못의 527세 생일을 맞아 527마리 올챙이들에게 춤을 가르치고 있지. 너희들은 모를 거야, 이 멍청한 강아지는 더더욱 알 리가 없겠지만…"

반덩개는 화가 났다. 그는 뒤로 둬 발 물러섰다가 멀리뛰기를 하듯 연못으로 뛰어들었다. '첨벙' 하는 소리와 함께 반덩개는 물속으로 빠져들어갔다.

큰 청개구리는 온데간데없이 사라졌고, 올챙이들도 뿔뿔이 흩어졌다. 그들은 남이 그들의 연습을 방해하는 것을 가장 싫어했기 때문에 반덩개는 그들의 환영을 받지 못하는 존재였다. 반덩개는 난처해하며 연못가로 다시 기어 올라왔다.

기분이 언짢아서 미간을 찌푸린 527세의 삼림 연못 이마에는 한 바퀴 또 한 바퀴의 주름이 잡혔다.

큰 귀 총총은 너무 미안했다. 남의 일을 방해하는 것은 예의 없는 일이기 때문이었다. 그는 연못에게 사과하고 나서, 다시 길을 떠났다.

캥거루 배낭

큰 귀 총총이와 미미, 그리고 반덩개는 이상한 산을 올라가려고 하고 있다. 산의 이름은 귓구멍 산(耳朵眼兒山)이다. 산은 아주 높아 구름마저 산중턱에 걸릴 정도이다. 출발 전, 그들은 산에 오르는 데 필요한 물건들을 준비하고 있는데 캥거루 한 마리가 껑충껑충 뛰어 왔다.

반덩개가 기분이 언짢아서 캥거루를 향해 말했다.

"다들 바쁘니까, 괜히 방해하지 마. 그리고 나는 큰 귀 총총이가 힘들어 하면 그의 의자가 되어주려고 하는데, 넌 뭘 할 수 있니?"

캥거루는 쑥스러워하며 말했다.

"나는 너희들의 배낭이 되어줄 수 있어. 이것 봐. 내 주머니에는 참 많은 물건을 담을 수 있거든."

큰 귀 총총의 두 뒤는 어느새 빨갛게 달아올랐다. 누군가 물건을 들어줄 수 있다는 것은 정말 반가운 소식이었기 때문이었다. 미미도 신이 나서 박수를 치며 말했다.

"좋아, 좋아, 너무 좋아. 캥거루 배낭 너무 환영이야."

말이 끝나자마자 다들 캥거루의 새끼주머니 속에 물건을 담기 시작했다. 미미는 가장 먼저 생수 한 통과 소고기 러스크(牛肉面包幹), 신맛 나는 화메이(話梅, 소금과 설탕으로 절여 햇빛에 말린 매실-역자 주) 세 봉지를 넣었다. 큰 귀 총총은 운동화 한 켤레와 비옷 두 장을 넣었다. 미미가 음식을 넣는 것을 보고 잠깐 생각하더니, 큰 귀 총총도 캥거루의 주머니 속에 빨간 사과 다서 알을 더 넣었다. 캥거루는 걸을 수 있는지 몇 발자국 떼보고는 곧바로 헐떡였다. 그러나 좀 힘은 들지만 걸을 수는 있을 것 같았다.

준비를 마치고 드디어 출발했다. 산은 높고 길은 미끄러웠다. 캥거루는 점점 힘들어하기 시작했다. 그는 거의 한 걸음마다 한 번씩 앉아서 쉬었는데, 땀이 물처럼 뚝뚝 떨어졌다. 산중턱의 큰 소나무 아래에 도착하였을 때, 캥거루는 그제야 입을 열었다. "나, 나 더 이상 걷지 못하겠어. 물건들 챙겨서 너희들끼리 올라가던지!"

큰 귀 총총이와 미미는 여기까지라도 몹시 고맙고 감동했다. 그들은 캥거루 주머니 속의 물건들을 꺼내고, 캥거루에게 반덩개 위에 앉아 숨을 돌리며 휴식하라고 했다.

그리고 다시 다 같이 출발하여 이 산의 귓구멍을 꼭 찾자고 했다.

캥거루는 드디어 몸도 마음도 가벼워졌다. 그러나 이번에는 의자로 쓰인 반덩개가 기분이 좋지 않았다. 한참 휴식한 후, 네 친구는 다시 출발하여 마침내 산꼭대기에 이르렀다. 산꼭대기에는 동굴 하나가 있었는데 그것이 바로 이 산

의 '귓구멍'이었다. 참으로 재미나는 이름이었다!

반덩개 바꾸기

큰 귀 총총이와 미미는 반덩개를 데리고 읍내로 왔다. 마침 장이 열리는 날이었다. 한 무리 어린 친구들이 둥그렇게 둘러서서 박수를 치며 웃고 떠들고 있었다. 큰 귀 총총이 궁금하여 다가가 보았다. 한 털보가 발바리 한 마리와 함께 사람들에게 둘러싸여 흥미로운 쇼를 보여주고 있었다.

발바리는 주인의 말에 고분고분 잘 따르고 아주 착했다. 발바리는 셈을 할 줄 알았는데, 3에 2를 더하면 5라는 것도 알고 있었다. 발바리는 줄넘기도 할 수 있었는데, 그는 털보와 함께 신나게 줄넘기를 했다. 그밖에 큰 귀 총총을 깜짝 놀라게 한 것은, 이 발바리가 하모니카를 불 수 있다는 사실이었다. 하모니카를 불어서 제법 소리를 잘 내는 바람에 어린 친구들의 열렬한 박수를 받았다. 장터의 연예인 발바리와 그의 엉덩이 아래에 앉아있는 반덩개를 번갈아 보다가 큰 귀 총총은 문뜩 자기네 반덩개와 털보네 발바리를 바꾸면 어떨까 하는 생각이 들었다. 미미도 괜찮은 생각이라며 두말없이 동의했다.

큰 귀 총총은 털보에게 자신의 생각을 말했지만 털보는 거절했다. 그러나 큰 귀 총총이와 미미는 물러나지 않고 끈질기게 설득했다. 급기야 반덩개를 끌고 와서 털보에게 보여주었을 뿐만 아니라, 사과 세 알과 유리구슬 다섯 알, 화메이 한 봉지, 고무줄 열 개도 주겠다고 했다. 아무튼 큰 귀 총총이와 미미는 가지고 있는 물건 중 가장 좋은 것을 전부 꺼내놓았다.

그리하여 끝내 털보의 동의를 이끌어냈다.

발바리는 불만이 가득한 표정으로 큰 귀 총총이와 미미의 뒤를 따라 걸었다. 장기를 보여 달라고 하는 큰 귀 총총의 말을 발바리는 들은 체도 하지 않았다. 오히려 미미를 향해 사나운 이빨까지 드러내며 악을 썼다! 그야말로 대스타로서의 개 같은 성질을 보여주었다.

큰 귀 총총은 그제야 자기에게 항상 충성을 다하던 반덩개가 그리워졌다. 그는 장터로 되돌아가서 털보를 찾았다. 사람들 속에서 털보는 여전히 쇼를 벌이고 있었다. 그런데 총총 이네 반덩개는 털보의 지휘에 전혀 따르지 않고 있었다. 화가 난 털보는 채찍을 휘두르며 반덩개를 때리려고 했다. 그러자 쇼를 구경하던 사람들은 다 같이 야유를 보냈다.

큰 귀 총총은 인파를 뚫고 들어가 겁에 질린 반덩개를 품에 와락 끌어안았다. 반덩개도 반가워서 빙글빙글 돌면서 꼬리를 흔들었다. 그리고 두발로 일어서서 사람들에게 인사까지 하였다. "좋아!" 사람들은 그들에게 박수를 보냈다. 반덩개의 진심이 담긴 인사와 큰 귀 총총이와 반덩개의 극적인 재회에 사람들은 박수를 보냈다.

예쁜 왜건(旅行車)

큰 귀 총총이와 미미는 많이 지쳐 있었다. 여행은 비록 재미난 일이지만 지치기 시작하면 그다지 즐겁지가 않다. 즐겁지 않을 뿐만 아니라, 그야말로 고생이다!

반덩개도 힘든지 붉은 혀를 내밀고 헐떡거렸다. 그러나 짧고 굵은 네 다리는 여전히 꼿꼿하게 버티고 서있었다. 이름이 반덩개이므로 나무걸상다운 모습으로 서 있었다. 그는 자신이 걸상 계의 영웅이라도 된 듯이 이렇게 서 있는 자신을 자랑스럽게 생각했다.

이때 갑자기 큰 귀 총총의 눈빛이 반짝거렸다. 멀지 않은 곳에 주차장이 있었는데, 거기에는 알록달록한 축전지 차들이 세워져 있었는데 마치 범퍼 카 같았다. 큰 귀 총총은 그 차들을 보며 기뻐했다.

주차장에는 팻말이 걸려 있었다. 그 위에는 운발 주차장이라고 쓰여 있었다. 이름부터 흥미로웠다. '운발 주차장'이란 무슨 의미일까? 주차장 관리인은 뚱보였는데, 큰 귀 총총의 질문에 숨을 헐떡거리며 대답했다.

"여기 보이지? 이 안에 99대의 왜건이 있는데, 그 중 33대만 멀쩡하고, 나머지 66대는 달리지 못하는 차란다. 그래서 '운발 주차장'이라고 하는 거야."

큰 귀 총총은 이리 보고 저리 보고 자세하게 관찰했다. 차가 많기는 하였지만, 유리창이 더러운 것도 있고, 좌석이 낡은 것도 있으며, 문이 열리지 않는 것도 있었다. 그러는 가운데 그들은 99번째 자리에 서있는 예쁜 빨간색 왜건을 발견했다.

새것처럼 차체가 깨끗했고 좌석도 새것이었으며 바퀴도 새것이었다.

"바로 이거야!"

큰 귀 총총이와 미미가 이구동성으로 말했다.

뚱보는 냉소를 짓더니 말했다. "그럼 어디 올라가서 시동을 걸어 보거라. 내가 보기엔 니들 운이 그다지 좋은 것 같지는 않거든. 비록 이렇게 복스러운 큰 귀를 가졌지만 말이야!"

큰 귀 총총은 차에 타고서 시동을 걸어보았다. 그러나 그는 곧바로 화가 나서 핏기 하나 없이 창백해졌다. 빨간색 예쁜 차는 절대로 시동이 걸릴 수 없는 모형 차였던 것이다.

운이 없으니, 어쩔 수 없이 계속하여 걸을 수밖에 없었다.

가라우[旮旯牛(gālániu) 즉 달팽이(蝸牛)]

삼림의 아침 공기는 정말 맑고 시원하다. 큰 귀 총총이와 미미는 조깅을 하고 있었다. “하나 둘, 하나 둘” 반덩개도 그들과 함께 달리고 있었다. 그런데 아침 오소길 위가 미끄러운 바람에 반덩개가 그만 넘어지고 말았다. 이때 가늘고 언짢은 목소리가 들려왔다.

“아이고, 내 허리야!”

반덩개는 본능적으로 소리가 나는 쪽을 쳐다보았다. 길옆에 뿔이 있는 작은 녀석이 보였는데, 등에는 동그란 가방을 메고 있었다.

“넌 누구야?”

반덩개가 다가가 물었다.

“나는 그 유명한 가라우란 말이야!”

작은 녀석이 대답했다.

“가라우?”

식견이 없는 반덩개는 들어도 모르자 조심스럽게 또 물었다.

“그게 무슨 뜻이지?”

그러자 작은 녀석은 자랑스럽게 말했다.

“흥. 내 이름조차 들어본 적이 없다니. 지식이 없어도 너무 없는 거 아니야? 가르쳐 줄 테니 잘 들어. 가라(旮旯)는 아주 큰 곳인데, 나는 그 아주 큰 곳의 대단한 소(牛)란 말이야!"

작은 녀석이 설명했다. 조깅을 하던 지친 큰 귀 총총이와 미미는 앉아서 휴식하기 위해 반덩개를 찾았다. 그런데 뒤를 돌아보니 반덩개가 따라오지 않고 있었다. 그리하여 그들은 다시 왔던 길을 돌아갔다. 그들이 노란 꽃이 핀 개나리나무가 있는 데까지 달려왔을 때, 반덩개는 한 마리의 달팽이와 한창 이야기를 주고받고 있었다.

"얼른 조깅을 하지 않고 뭐해!"

큰 귀 총총이 재촉했다.

"달팽이, 반덩개가 널 괴롭혔어?"

미미가 물었다.

"달팽이야? 너는 아주 큰 곳에 사는 가라우 아니었어?"

반덩개는 그제야 농락을 당했다는 것을 깨달았다. 가라우, 아니, 달팽이는 머리를 흔들며 말했다.

"반덩개가 날 괴롭힌 게 아니라, 내가 반덩개를 놀리고 있었어!"

"달팽이면서 왜 가라우라고 한 거지?"

반덩개가 불쾌해서 말했다. 그러자 미미가 말했다.

"가(旮)—라(旯), 이것은 괴상한 단어야. 그 뜻은 나도 잘 몰라. 큰 귀 총총이에게 물어봐야 해."

큰 귀 총총이 대신 설명했다.

"가라는 아주 큰 곳이라는 뜻이 맞아. 그래, 바로 그런 뜻이야."

총총이는 달팽이가 속상해 할까봐 일부러 옳다고 말했다. 사실 가라란 아주 협소한 구석을 뜻하는 말이었다.

거목 여관

들을 지나고 삼림을 지나자 거대한 바니안나무와 점점 가까워졌다. 드디어 '거목 여관'에 도착하여 쉴 수가 있었다.

나무 한 그루가 한 채의 여관이라니, 정말 신선하구나! 큰 귀 총총이 이런 생각을 하고 있을 때, 반덩개는 걱정이 앞섰다.

"개는 나무 위로 어떻게 올라가지?"

'끽' 소리와 함께 나무줄기 옆으로 문이 열리더니, 타르바간(土撥鼠)[12] 한 마리가 나왔다. "어서 와요." 그는 이 여관의 사장이었다.

친구들은 기쁜 마음으로 여관 홀로 들어갔다. 거목 여관 안은 생각보다 더 으리으리하였고, 몇 층으로 나뉘어 있었다.

큰 귀 총총이와 미미 그리고 반덩개는 2층에 머물게 되었다. 밤이 되자, 천장 위에서 이상한 소리가 났다. "똑똑똑, 똑똑똑" 들으면 들을수록 겁이 났다. 뿐만 아니라, 발아래도 조용하지 않았다. 누군가 하소연을 하듯, 끊임없이 "구구구, 구구구."하는 소리가 났다. 반덩개는 화를 냈다.

"쉬라는 거야 말라는 거야?"

반덩개는 화가 나면 마구 짖어대는 습성이 있었다.

"왈왈, 왈왈, 노래하는 게 너보다는 내가 낫지. 안 그래? 왈왈!"

큰 귀 총총이와 미미는 조마조마했다. 그들은 경찰들이 순찰을 돌면서 객실을 검문하기를 간절하게 바랐다.

---

12) 타르바간(tarbagan) : 흙에서 생활한다고 하여 "흙쥐" 또는 "토발서(土撥鼠)" 라고 하고 소형동굴주거형 설치목이.

그들은 그렇게 긴장 속에서 하룻밤을 보냈다. 드디어 날이 밝았다. 큰 귀 총총이와 미미는 반덩개를 데리고 아침밥을 먹으러 1층으로 내려가던 중, 3층과 1층을 둘러보았다. 그리고 웃음을 터뜨렸다.

3층에 머문 손님은 딱따구리였는데, 밤에 늙은 바니안나무를 위해 해충을 잡았던 것이다. 그 "똑똑똑" 소리는 바로 딱따구리가 낸 소리였다. 1층에는 뻐꾸기가 묵었는데, "구구구" 소리는 그가 잠꼬대를 하는 소리였다.

딱따구리는 살찐 해충 한 마리를 입에 물고 내려와, 타르바간 사장에게 건네주며 말했다.

"이건 저의 숙박비예요."

뻐꾸기는 머리를 흔들며 연신 사과했다.

"미안해요, 정말 미안해요. 어제 밤에 너무 피곤해서 잠꼬대를 했어요. 여러분께 사과할게요."

그러자 반덩개도 부끄러워하며 딱따구리와 뻐꾸기에게 사과했다.

"어제 밤에 저 때문에 많이 시끄러웠죠? 미안해요."

"아니에요, 아니에요."

딱따구리가 말했다. 그러자 큰 귀 총총이 씩씩거리며 말했다.

"근데 어제 꿈에 미친개 한 마리가 나타나 나를 계속 쫓아오는 거지 뭐에요. 정말 무서워서 혼났어요."

그러면서 반덩개의 얼굴을 보지도 않았다.

오색빛깔의 방울

봄이 왔다. 큰 귀 총총이와 미미 그리고 반덩개는 여행을 떠나려고 또 집을 나섰다.

큰 귀 총총은 여행 가방을 멨고, 미미는 망원경을 준비했다. 반면 아무것도 가지고 떠날 것이 없는 반덩개는 빨간 끈을 목에 묶었다.

그런 반덩개의 모습을 보고 큰 귀 총총은 웃음을 참을 수가 없었다. 그러자 반덩개가 말했다.

"웃지 마, 올해는 개띠 해란 말이야. 내 띠와 같은 해여서 빨간색 끈을 묶어야 해."

푸르른 소나무 숲을 지날 때, 어린 소나무들이 손을 흔들며 그들과 인사를 했다.

"어서 와, 반가워."

그런데 갑자기 소나무 숲 가장 깊은 곳에서, 한 그루의 잣나무 옆에서 말다툼을 하는 시끄러운 소리가 들려왔다.

"내 거야!" "내 거야!" "내가 먼저 발견했다고."

큰 귀 총총이와 미미 그리고 반덩개는 소리를 듣고 얼른 그쪽으로 달려갔다. 알고 보니, 몇몇 어린 다람쥐들이 작은 물건 하나를 두고 쟁탈전을 벌리고 있는 것이었다.

그 작은 물건은 무엇일까? 그것은 바로 오색빛깔의 작은 방울이었다. 작은 방울은 어린 다람쥐들 손에서 왔다 갔다 하면서, "딸랑 딸랑" 소리를 냈다.

보다 못해 큰 귀 총총이 말했다.

"싸우지들 말거라, 애들아!"

반덩개도 말했다.

"정말 못났구나. 보잘것없는 방울 하나 때문에 싸우는 거야?"

미미는 차근차근 타이르며 말했다.

"누가 먼저 주운 거지? 손들어 봐, 어서."

그러자 다람쥐들은 약속이나 한 듯 같이 일시에 손을 드는 것이었다.

"모두 여덟 개의 손이네."

미미가 말했다.

"아니야, 하나가 더 있으니, 아홉 개 손이구나."

한쪽 손을 든 어린 다람쥐가 말했다.

"이 방울은 내가 가장 먼저 발견했어. 처음엔 큰 잣인 줄 알고, 한입 깨물었단 말이야."

미미가 말했다.

"그럼, 방울은 네가 가지는 게 맞아. 그렇지만 방울은 친구들이랑 같이 가지고 놀아야 돼."

그러자 어린 다람쥐는 반덩개를 보며 말했다.

"반덩개야 너는 정말 나무걸상처럼 생겼구나. 우리가 좀 앉아 봐도 될까?"

반덩개는 통쾌하게 허락하며 말했다.

"너희들이 싸우지 않겠다고 약속하면, 오래 앉아있어도 괜찮아."

다섯 마리 다람쥐는 반덩개 위에 앉아 노래를 불렀다.

"줄지어 앉아, 솔방울을 먹네. 다람쥐는 너무 즐거워."

반덩개는 어린 다람쥐들을 등에 태우고 말처럼 달리기 시작했다. 큰 귀 총총이와 미미도 기뻐서 활짝 웃었다. 그런데 어떻게 된 일일까? 반덩개가 돌아왔을 때, 그의 목에는 오색빛깔의 방울 하나가 달려있었다.

알고 보니 다람쥐들이 그에게 선물로 준 것이었다.

게으름피우기 대회

큰 귀 총총이와 미미 그리고 반덩개는 삼림 속을 걷고 있었다. 그런데 반덩개가 갑자기 거미 몇 마리가 다급하게 앞으로 뛰어가는 것을 발견했다. 거미들은 서둘러 뛰어가면서 말했다.

"빨리 빨리. 대회가 열렸대. 한쪽으로 거미줄을 짜면서, 한쪽으로는 팔자!"

반덩개도 호기심에 그들의 뒤를 쫓아갔다. 큰 귀 총총이와 미미도 저도 모르게 발걸음을 재촉했다. 그들은 드디어 큰 삼림 운동장에 도착했다. 줄을 지어 연이어 운동장 안으로 들어가고 있는 작은 동물들은 하나같이 기쁨과 흥분을 숨길 수 없는 표정이었다. 운동장 안은 이미 작은 동물들로 겹겹이 둘러싸여서, 큰 귀 총총이와 미미는 비집고 들어갈 수가 없었다. 반덩개도 안달이 나서 제자리에서 맴맴 돌았다.

키 큰 기린 아저씨는 여유롭게 밖에 서 있었다. 그리하여 큰 귀 총총이와 미미는 기린 아저씨께 도움을 청했다. 기린의 목을 꼭 껴안고 높은 곳으로 올라간 큰 귀 총총이와 미미는, 운동장 중간에서 이상한 두 물건을 볼 수 있었다.

하나는 둥근 바위 같았는데, 등에는 모래가 잔뜩 덮여 있었다. 알고 보니, 늙은 거북이였다. 다른 하나는 한 토막의 나무 말뚝 같았는데, 몸에 이끼가 가득 자라있었다. 알고 보니, 나무늘보였다.

거미들은 두 '운동선수'의 몸 위에서 열심히 거미줄을 짜고 있었는데, 자세히 보니, '삼림 게으름 왕'이라는 글자를 짜고 있었다.

그렇다. 이 곳에서는 한창 게으름피우기 대회가 열리고 있었던 것이다. 대회에 참가한 선수들은 늘보원숭이, 게으른 뱀, 게으른 고양이, 게으른 곰 등이 있었는데, 그들은 아쉽게도 결승전까지 올라오지 못하고 탈락하고 말았던 것이다. 결국 '게으름 기술'이 가장 뛰어난 나무늘보와 거북이만이 최종 결승전에 참가하게 되었다. 그들은 이미 석 달 반 동안이나 꼼짝하지 않았다고 한다. 1, 2등을 다투는 치열한 접전이었다.

그런데 대회를 구경하던 관중들은 너무 지루하여, 가로세로 누워서 잠을 자기 시작했다. 큰 귀 총총이와 미미 그리고 반덩개도 끝내 참지 못하고 잠이 들고 말았다. 시간이 얼마나 흘렀는지 모르지만, 큰 귀 총총이 먼저 잠에서 깼다. 그런데 목이 간지러워 긁었더니, 글쎄 목에 이끼가 자라나 있었다!

큰 귀 총총은 미미를 흔들어 깨우고, 코를 골며 자고 있는 반덩개도 깨웠다.

"우리 얼른 가자! 여기에 더 머물다가는, 모두 게으름뱅이가 될 것 같아."

나무늘보와 거북이는 여전히 미동도 없었다. 하나는 말뚝 같았고, 하나는 바위 같았다. 결승전은 언제 끝날지 누구도 모르는 일이고, 들리는 바에 의하면, 거미들이 짠 거미줄은 한 장도 팔지 못했다고 한다.

명예의 거리

큰 귀 총총이와 미미 그리고 반덩개는 미국의 유니버설 스튜디오 할리우드에 도착했다. 이 곳 명예의 거리에는 특이한 벽이 있었는데, 벽에는 수많은 손도장이 찍혀있었다.

미미가 궁금해 하자, 큰 귀 총총은 세계의 많은 유명한 감독과 영화배우들이 이 벽에 손도장을 남겼다고 설명해주었다. 그러자 반덩개가 바로 물었다.

"그럼 도널드 덕과 미키마우스도 있어?"

명예의 거리의 관리인 털보가 그들에게 설명해 주었다.

"1958년부터 시작하여, 2천 백 명의 스타들이 여기에 사인과 손도장을 남겼단다. 지금 백만 명 참관자들 중에서 세 명에게 손도장을 남길 기회를 주고 있는데, 너희들이 당첨되었지 뭐냐. 정말 너희들은 운이 좋구나!"

반덩개는 말이 끝나기 바쁘게 그쪽으로 뛰어갔다. 그리고 젖은 시멘트벽에 자신의 네 개의 발자국을 남겼다. 하지만 직성이 풀리지 않은 반덩개는 꼬리까지 동원하여 거기에 눌러 찍었다. 그리하여 벽에는 털 흔적이 선명한 작은 꼬리 도장도 남게 되었다.

미미도 벽으로 다가가 여자아이의 작고 고운 손도장을 남겼다. 손도장을 찍고 돌아서는데 나비 리본이 시멘트벽에 스치는 바람에 작은 매화 한 송이도 찍히고 말았다.

그리고 큰 귀 총총의 차례가 되었다. 큰 귀 총총은 반드시 멋지고 깊은 손도장을 남기겠다고 속으로 생각하며 걸어갔다. 그는 손도장을 찍을 손에 전부의 힘을 모아 벽에 눌러 찍을 준비를 했다. 막 손도장을 찍으려고 할 때, 어딘가에서 작은 소리가 들렸다. 큰 귀 총총이 머리를 숙여 보니, 시멘트 안에서 동그랗고 딱딱해 보이는 껍질이 나와 있었다. 알고 보니 그것은 한 마리의 무당벌레였다. 무당벌레는 시멘트 속에 묻혀 도망치지 못하고 있었던 것이다.

큰 귀 총총은 "걱정하지 마. 괜찮아, 내가 구해줄게."

라고 위로해주며 조심스럽게 무당벌레를 집어 꺼내주었다. 그리고 하늘로 높이 던져 주었다.

무당벌레는 즐겁게 날갯짓을 했다. 이때 털보 관리인이 말했다.

"얘야, 시멘트벽을 더는 만질 수 없어. 한 사람당 한 번만 가능하거든……."

그리하여 큰 귀 총총은 명예의 거리 벽에다 작은 '손톱자국'만 남기게 되었다. 자세히 보지 않으면 보이지 않을 정도였다. 그러나 즐겁게 날아가던 무당벌레를 생각하며 큰 귀 총총은 몹시 뿌듯하고 기뻐했다……

축구 여행

큰 귀 총총이와 미미 그리고 반덩개는 브라질의 리오 데 자네이로(Rio De Janeiro)에 도착했다. 여기에는 세계에서 가장 큰 마라카낭 축구경기장이 있다. 많은 사람들이 이곳에서 축구를 배우기도 했다.

큰 귀 총총이 "우리도 여기에서 축구 좀 배워 보자!"

라고 말했다. 큰 귀 총총은 아주 영리했다. 드리블하며 돌파하는 것까지 못하는 게 없었다. 반덩개는 넋 놓고 쳐다만 보았다. "축구가 이렇게 재미있는 운동이라니, 예전엔 정말 몰랐는데……"하고 중얼 거렸다. 반덩개도 축구를 배우고 싶었지만 생각처럼 잘 되지가 않았다. 이리저리 비틀거리다가 넘어지기도 하였지만 그래도, 다시 벌떡 일어나서 연습을 이어갔다. 한 번 또 한 번… 그때 큰 귀 총총은 반덩개의 이상한 행동을 발견했다. 반덩개는 공을 찰뿐만 아니라 여기저기 돌아다니며 공을 줍는 것이었다.

큰 공, 작은 공, 탁구공, 럭비공, 농구공과 배구공까지…… 그리고 그물에 가득 넣고서는 정신없이 뛰어다니고 있었다. 큰 삼림을 지날 때 반덩개가 갑자기 사라져 버렸다. 큰 귀 총총이와 미미는 사라진 반덩개를 찾아 헤맸다. 그러다가 풀밭에서 탁구공을 축하는 것처럼 차고 있는 쥐 몇 마리를 발견했다. 큰 귀 총총이 물었다.

"혹시 반덩개 한 마리 본 적이 있어?"

그러자 그 중 한 마리가 대답했다.

"우리 축구 코치를 찾는 거니? 조금 전에 떠났는데……"

이번에는 백사장에서 흰색 배구공을 차고 있는 몇 마리의 빨간 캥거루를 보게 되었다. 큰 귀 총총이 다가가 물었다.

"혹시 반덩개를 보지 못했어?"

그러자 빨간 캥거루 한 마리가 말했다.

"우리들의 축구 코치를 말하는 거야? 조금 전에 떠났어."

그리고 그들은 강가에서 큰 농구공을 차고 있는 몇 마리의 하마를 발견했다. 큰 귀 총총이 그들에게 물었다.

"혹시 반덩개 한 마리를 못봤어?"

그러자 하마가 대답했다.

"우리 축구 코치를 찾는 거야? 조금 전에 떠났는데……"

큰 귀 총총이와 미미의 궁금증은 점점 더 커져갔다! 반덩개가 축구 코치가 되어 동물 선수들을 배양하다니 브라질에서 이건 빅뉴스가 아닐 수 없었다. 이때 누군가가 큰 귀 총총의 어깨를 툭툭 건드렸다. 뒤를 돌아보니 코끼리 한 마리가 긴 코를 흔들고 있었는데 코끼리 등에는 반덩개가 앉아 있었다.

반덩개는 의기양양하여 말했다. "코끼리는 골키퍼이자 나의 가장 훌륭한 제자란다!"

코끼리는 훌륭한 골키퍼가 확실했다.

거대한 몸집이 거의 골대 안을 가득 채울 수 있을 뿐만 아니라, 커다란 네 개의 다리와 영민한 코까지 있으니 아무리 유명한 골게터인 큰 귀 총총이라고 해도 절대 골을 넣을 수가 없을 것 같았다.

큰 귀 총총은 반덩개 코치의 머리를 다독이며 말했다. "너 참 대단해!" 반덩개는 더욱 으쓱해졌다!

종이 뱀

종이 뱀

야야(ㄚㄚ)는 뱀을 가장 무서워한다. 물론 호랑이와 악어, 늑대도 무서워한다. 가끔 기분이 좋을 때는 백골요정(白骨精)이며, 우마왕(牛魔王)이며, 황포요괴(黃袍老怪)까지 무서워하기도 한다. 그러나 이런 것들은 엄마에게 안겨 자기 위해 그냥 하는 소리일 뿐이었다.

그러나 그에게 있어 뱀은 그야말로 가장 무서운 동물이었다. 야야는 기억이라는 것이 있기 시작하면서부터 가장 먼저 듣게 된 이야기가 바로 뱀과 관련된 이야기였다. 그 이야기는 농부와 독사에 관한 이야기였다. 농부가 뱀 한 마리를 구해주었는데 뱀이 은혜를 모르고 농부를 물었던 것이다. 결국 뱀도 죽고 농부도 죽었던 것으로 기억한다. 그리하여 뱀을 떠올리면 야야는 자연스럽게 죽음이 연상되고, 저도 모르게 죽음도 무서운 한 마리의 뱀과 같다는 생각이 들었던 것이다.

그리하여 야야는 동물원에 갈 때도 반드시 하는 일이 있었는데, 바로 엄마에게 껌 딱지처럼 찰싹 붙어서 파충류 분관으로 들어가는 것이었다. 파충류 동물 분관에는 각양각색의 거북이, 크고 작은 개구리, 돌처럼 가만히 심사숙고하는 나일악어도 있지만, 더욱 중요한 것은 뱀이 있다는 것이다.

알록달록하고 길고 짧은, 굵고 가는 뱀들이 두꺼운 유리를 사이에 두고 야야를 바라보고 있었다. 그들을 바라보고 있는 야야의 손바닥에는 어느새 땀이 나기 시작했다. 손을 잡으면 흥건할 정도였다. 숱한 뱀들과 정면으로 마주해야 한다는 것은, 야야에게 있어서는 하나의 시련이었다. 파충류 동물 분관에는 사람들이 아주 많았고, 동물들은 조용하게 기어 다니거나 엎드려 있을 뿐이었다. 찌는 듯한 가을 햇볕이 내리 쬐고 있는 일요일의 정오였다. 하지만 파충류 동물 분관에는 여전히 사람들로 북적거렸다. 이에 비해 파충류들은 사람들보다 인내심이 있고 예의가 있어 보였다. 그들은 자신의 보금자리가 아주 마음에 드는 것 같았다.

분관에 들어올 때, 야야는 종이 뱀 하나를 샀다. 종이 뱀은 흑백무늬였기에 맹독의 살모사를 닮은 것 같았다. 종이 뱀의 유연한 몸은 가느다란 끈에 연결되어 있었는데, 앞뒤로 꿈틀거리는 모양이 너무나 생동적이었고, 빨간 혀까지 반짝거려서인지 꽤나 무서웠다. 야야는 종이 뱀을 자신의 손바닥에 올려놓았다. 야야는 그런 자신이 아주 용감하고 대단해 보였다. 그는 사람들 속을 뚫고 곧장 뱀이 있는 쪽으로 다가갔다. 그리고 유리 뒤에 있는 한 마리의 금환사(金環蛇)에게 도전했다.

이 금환사는 원래 조용하게 엎드려 있는 상태였는데, 야야와 야야 손에 있는 종이 뱀을 보더니, 갑자기 몸을 곧게 펴고 꼿꼿하게 세우는 것이었다. 작은 눈에서 살기가 뿜어져 나왔고, 온몸의 금색 고리모양의 무늬는 부르르 떨리며 소리가 나는 듯했다!

금환사는 그렇게 한참 동안 노기등등해 있었다. 야야의 뱀도 지려고 하지 않고 딱딱한 머리로 두꺼운 유리를 두들겼다. 진짜 뱀과 종이 뱀은 유리를 사이에 두고, 그렇게 결투를 하고 있었다. 그러나가 끝내는 지친 금환사가 팽팽하게 세웠던 몸의 힘을 먼저 풀고, 우리 안에 있는 작은 구멍으로 들어가 버렸다. 야야도 흥미를 잃고 대나무 장대 위의 종이 뱀을 들고 다른 한쪽 인파를 향해 걸어갔다. 이때 갑자기 비명소리가 들리더니 커다란 손바닥이 그의 이마를 향해 날아와 사정없이 부딪치는 것이었다.

"엄마야! 뱀이다. 아 너무 싫어!"

알고 보니, 멋지게 차려입은 아주머니가 야야의 종이 뱀을 보고 깜짝 놀랐던 것이다! 한참이 지나서야 멋지게 차려입은 아주머니는 자신이 이성을 잃고 실수했다는 것을 깨닫고는 사과를 했다. 그러나 야야의 이마는 여전히 얼얼했다. 그의 손에 들려 있는 종이 뱀은 그 아주머니가 왜 갑자기 비명을 질렀는지도 모른 채 여전히 꿈틀거리고 있었다.

야야는 억울하기 짝이 없었다. 어른인데 왜 뱀을 무서워하는 건지, 게다가 종이 뱀일 뿐인데 왜 무서워하는 건지, 그는 이해할 수가 없었다. 종이 뱀과 야야는 하루 종일 함께 놀았다. 결국 종이 뱀은 탄력을 잃은 두루마리 종이가 되었고, 쓰레기통 위에 조용하게 엎드려 있게 되었다.

하루를 마치고 야야도 드디어 잠이 들었다. 그는 작은 입으로 중얼거리며 잠꼬대를 하였는데, 아마도 꿈속에서 종이 뱀과 자신을 위해 해명하고 있는 것 같았다. "어른인데 왜 뱀을 무서워하지? 게다가 종이 뱀이었을 뿐인데……"

반달가슴곰과 흰곰

여름방학이 곧 끝나게 된다. 뉴뉴(妞妞)는 방학이 끝나기 전에 동물원에 꼭 한 번 가야겠다고 아버지에게 졸랐다. 뉴뉴 여름방학 내내 숙제를 하느라 집에만 있었기 때문이었다. 13층 고층 빌딩에서 홀로 방에 갇혀 공부만 하다보니 외할아버지가 기르는(畵眉鳥)보다도 못한 신세였다.

아버지는 미간을 찌푸리고 한참을 고민하더니 끝내 머리를 끄덕였다. 아버지는 뉴뉴에게 미안하기도 하고, 한편 뉴뉴가 귀찮게 한다고도 생각하는 것 같았다. 아무튼 어른들의 머릿속은 이상해서 도대체 무슨 생각을 하는지 도무지 알 수가 없었다.

어쨌든 뉴뉴는 동물원에 오게 되었다. 지금 그는 곰 산에 서있다. 그는 반달가슴곰들이 두발로 서서 쇼를 하고 있는 것을 구경하고 있고, 흰곰들이 물속에서 헤엄치는 것을 보고 있다. 곰 산은 사실 산이 아니다. 오히려 커다란 구덩이 안에서 살고 있는 것 같아, '곰 구덩이'라고 하는 것이 더욱 적절할 것 같기도 했다.

반달가슴곰 한 마리가 뉴뉴를 향해 걸어왔다. 뉴뉴는 재빨리 사탕 한 알을 던져주었다. 그러자 검은 곰은 입을 떡 벌리고 잘도 받아먹었다. 곰은 제자리에서 한 바퀴 돌더니 두툼하고 털이 더부룩한 두 앞발을 들고 더 달라고 했다. 뉴뉴는 또 한 알을 던져 주었다. 그런데 이번에는 제대로 던지지를 못해 사탕은 반달가슴곰의 이마를 스치고 땅에 떨어지고 말았다.

이때 옆에 있던 아저씨 한 분이 담배꽁초를 던지자 반달가슴곰은 손바닥으로 탁 쳐서 던져버리는 것이었다. 그리고 낮은 소리로 욕하는 것 같았다(물론 곰의 언어로). 반달가슴곰은 간절한 눈빛으로 여전히 뉴뉴를 바라보았다. 곰은 뉴뉴가 손으로 마법을 부린다고 생각했다. 뉴뉴가 던져주는 달콤한 것을 받아먹으면서 반달가슴곰은 오랜만에 꿀을 먹는 듯한 기분이었다.

뉴뉴에게는 마지막 하나의 골드코인 초콜릿이 남아 있었다. 뉴뉴는 조금 아까운 생각이 들었다. 왜냐하면 이 초콜릿은 정말 맛있기 때문이었다. 뉴뉴는 "나는 맛을 알지만 반달가슴곰도 알고 있을까?"하고 생각했다. 이때 반달가슴곰은 머리를 끄덕이더니, 두 다리로 서서 한 바퀴를 도는 것이었다. 곰은 초콜릿이 얼마나 맛있는지 알고 있다고, 뉴뉴에게 말하고 있는 것이 분명했다.

뉴뉴는 마음을 크게 먹고 반달가슴곰을 향해 초콜릿을 던졌다. 골드코인 초콜릿은 공중에서 황금빛의 찬란한 곡선을 그리며 날아가 정확하게 반달가슴곰의 입안으로 들어갔다. 그리하여 뉴뉴는 빈털터리가 되었다. 노래 가사처럼 "가진 것이 하나도 없다는 무소유(一無所有)"의 신세가 되었던 것이다.

뉴뉴는 돌아서서 흰곰을 바라보았다. 흰곰은 반달가슴곰에 비해 숫자가 많지 않았다. 커다란 구덩이 안에 두 마리밖에 없었다. 흰곰은 반달가슴곰처럼 식탐이 많지도 않았다. 흰곰은 자존심이 강한 편이라 사람들에게 인사를 하지도 두 발로 서서 돌지도 않았다. 그러나 뉴뉴는 흰곰의 쇼를 간절하게 보고 싶었다. 그러자 흰곰은 뉴뉴의 마음을 읽기라도 한 듯 두 친구가 함께 초록빛 호수로 가더니 수중 발레를 보여주었다.

흰곰들은 크고 살찐 발을 드러내고 물속에서 물구나무를 서기도 하고, 둘이

서 부둥켜안고 머리를 동시에 수면 위로 내밀기도 하였는데, 마치 두 개의 커다란 양송이버섯 같았다. 그 중 한 마리의 흰곰이 더욱 신나게 장난을 쳤다. 흰곰은 가을의 맑은 물속에서 물장구를 치듯 첨벙거렸는데, 그 바람에 물은 파도처럼 출렁거렸다. 다른 한 마리는 물속으로 들어가더니 갑자기 물장난을 치는 친구를 들어서 넘어뜨리는 것이었다. 그러자 초록빛 파도는 흰색의 커다란 흰곰의 몸을 휘감으며 즐겁고 호탕하게 한바탕 웃어댔다. 흰곰의 수영기술은 일류 가운데서도 가장 뛰어났다! 뉴뉴는 저도 모르게 박수를 쳤다.

아버지는 흰곰과 반달가슴곰 중에서 어느 것이 더 좋으냐고 물었다. 뉴뉴는 약간의 망설임도 없이

"흰곰이 좋아요."

라고 대답했다. 그러나 또 다시 반달가슴곰이 그리워진 뉴뉴는 반달가슴곰이 있는 쪽으로 걸어갔다. 하지만 반달가슴곰은 그와 멀리 떨어진 곳에 있었다. 그는 사탕을 던져주는 사람들 앞에서 인사를 하고 재롱을 떨고 있었다. 그리하여 뉴뉴는 결심했다. 흰곰을 좋아하기로 말이다!

휘파람소리를 좋아하는 시계

밍밍(明明)의 아버지는 휘파람 불기를 좋아한다. 휘파람 불기를 좋아하는 사람은 대부분 성격이 활달하고 즐거운 사람들이다. 만약 입술에서 노래가 떠날 줄 모르는 사람이라면, 다른 사람을 큰소리로 훈계할 겨를이 없을 것이다. 특히 어린애를 훈계하는 일은 더욱 없다.

그리하여 밍밍은 아버지를 좋아하였고, 특히 아버지의 휘파람소리를 좋아했다. 아버지의 휘파람소리는 맑고 쩌렁쩌렁했다. 매번 입술을 삐죽 내밀 때마다 두 눈에서는 여유로움의 빛이 반짝거렸다. 그리고 머리를 까딱까딱 하면서 박자감 있게 휘파람을 불기 시작했다. 아버지가 늘 부는 휘파람은 「해군이 해변에 상륙하다(水兵回到海岸上)」라는 노래인데, 아버지의 말에 의하면 군인시절에 이 노래를 아주 즐겨 불렀다고 햇다. 뿐만 아니라 이 노래의 반주에는 원래부터 휘파람소리가 있었는데, 바로 그 세련되고 활기찬 휘파람 반주로부터 휘파람 부는 기교를 배우게 되었다고 했다. 더욱 중요한 것은 「해군이 해변에 상륙하다」의 선율을 불 때면 아버지는 한층 더 젊어지기 때문에 그때마다 밍밍은 아버지를 평소처럼 '늙은 아빠(老爸爸)'라고 부르고 싶지 않았다.

사실 밍밍의 아버지는 늙지 않았다. 밍밍은 올해 9살이고, 원숭이띠이다. 아버지는 밍밍보다 30살 더 많다. 두 수를 가하면 바로 밍밍 아버지의 연세이다. 물론 밍밍에 비하면 아버지는 늙은 편이다. 집에 찾아온 손님 천(陳) 아저씨도 말끝마다 아버지를 '라오 왕(老汪)'이라고 부르지 않았던가!

천 아저씨는 독일에서 돌아온 지 얼마 되지 않았다. 그는 아버지의 부하이자 유능한 통역원이기도 했다. 천 아저씨는 집을 방문할 때마다 빠짐없이 밍밍에게 작은 선물을 주곤 했다. 그는 늘 밍밍을 작은 방으로 조용하게 불러 몰래 선물을 주었는데, 때론 초콜릿 한 알, 때론 장난감 총 하나였다. 한 번은 그에게 '트랜스포머' 피규어를 선물한 적도 있었다. 그리하여 밍밍은 천 아저씨가 자주 방문해주기를 기다렸고 아버지보다 더 반겨주었다.

이번에 천 아저씨가 밍밍에게 준 선물은 작은 손목시계였다. 손목시계에는 작은 고리 하나가 달려 있었는데, 거기에다 키를 걸 수가 있었다. 손목시계는 짙은 녹색이고, 아주 가벼웠다. 그리고 시간을 알리는 숫자판이 있었는데 깜빡이는 숫자가 신기하고 흥미로웠다. 천 아저씨는 밍밍의 작은 머리를 쓰다듬으며 말했다.

"밍밍, 목에 걸고 있는 키를 찾지 못하는 경우가 많지 않니? 그 키를 이 손목시계에 달아놓으면, 다시는 너와 숨바꼭질을 하지 않을 거야!"

"왜죠?"

밍밍은 궁금했다.

"왜냐하면, 이 손목시계는 휘파람소리를 좋아한단다."

천 아저씨는 신비로운 표정을 지으며 대답했다.

"하지만 아버지에게는 비밀이야."

천 아저씨가 덧붙였다. 밍밍은 신기한 손목시계를 잘 간직했다. 그리고 속으로 천 아저씨도 참 재미있는 사람이라고 생각했다. 손목시계가 휘파람소리를 좋아하다니, 이건 빅뉴스였다. 그는 깜짝 놀라는 아버지의 모습이 보고 싶어졌다. 이튿날은 마침 일요일이었다. 어머니는 평소와 같이 가장 먼저 잠에서 깨 우유를 따뜻하게 데워 놓았다. 그리고 노기등등하여 얼른 일어나라고 아버지에게 명령했다. 아버지가 아침마다 게으름을 피우며 늦잠을 자는 아들에게 본보기가 되어야 한다는 주장이었다. 아버지와 밍밍은 서로 눈빛을 주고받고는 다시 이불을 뒤집어쓰고 잠이 들었다. 그리고 어머니의 화가 머리끝까지 치밀었을 때 아버지는 갑자기 큰소리로 말했다.

"긴급 집합!"

그리하여 부자는 자리에서 벌떡 일어났다. 두 사람은 신속하게 옷을 입고, 이불을 정리했다. 그러자 어머니가 '피식' 웃었다. 아버지는 득의양양해 하며 휘파람을 불기 시작했다. 이때 기적 같은 일이 일어났다. 아버지의 휘파람소리가 들리자마자 새소리와 닮은 낯선 선율이 어딘가에서 흘러나오는 것이었다. 방울소리 같이 맑고 낭랑했다. 밍밍네 집 문에 달린 벨 소리보다 더 듣기 좋았다. 아버지는 당혹스러운 표정으로 밍밍을 바라보고, 또 어머니를 바라보았다. 마찬가지로 당혹스러운 어머니는 창밖을 내다보았다. 어머니는 베란다에 새 한 마리가 내려앉아 노래를 불렀을 것이라고 생각하였던 것이다. 밍밍은 어떻게 된 일인지 다 알고 있으면서 일부러 모르는 척 망연한 표정을 지었다. 그리고 아버지에게 수상한 낌새를 들키지 않기 위해, 새어나오는 웃음을 억지로 참으면서 허리를 굽혀 침대 밑에서 귀뚜라미를 찾는 척했다.

모든 것은 밍밍이 생각한 대로 돌아가고 있었다. 아버지와 어머니는 스스로 환청이라고 생각했다. 어머니는 해도 해도 끝이 없는 가사일을 하러 밖으로 나갔고, 아버지는 또 「해군이 해변에 상륙하다」를 불기 시작했다. 이때 낯선 선율이 다시 울리자 아버지는 더 이상 자신의 청각을 의심하지 않았다.

그는 휘파람을 불면서 노련한 정찰병마냥 소리의 근원을 찾아 샅샅이 뒤지기 시작했다. 얼마 지나지 않아 밍밍의 손목시계가 아버지에 의해 베개 밑에서 발견되었다. 아버지가 너무 쉽게 찾은 바람에 밍밍은 김이 새고 말았다!

아버지는 짙은 녹색의 손목시계를 들고는 이리 보고 저리 보더니, 시계가 왜 휘파람소리에 반응하는 건지 알 수가 없어서 어리둥절한 표정이었다. 밍밍은 아버지의 당혹스러움을 눈치 채고 설명했다.

"아버지, '음성제어'가 뭔지 알죠?"

"'음성제어'?"

아버지는 그제야 모든 것을 깨달은 듯했다.

"천 아저씨가 독일에서 가져온 선물이야? 이런 개구쟁이 같으니라고…"

이렇게 중얼거리는 아버지는 기분이 좋은 건지, 아니면 약간 유감스러운 건지 알 수가 없었다. 아무튼 아버지는 계속해서 휘파람을 불고 싶은 모양이었다. 그런데 그는 입술을 삐죽 내밀었다가 무언가 떠오른 듯 가볍게 훽 불고는 그만두었다.

그런 아버지를 보며 밍밍은 왠지 모르게 즐거운 기분이 사라지고 말았다. 그는 아버지께 말했다.

"제가 키를 자주 잃어버리잖아요. 아버지가 휘파람을 부는 순간, 시계가 반응을 하니, 키를 이 손목시계에 달아놓으면 정말 좋지 않겠어요?"

아들의 말을 듣자 아버지도 웃었다. 그는 아들을 안고 그의 이마에 대고 휘파람을 길게 불었다. 그러자 손목시계가 이내 응답했다. 집안에는 어느새 새의 지저귐으로 가득 찼다. 창밖의 햇빛도 궁금한 듯 천천히 집안으로 들어왔다. 마치 이 '음성제어 게임'에 참여하려는 듯했다.

"음성제어 원리는 사실 이해하기 어렵지 않단다. 출입문에 장치된 전자 벨은 손으로 누르는 것이라면, 이 손목시계의 스위치는 음성에 의해 제어되는 거야. 소리의 주파수가 어느 정도 높이에 도달하면, 손목시계 안의 트랜지스터가 충전되어 집적회로가 예정된 음악을 내보내게 되는 거지. 이해할 수 있겠니?"

아버지는 손목시계를 들고 아들에게 차근차근 설명해 주었다. 밍밍은 이해한 것 같기도 하고 모르는 것 같기도 하였지만, '스위치'가 무엇인지, '트랜지스터'가 무엇인지는 이해하게 되었다. 이보다 더 심오한 원리에 관해서는 알아들었다고 말하기 어려웠다. 그러나 손목시계는 정말 재미있었다. 이것이 가장 중요한 포인트가 아닐까?

"아침을 도대체 먹을 거야 말 거야!"

어머니는 또 한 번 화를 냈다. 어머니의 목소리는 손목시계에서 나는 새소리를 덮어버렸다. 그런데 신기하게도 손목시계는 어머니의 부름에도 계속 반응하는 것이었다. "엄마의 목소리가 커서, 시계 안의 새가 놀라서 그러는 걸 거야." 밍밍은 속으로 이렇게 생각했다.

아버지는 밍밍을 데리고 서둘러 침실에서 나왔다. 얼마 후 아버지의 휘파람소리가 또 유유히 들리기 시작했다. 그 휘파람소리에는 밍밍의 노랫소리도 섞여있었다. 손목시계도 참지 못하고 그들과 함께 노래를 불렀다. 아무도 없는 침실에서 새소리가 흘러나오고 있었다.

어머니는 침실로 뛰어 들어갔다. 이번에는 어머니가 놀랄 차례였다! 아버지와 밍밍은 따뜻한 우유를 맛있게 마시며 모르는 척했다. 그리고 당혹스러워하는 어머니의 모습을 보며 두 사람은 몰래 웃고 있었다.

한여름 밤의 모험

야야는 다섯 살이 넘었다. 1, 2, 3, 4, 5, 숫자 5까지 셀 수 있으면 대다한 수학자이고, 다섯 살까지 자란다는 것은 더욱 대단한 일이다. 적어도 야야 본인은 이렇게 생각하고 있다.

다섯 살 난 야야는 큰 울안에서 살고 있다. 이 울안에는 항상 수많은 승용차들이 주차되어 있었는데, 차 안에는 늘 아주 늙은 할아버지가 아주 큰 서류가방을 들고 있었다. 이 울안에는 수위도 있고, 파출소도 있으며, 목욕탕도 있다. 물론 식당도 있다. 야야는 식당에 가장 관심이 많았다. 어머니가 철제케이스를 들고 문을 나서면, 얼마 지나지 않아 철제케이스에 여러 가지 음식들이 담겨서 돌아온다. 매일 점심과 저녁, 야야가 가장 관심을 가지는 것이 바로 그 철제케이스 안의 음식이다. 어머니는 이 철제케이스를 '도시락'이라고 부른다.

야야에게도 도시락이 있다. 어머니가 다니는 병원에서 가져온 약 케이스인데, 판지로 만들어졌다. 야야는 매일 자신의 인형들을 위해 거기에 밥을 받아온다. 종이 도시락 안의 채소는 철제 도시락 안의 채소보다 못하지 않다. 탕수갈비(糖醋排骨)가 있을 뿐만 아니라, 홍소생선(紅燒魚), 초콜릿, 새우사탕(大蝦酥, 베이징의 특산품)도 있는데, 물론 모두 종이로 만든 것이다. 야야의 아이들은 늘 포동포동한 것이 살이 빠지지 않는다. 야야가 어머니로서의 자격이 충분하다는 것을 설명한다.

이에 비해 야야의 어머니는 그다지 자격이 충분하지 않은 것 같다. 야야의 어머니는 언제나 다망하여 하루에 세 번 업무 교대를 한다. 그리하여 야야는 외할머니 댁의 단골손님이 되었다. 외할머니 댁에서 야야를 가장 반겨주는 것은 정정(正正)이다. 바로 야야의 사촌오빠이다. 정정은 야야보다 훨씬 나이가 많다. 15일이나 먼저 태어났으니 반 달 큰 오빠이다. 정말 대단하다! 그리하여 정정은 아주 오빠답게 야야를 배려한다. 정정의 아버지는 야야의 외삼촌이다. "쥬쥬(舅舅, 외삼촌)" 하고 부르는 야야는 마치 병아리가 '짹짹' 하는 소리 같다. 이때면 외할아버지가 키우는 새장 속의 화미조도 따라서 짹짹 하며 끼어든다. 그럴 때마다 외삼촌은 손에 들고 있던 펜을 내려놓고 야야의 머리를 쓰다듬는다. 그리고 정정을 불러 그들에게 밖에 나가서 놀라고 한다. 외삼촌은 작가이다. 그는 매일 집에 앉아있는데 마치 진흙으로 만든 보살 같다. 외삼촌은 조용한 것을 좋아해서 항상 '절대 조용'을 강조한다. 그의 손가락 사이에서 반짝거리는 담배 불은 신비롭고 의기양양하다.

온 가족은 외삼촌의 기분을 맞춰준다. 새장 속의 화미도 예외가 아니다. 야야와 정정이 집 안에서 노는 것을 외삼촌이 싫어하면 밖으로 나가 뜰에서 놀면 된다. 뜰에는 집안보다 재미나는 것이 훨씬 많다. 적어도 마음껏 소리를 지르고 뛰어다녀도 누구도 간섭하지 않는다.

"어른들은 늘 우리를 불쾌하게 해"

이것은 이 울안에 함께 살고 있는 다섯 살배기 아이들의 일치하는 의견이었다. 야야가 특별히 조사를 해서 얻은 결론이다.

여름의 울안의 서늘한 산들바람은 나뭇가지를 살살 스치고, 월계화의 머리끝을 스쳐 지나, 결국 작은 소나무 숲 안에서 멈췄다. 작은 소나무 숲은 그야말로 정말 작다. 7, 8그루의 작은 잣나무가 다지만, 그 안에는 회전의자 하나와 목마도 있어서 그나마 덜 초라해 보였다. 이 숲은 식당의 뒤쪽 담과 가까운 곳에 있고, 뒤쪽 담에는 먼지가 가득 내려앉은 두 개의 큰 창문이 있다. 창살에는 봉인 종이가 붙어있어서 안에 무엇이 있는지 알 수가 없었다. 야야가 잣나무 숲에서 목마를 탈 때마다 그 창문 안에서 희미한 빛이 가끔씩 반짝거리면서 야야의 호기심을 자극했다.

벌써 황혼 무렵이 되었다. 하루 종일 열심히 일한 태양은 서산의 산등성이에 나른하게 걸려있었다. 햇빛은 더 이상 눈이 부시지 않았고, 태양은 커다란 황옌(黃岩, 저장성의 한 지역-역자 주) 감귤을 연상케 했다. 해는 천천히 조금씩 산 아래로 내려가고 있었다. 잣나무 숲에서 놀고 있는 아이들은 황혼이 되자 더욱 신나했다. 박쥐의 날개와 그들의 '찍찍' 합창 소리가 하늘을 스쳐지나갔다. 이는 울안의 황혼에 신비로운 분위기를 한층 더해주었다.

타고 있던 목마에서 훌쩍 갑자기 뛰어내린 야야의 작은 눈에서 개구쟁이 빛이 반짝거렸다. 그는 사촌오빠를 불렀다. 정정은 '허허' 입으로 웅장한 소리를 내며, 회전의자에서 더할 나위 없이 즐거운 시간을 만끽하고 있었다. 그는 자신이 박쥐보다 더 높게 더 빨리 날 수 있다고 생각하는 것 같았다. 회전의자는 한 남자아이를 태우고 제자리에서 빙빙 돌며 만 리를 질주하고 있었다. 이것은 정정과 같은 남자아이만이 가질 수 있는 특혜였다.

정정은 귀찮은 표정을 지으며 회전의자에서 뛰어내렸다. 그리고 동생에게 물었다. "왜 무슨 일이야? 한창 신나게 놀고 있는데……"

야야는 식당의 뒤쪽 담을 가리키며 말했다.

"우리 저 창문으로 가서 무엇이 있는지 보지 않을래? 누군가 안에서 우리를 훔쳐보고 있는 거 같아서 말이야."

정정은 겁에 질려 창문 쪽을 힐끗 쳐다보았다. 창살은 이미 옅은 저녁 안개 속에 자취를 감춰서 잘 보이지 않았다. 하지만 사내대장부의 자존심은 그를 물러설 수 없게 했다. 정정은 야야의 손을 잡고 창문 쪽을 향해 걸어갔다.

그들의 뒤에는 그들보다 더 어린 아이들이 꼬리마냥 줄을 지어 따라갔다. 그들은 하나의 긴 대열을 이루었다. 날은 점점 더 어두워져갔다.

창문 아래에 부서진 벽돌들이 가득하였는데, 야야는 마침 그것을 딛고 올라설 수 있게 되었다. 야야는 창문턱에 엎드려 작은 머리를 힘껏 내밀며 창문에 얼굴을 바짝 붙이려고 애를 썼다. 그는 집안에 어떤 물건들이 있는지 보고 싶었다. 끝내 무언가를 발견했다. 야야는 커다란 사람 얼굴 하나를 보았는데, 그 얼굴은 그들을 향해 미소를 짓고 있었다. 야야는 깜짝 놀라 하마터면 뒤로 넘어질 뻔했다.

그러자 정정도 달려가 야야처럼 창문에 붙어 서서 안을 들여다보았다. 그러더니 곧바로 돌아서서 뛰어가면서 소리를 질렀다.

"큰 사람 얼굴, 큰 사람 얼굴이야! 집안에 커다란 사람 얼굴이 있어요."

정정은 놀라서 소리를 지르는 건지, 아니면 기뻐서 소리를 지르는 건지 알 수 없지만, 그는 목소리마저 변할 정도로 소리를 질렀다. 그들 뒤에 있던 아이들은 정정과 야야를 따라 마치 놀란 참새들처럼 날아가 버렸다. 정말 손에 땀을 쥐게 하는 황혼이었다.

외삼촌은 저녁식사를 하고 나서 뤼산운무차(廬山雲霧茶)[13]를 음미하고 있었

13) 뤼산운무차(廬山雲霧茶) : 중국 장시성(江西省)의 대표적인 차 중의 하나로 녹차에 속함.

다. 외삼촌의 머릿속에는 온통 시에 대한 구상으로 가득했다. 필을 들기도 전에 야야와 정정이 숨을 헐떡거리며 문을 벌컥 열고 들어왔다. 두 아이의 얼굴에는 이상한 기색이 역력하였는데 신비롭고도 신성함이 보였다. 외삼촌은 그들의 표정을 자세히 관찰하면서 그들의 얼굴에서 무언가를 읽어 내기 위해 노력했다.

그런데 입이 빠른 야야가 참지 못하고 말했다.

"삼촌, 우리 사람 얼굴을 보았어요. 아주아주 큰 사람이에요."

야야는 손짓까지 해가며 설명했다.

"눈은 이렇게 크고, 코는 이만큼 컸어요."

그는 벽에 걸려있는 시계와 탁자 위에 있는 보온병을 가리키며 말했다.

"뭐라고?"

외삼촌은 자신의 귀를 의심하듯 물었다.

"도대체 뭘 본 거야?"

외삼촌도 호기심이 생겼다.

"한 어른의 커다란 얼굴을 봤어요. 집만큼 높은 사람의 얼굴이에요."

정정이 보충 설명했다.

"어디에서 본 거야?"

외삼촌이 꼬치꼬치 캐물었다.

그러자 야야와 정정은 서로 앞 다투어 대답했다.

"잣나무 숲 옆에 있는 창문으로 들여다봤어요."

"너무 놀라서 넘어지기까지 했어요!"

야야는 외삼촌이 믿지 않을까봐 한마디를 덧붙였다.

“그럼 어디 한번 가보자. 너희들이 앞장 서거라.”

외삼촌은 자리에서 일어나 같이 탐험하러 가자는 명령을 내렸다. 두 아이는 폴짝폴짝 뛰면서 환호했다.

“좋아요, 같이 가요.”

그들은 뒤질세라 앞 다투어 집을 나섰다. 그들을 따라 집을 나서기 전에 외삼촌은 손전등을 잊지 않고 챙겼다. 그도 사실 아이들의 묘사에 어리둥절해졌던 것이다.

그들이 뜰로 나왔을 때, 사람들은 삼삼오오 모여서 시원한 바람을 쐬거나, 바둑을 두거나, 담화를 나누거나 하면서 조용함과 여유로움을 즐기고 있었다. 어른들의 세계는 영원히 변함이 없는 것 같았다. 이에 비해 아이들은 달랐다. 그들은 잣나무 숲의 목마 아래에 모여 멀리서 창문을 쳐다볼 뿐 누구도 감히 앞으로 다가가지 못했다. 외삼촌이 흔들거리며 따라오는 것을 확인한 야야와 정정은 바람을 가득 불어넣은 고무풍선마냥 통통 뛰며 말했다.

“우리가 길을 안내할게요!”

두 사람은 외삼촌의 손을 잡고, 앞으로 가고 있었다. 그들의 발걸음은 조심스럽고 확고했다. 외삼촌은 아이들에게 말했다.

“얘들아, 내 손을 잡지 말고, 앞에서 길을 안내하면 안 되겠니?”

그는 손전등을 켜고 싶지만 나머지 손이 없었다. 그러나 야야와 정정은 이 말을 듣자 오히려 작은 두 손으로 더욱 꼭 잡았다. 그러자 외삼촌도 그냥 내버려두었다. 창문과 열 걸음 정도 남았을 때, 야야와 정정은 갑자기 발걸음을 멈췄다. 그들의 작은 가슴이 콩닥콩닥 격렬하게 뛰기 시작했다. 그들은 그 자리에 서서 한 걸음도 앞으로 이동하지 않았다. 외삼촌의 손이 마침내 자유롭게 되었다. 그는 손전등을 켜고, 그 신비로운 창문을 향해 걸어갔다.

창문을 들여다보던 외삼촌은 하마터면 소리 내서 웃을 뻔했다. 안에는 커다란 마오쩌동(毛澤東) 주석의 초상화가 한 폭 걸려있었던 것이다. 2미터 높이의 거대한 초상화가 창고 안에 방치된 채 유리가 깨진지 오래된 창문을 막아주고 있었다. 초상화의 두 눈은 마침 창문 쪽을 향해 보고 있었다. 얼핏 보면 황당하기도 했다.

외삼촌은 상황을 파악하고 나서 돌아섰다. 그러자 뒤에 서있던 두 아이는 깜짝 놀란 어린 양들처럼 더 멀리 도망갔다. 외삼촌은 머리를 흔들었다. 그리고 말 못할 슬픔과 처량함이 느껴졌다.

야야와 정정은 어린 친구들 안에서 용감한 탐험 영웅이 되었다. 울안의 아이들은 그날부터 잣나무 숲을 더 좋아하게 되었고, 그 안에서 게임을 하며 더 신나게 놀았다. 이보다 더 중요한 것은 그들에게 새로운 게임이 생긴 것인데, 바로 마오 주석 초상화를 보러 가는 것이었다.

거대한 마오 주석 초상화는 여전히 식당의 창고 안에 방치되어 있었다. 마오 주석의 빛나고 생기 넘치는 눈빛에는 먼지가 가득 내려앉아 있었다. 초상화는 창살을 지나 뜰에서 즐겁게 뛰놀고 있는 아이들을 바라보고 있다. 아이들은 머리를 내밀고 창문 안을 들여다보다가는 재빨리 도망치곤 했다. 그들은 이런 왔다 갔다 하는 '탐험' 속에서 큰 재미와 즐거움을 느꼈다. 그래, 이 울안의 아이들, 야야와 정정은 언젠가는 어른이 될 것이다. 그러면 그들은 다섯 살 때의 이 모험을 기억할 수 있을까?

"나는 그들이 기억할 거라고 믿는다."

외삼촌은 소설의 결말에 이렇게 적었다. 거기에는 슬픔이 조금 담겨있었다.

13층의 모기

예예(葉葉)가 이사를 했다. 아버지와 어머니와 함께 이사를 했다. 예전부터 예예는 늘 이사를 다녔다. 하지만 그가 옮긴 집은 사실 블록으로 만든 집이다. 이리저리 옮겨 다니다가, 결국 작은 나무상자 안으로 들어가게 되었다. 나무상자에는 여자아이 예예의 수많은 아름다운 꿈이 들어있었다. 그리하여 늘 짤그랑짤그랑 소리가 났다.

예예의 새 집은 13층의 높은 빌딩에 있는데, 엘리베이터를 타고 '슝', 단번에 땅에서 하늘로 날아오른다. 공중에서 내려다보니 자전거는 어린이용 자전거로 변하였고, 어른들도 어린이가 되어 있었다. 비둘기 한 마리가 날갯짓을 하며 예예의 발 아래로 날아 지나갔다. "구 · 구 · 구 · 구" 우는 비둘기는 구름 위에 서 있는 예예를 질투하는 것 같았다.

예예가 전에 살던 집은 단층집이었다. 습하고 어둡고, 비가 내리면 집안 곳곳에 흰 버섯이 자라기도 했다. 뿐만 아니라 지붕으로부터 빗물이 스며들어와 예예의 손바닥에 떨어지기도 했다. 하지만 이런 것은 다 별문제가 아니었다. 예예가 가장 싫은 것은 모기였다. 모기는 예예와 이야기를 주고받고 친구가 되기를 바라는 것 같았다. 다만 모기들은 예예 본인도 모르게 조용하게 지들끼리만 친구 맺기를 진행했다. 그들은 뾰족한 입으로 예예의 피를 빨았다. 그리하여 예예의 몸에는 작고 간지러운 자국들이 남게 되었다.

새로 이사한 집은 비둘기도 날아오르기 힘든 13층 높은 빌딩이니, 작은 모기는 전혀 날아오지 못할 것이라고 생각하며 기뻐했다. 그러나 예예는 이내 자신의 생각이 틀렸음을 알게 되었다. 예쁜 새 집에는 비록 문에 방충망이 있지만, 밉상 '손님' 한 분이 여전히 비집고 들어왔다. 밉상 손님은 밤새 예예 주위를 맴돌며 쉴 새 없이 "앵앵"거렸다. 결국 예예의 작은 팔뚝에는 또 하나의 빨간 자국이 남게 되었다.

"5층 위로는 모기가 없다고 하지 않았어요?"

예예가 어머니께 물었다. 어머니는 머리를 긁적거리며 예예의 물음에 뭐라고 대답해야 할지 몰라 난감해했다.

"아마, 아마도 이사할 때, 모기가 옷장 속에 숨어 있었나 봐. 그런 게 아닐까?"

어머니는 이렇게 짐작했다.

"혹시 5층까지 먼저 날아올라 온 후, 한 이틀 쉬고, 다시 10층까지 날아 와서, 또 이틀 휴식한 다음, 마지막에 13층 우리 집까지 올라 온 게 아닐까요?"

예예는 과감한 가설을 내놓았다. 도대체 누구의 생각이 맞는 건지는 예예도 알 수 없었다. 그는 자신의 주장이 더 일리가 있다고 생각했다. 모기는 아주 총명한 작은 벌레이기 때문에, 계단을 오르는 식의 방법을 생각해낼 수 있을 거라고 믿었다.

예예는 모기와 대화를 한 번 제대로 나누고 싶었다. 모기에게 어떻게 13층까지 올라왔는지 묻고 싶었다. 하지만 그날 밤 이후 어머니는 집안에 이상한 향이 나는 약물을 뿌렸고, 모기도 다시는 예예를 찾아오지 않았다.

13층 높은 집에는 원래 모기가 없어야 한다. 그렇지 않은가?

불청객

13층은 꽤 높았다. 비교해서 말하자면 적어도 징산(景山, 베이징의 옛 자금성[紫禁城] 북쪽에 있는 작은 인공의 산 - 역자 주)보다 높다. 예예는 아버지를 따라 등산하러 징산으로 몇 번 간 적이 있는데 오늘처럼 힘들지는 않았다.

예예는 숨을 헐떡거렸고 허벅지가 터질 듯 아팠다. 그러다 마침내 집에 도착했다.

물론 가끔 있는 정전만 아니면 엘리베이터 아주머니는 웃는 미소를 지으며 예예를 13층까지 올려다 준다. 빠르고 안정적이며 다리를 살짝 옮기기만 하면 1층에서 13층까지 바로 올라갈 수 있다. 사람들이 모두 현대화를 바라는 데는 다 그만한 이유가 있다! 현대화는 참 좋은 것이다.

황혼 무렵 아버지와 예예는 집으로 돌아왔다. 전등을 켰는데 불이 들어오지 않았다. 아버지는 정전이라는 사실을 잠시 잊고 있었던 것 같았다. 아버지는 그제서야 깨닫고 초 한 대를 찾아서 불을 붙였다. 그리고 밥 할 준비를 했다.

수도꼭지를 틀었는데 물이 나오지 않았다. 도대체 어떻게 하면 좋을까?

"숙제부터 하려무나. 촛불 아래에서 숙제하면 정말 재미있단다."

아버지는 반 명령 반 유혹하듯 말하면서 초를 예예의 작은 탁자 위에 옮겨다 주었다.

초는 빨갛고, 불꽃도 빨갛다. 그리고 코를 자극하는 이상한 냄새도 났다. 예예는 미간을 찌푸리며, 처음으로 촛불을 켜고 숙제를 하기 시작했다. 그러나 마음을 잡을 수가 없었다.

밖에서는 바람이 불기 시작하였고, 무거운 천둥소리가 은은하게 들렸다. 13

층의 높은 빌딩 위에 누군가 바람을 위해 특별히 마이크를 설치해 놓은 것처럼 바람소리는 적어도 다서 여섯 배는 크게 들렸다. 바람은 "윙윙"하며 무서울 정도로 불었다. 그러나 예예는 이런 바람 소리에 이미 익숙해졌다. 한바탕 불고는 사라지는 바람의 성격을 예예는 잘 아는 듯했다.

그런데 창문을 '탁탁' 두드리는 소리가 나더니 비가 내리기 시작했다. 뒤질세라 앞을 다퉈 유리창으로 모여드는 빗방울들은 마치 조용하게 빨간 눈물을 흘리고 있는 초를 들여다보려는 것 같았다.

예예는 정신을 가다듬고 계속하여 사자성어 숙제에 집중했다. '불속지객(不速之客, 원치 않는 손님, 혹은 예고 없이 찾아온 손님-역자 주)', 이것은 새로 배운 단어이기 때문에 반드시 기억해 두었다가 다음번에 문장을 지을 때 사용하여 선생님을 깜짝 놀라게 해야겠다고 예예는 생각했다.

그런데 창문을 두드리는 소리가 갑자기 더 커졌다. 열중하던 머리를 들어 쳐다보니 방충망에 날개 달린 동물이 붙어있는 것이었다. 그 소리는 바로 이 동물이 낸 것이었다.

예예는 무서워서 어깨를 움찔했다. 그는 아버지를 부르며 도움을 요청했다. 아버지는 딸의 방으로 뛰어 들어가 신속하게 예예가 가리키는 쪽을 확인했다. 그리고 조용하게 손짓으로 딸을 안심시키면서 창문 쪽으로 걸어갔다. 아버지는 갑작스럽게 방충망을 열더니, 잽싸게 그 날개 달린 동물을 잡았다.

"어, 칼새(雨燕)구나!"

아버지는 칼새를 손바닥 위에 놓고는 다른 한쪽 손으로 조심스럽게 칼새의 반들거리는 작은 머리를 쓰다듬었다. 칼새의 까만 두 눈은 놀란 듯이 예예를 주시하였고, 가물거리는 촛불을 주시했다.

그의 날개는 비에 젖었고 온몸을 파르르 떨고 있었다.

"아무래도 길 잃은 어린 칼새인 거 같구나."

아버지가 말했다. 예예는 작은 손을 내밀어 칼새의 이마 부분을 살살 문질렀다. 눈을 깜빡거리는 칼새가 정말 귀여웠다.

"그럼 칼새를 어떻게 도와주면 되지요?"

예예는 아버지에게 묻고, 칼새에게도 물었다. 아버지는 몸을 휙 돌리더니 종이상자 하나를 꺼냈다. 그리고 종이상자 안에 낡은 이불솜을 깔더니, 칼새를 조심스럽게 안에 넣어주었다. 바로 이때 갑자기 눈앞이 환해졌다. 예예는 번개인줄 알고 재빨리 눈을 감았다. 그리고 천천히 다시 눈을 떴을 때 전기불이 집안을 은은하게 밝혀주고 있었다. 전기가 상황에 맞춰 마침 들어왔던 것이다.

예예는 이번의 정전 사건을 일기장에다 적어두었다. 그리고 끝내 기묘한 사자성어인 '불속지객'을 사용했다. "불속지객인 어린 칼새는 배가 희고, 검은 옷을 입었으며, 우리 집에서 하룻밤을 지냈다. 이튿날 아침 일찍 나와 아버지는 그 칼새를 놓아주어 날아가게 했다. 칼새의 흰색 배는 파란 하늘에서 하얀 진주마냥 반짝거렸다…"

장 선생님은 예예의 이 일기를 아주 좋게 평가하였고, 반 전체 친구들에게 읽어주기까지 했다!

앨범

아버지는 정색하는 표정으로 야야에게 새로 배운 글자를 외워 쓰도록 했다. 아버지는 쉽게 화를 내거나 정색하지 않는 사람이다. 사람의 얼굴을 보양하는 가장 좋은 방법은 웃음, 특히 미소가 가장 좋다고 하면서, 웃어야 젊어진다고 아버지는 늘 얘기한다. 굳은 얼굴로 정색하거나 화를 내면 주름이 쉽게 생긴다는 것이다.

그런데 지금 아버지는 주름의 위협을 깨끗하게 잊고 있다. 딸이 공부를 하지 않아 국어시험에서 절반이나 틀린 것이다. 병음(拼音, 읽는 방법을 표기하는 표음문자 – 역자 주)은 한자와 어울리지 않게 제각기 놀고 있고, 새로 배운 한자는 획이 부족하거나 틀리거나 했다. 그리고 문장 짓기는 논리도 문법도 잘 맞지 않았다. 예를 들어 '감격하다(激動)'와 같은 경우, 야야는 "시험에서 100점을 맞아, 아버지도 감격하고, 어머니도 감격하고, 나도 감격했다."라고 문장을 지었다.

그러자 선생님은 빨간색으로 'X'표를 하고 나서, "감격하다만 반복적으로 사용했네요."라는 평어와 함께 5점을 깎았다.

사실 야야는 시험에서 100점을 맞는 경우가 거의 없었다. 그래서 상상만으로도 몹시 감격스러워 참을 수가 없었을 것이다. 그런데 오히려 점수를 깎이게 되었다.

시험지를 가지고 집으로 돌아와, 부모님의 사인을 받는 날, 아버지는 65점이라는 점수를 보고 충격을 받았다. 화가 나서 씩씩거리더니, 한참 후 낮고 무거운 소리로 "틀린 부분 외워서 다시 한 번 써봐!"

라고 말했다. 야야는 자세를 고쳐 똑바로 앉았다. 작은 눈으로 아버지의 눈치를 슬쩍 살폈다. 이럴 때에는 아무 말도 하지 않는 것이 가장 좋은 방법이다. 변변치 못한 성적을 거둔 못난 내가 저지른 죄니까!

다 그 앨범 때문이었다. 앨범은 장식장 세트의 큰 서랍 안에 있었다. 힘이 약한 야야가 서랍의 손잡이를 잡아당기는 순간 산더미처럼 쌓여있는 앨범을 발견하게 되었다. 그중 가장 흥미를 끈 것이 빨간색의 낡은 앨범이었다.

그 속에는 아버지와 어머니의 어린 시절 사진들이 들어있었다. 야야는 아버지 어머니의 어린 시절 모습을 한 번도 본 적이 없는데, 빨간색 앨범 안에는 고스란히 담겨 있었던 것이다.

앨범 속에 아버지가 개구멍바지를 입고, 사과머리를 한 채 찍은 사진이 있었는데, 사진 속에서 아버지는 한 여자아이의 손을 잡아당겨 비틀면서 입을 벌리고 실없이 웃고 있었다.

또 다른 한 장은 어린 여자아이가 인형을 안고 있는 사진이었는데, 야야는 자신과 많이 닮은 것 같다고 생각했다. 자세히 들여다보던 야야는 그 여자아이가 어머니라는 것을 알게 되었다. 왜냐하면 여자아이가 안고 있는 인형을 야야도 본 적이 있었다. 어머니는 그 인형을 지금까지도 수납장 안에 고이 넣어두고 있을 뿐만 아니라, 야야에게도 아까워서 꺼내주지 않을 정도로 아꼈다. 앨범을 한 장 한 장 뒤로 넘기다가 야야는 이상한 사진들을 발견했다. 아버지는 손에 작은 수첩을 들고 있었고, 표정과 자세는 아주 엄숙하고 진지하였으며, 가슴에는 동그란 배지를 달고 있었다.

아버지는 많은 사람들과 똑같이 녹색 옷을 입고 있었고, 뒤 배경은 톈안먼 광장(天安門廣場)의 기념비였다. 매 사람마다 손에 작은 수첩 하나씩 들고, 머리를 힘 있게 들고 어깨를 나란히 하고 서서 찍은 사진이었다.

작은 수첩은 무엇일까? 아버지의 숙제 노트인가? 야야는 머리를 짜서 생각하고 또 생각하느라 아버지가 자기 방에 들어오는 기척도 듣지 못했다.

아버지는 야야가 들여다보고 있는 사진을 눈여겨보더니 웃음을 터뜨렸다.

"그건 어록집(記錄本)[14]이다. 들어본 적 있어?"

"어록집이 뭔데요? 혹시 기록노트예요?"

아버지가 기자라는 것을 아는 야야는 아는 척하고 물었다.

"어록집은 말이다, 음, 마오 주석 어록을 말하는 거다. 그 당시에는 모든 사람이 한 권씩 가지고 있었고, 없어서는 안 되는 것이었지!"

아버지는 왜 사람마다 한 권씩 있어야 하는지를 설명하고 싶었지만, 초등학교 3학년인 어린 딸이 이해할 수 없을 거라고 생각했다. 그리하여 아버지는 조금 난처해했다.

"마오 주석은 기념당(紀念堂)에 누워계시는 할아버지 아닌가요? 저도 알아요."

야야가 진지하게 말했다.

"그런데 아버지와 엄마, 그리고 이 많은 아저씨, 아주머니들이 왜 다 이 작은 수첩으로 배를 가리고 있는 거예요?"

---

14) 어록집(記錄本) : 문화대혁명 시기에 출판한 '마오쩌둥 어록' 을 가리킴.

야야는 아직 이해하지 못했다.

"그건 배를 가린 게 아니라 충성을 표하기 위해서 가슴 앞에다 둔 거란다. 넌 말해도 이해할 수 없으니까, 그만 묻고 공부나 해라."

아버지는 야야의 터무니없는 물음에 귀찮아졌다. 그리하여 야야의 손에서 앨범을 빼앗더니 화가 난 듯 다시 서랍 속에 넣어두었다. 야야는 입이 삐죽 나왔다. 변덕이 심한 아버지와 말하고 싶지 않았던 것이다.

"'수첩으로 왜 배를 가렸느냐'는 간단한 질문에도 귀찮아서 대답을 하지 않는 아버지는 나도 필요 없어. 흥!"

하지만 이 이상한 의문이 여전히 야야를 괴롭혔다. 그는 그 문제를 생각하느라 선생님의 강의에 집중할 수가 없었다. 담임 선생님께서 연습장을 가득 안고 들어오면, 야야는 아버지가 배를 가리고 있던 작은 수첩이 떠올라 "깔깔"하고 웃었다. 같은 반 친구들과 다 같이 문장을 읽을 때도 야야는 저도 모르게 아버지가 작은 수첩을 들고 있던 모습이 떠올라 집중할 수가 없었다. 그리하여 혼자 틀리게 읽었다. 결국 모의고사에서 그만 시험을 망치고 말았던 것이다.

아버지는 이런 딸의 마음을 알 리가 없었다. 그러나 그는 야야가 앨범을 훔쳐본 뒤부터 반항하는 일이 많아졌다는 것을 느끼게 되었다.

"혹시 첫 번째 반항기를 맞은 건 아닌가? 『아동심리학』에서 보기는 했다만…"

아버지는 속으로 씁쓸해하며 자신을 비웃었다.

"지금부터 외워 쓰기를 시작하자. 먼저 '影集(앨범이라는 중국어)'이라는 두 글자를 써봐라."

아버지가 선포했다. 아버지는 잠깐 멈추고는 딸의 연습장을 들여다보았다.

하지만 야야는 연습장을 몸과 손으로 가렸고, 표정에는 장난 끼를 띠었지만 도발하려는 기색이 역력했다.

"다음에 쓸 것은 '往家跑(집을 향해 달려가다)'이다."

아버지의 목소리에는 근엄함이 묻어있었다.

"잠깐, 체크하고 넘어가자."

아버지는 아버지로서의 권리를 행사하기 시작했다.

"그래! 그리 큰 문제는 아닌 것 같구나."

야야는 '影集(앨범)'을 '影急(영급)'이라고 받아 적었고,[15] '往家跑(왕가포)'를 '忘家跑(망가포)'[16]라고 적었다. 야야는 부끄러워서 꽈배기처럼 몸을 배배 꼬았다.

아버지는 당혹스러워서 눈이 휘둥그레졌을 뿐만 아니라, 입을 열려다가 별로 할 말이 없는지 다시 다물었다. 그리고 곧바로 한 마디 말과 함께 연습장을 탁자 위에 툭 던졌다.

"가서 앨범을 가져오너라. 아버지가 자세하게 설명해 줄 테니…"

야야는 그제야 활짝 웃으며 서랍으로 달려갔다. 비록 서랍이 아주 무거웠지만, 그는 단번에 열어 앨범을 꺼냈다.

빨간색 앨범이 그를 향해 웃고 있었다.

---

15) '集' 자와 '急' 자는 사성도 같고 발음도 같다.

16) '往' 자와 '忘' 자는 사성은 틀리나 발음은 같다.

조랑말을 타다

여자아이 량량(亮亮)은 어려서부터 말을 타기 시작했다. 그가 타는 말은 함부로 돌아다니지도 소리를 지르지도 않는 말을 잘 듣는 말이었다. 심지어 풀도 함부로 먹지 않았다.

참, 량량이 타는 말은 목마이다.

"목마가 어떻게 말이냐고?"

이런 말을 량량 앞에서 꺼내면 절대 안 된다. 량량이 들으면 작은 입을 삐죽 내밀며, 진지하게 끝까지 주장할 것이다.

"목마가 말이지, 나무걸상은 아니지 않냐고?"

하는 논리를 펼칠 테니 말이다.

량량은 마치 설날을 기대하는 것처럼 진짜 말을 타기를 손꼽아 기다렸다. 그리고 그런 날이 마침내 다가왔다. 일요일 할아버지는 아침 일찍 일어나 량량을 데리고 동물원으로 갔다. 동물원에는 재미나는 동물들이 엄청 많았지만, 할아버지는 량량을 데리고 곧장 아동 동물원으로 향했다. 왜냐하면 진짜 말을 타고 싶어 하는 손녀의 소원을 들어주기 위해서였다.

아동 동물원 안에는 어린 친구들이 많아서인지 매우 시끌벅적했다. 거기에는 작은 동물들도 꽤 있었는데, 작은 양, 토끼, 그리고 말도 있었다! 이 곳의 말은 키가 정말 작았다. 량량보다도 조금 더 클 뿐이었다. 짧은 네 다리에 비해 꼬리는 엄청 길었다. 작은 말은 긴 꼬리를 휙휙 흔들었는데, 량량의 '말총머리' 같기도 했다. 조랑말의 눈은 까맣고 반짝거렸으며, 앞으로 볼록 튀어나온 것이 활발하면서도 온순해 보였다. 조랑말을 보는 순간 량량은 꿈에서 본 말을 만난 것 같아서 아주 친절하고 익숙한 느낌이 들었다.

할아버지는 량량을 안아서 조랑말 등에다 앉혔다. 조랑말은 서남쪽 산간지대에서 자란 작은 말이었다. 그들은 성격이 온순하고 영리하다. 키 큰 할아버지와 비교해 보니 조랑말은 더욱 작아 보였다. 마치 유치원에 있는 장난감 같았다.

작은 말은 량량을 태우고 흔들거리며 걷기 시작했다. 승마감이 생각보다 편하지 않았다. 량량은 말의 등에서 당장 뛰어내리고 싶었지만, 말을 끌어주는 할아버지의 뒷모습을 보고 있노라니 13살 때 기마병이 된 할아버지의 이야기가 떠올랐다. 그리하여 그는 몇 개 빠지고 없는 이를 악물며 참아내기로 결심했다.

참 신기하게도 결심을 내린 순간 조랑말은 마치 량량의 마음을 알기라도 하듯이 걸음이 안정적으로 변했다. "딱딱"하는 조화로운 말발굽소리를 들으며 량량은 즐거워서 얼굴에 웃음꽃이 피어났다. 문뜩 사람들의 시선이 느껴져 주위를 둘러보았더니, 몇몇 어린 친구들이 부러운 눈빛으로 그를 쳐다보고 있는 것이었다. 포동포동하게 살찐 한 남자아이는 심지어 박수까지 치기 시작했다. 맑고 낭랑한 박수 소리와 말발굽소리를 들으며 량량은 어느새 목적지에 도착했다.

진짜 말을 탔다는 뿌듯함에 량량은 조금 득의양양하여, 큰소리로 노래를 부르고 싶었다. 그리하여 고향 커얼친(科爾沁)[17]을 찬미하는 노래를 불렀다. 그런데 입을 벌리는 순간 음정 박자가 틀리고 말았다. 말 한 번 탄다고 해서 진정한 몽골족이 되는 건 아닌가 보았다! 하지만 이런 이유를 량량은 아는 것 같기도 하고 모르는 것 같기도 했다. 아마 몇 년 더 지나면 전부 다 알 게 될 것이다.

어쨌든 몽골족 여자아이 량량은 7살 생일이 되는 날 비록 보잘것없는 작은 조랑말이지만 결국 진짜 말을 타고 말았다.

---

17) 커얼친(科爾沁) : 중국 네이멍구자치구(內蒙古), 통랴오(通遼)에 있는 지역.

플레인 요구르트

꼬리 없는 이야기

“중국 베이징의 특산물이 무엇인지 알고 있어?”

“그럼, 설탕절임과일(果脯)? 아니면 진까오(金糕, 산사나무의 열매를 넣어 젤리와 같이 굳힌 붉은 빛의 달고 신 과자)? 아니면 복령병(茯苓餅)?”

“아냐, 아냐, 다 아냐.”

“그럼 뭐니?”

“그건 플레인 요구르트야!”

“어, 어떻게 알았어?”

“그건 내가 좋아하는 거니까……”

나는 플레인 요구르트를 아주 좋아한다.

플레인 요구르트를 먹는다고 표현하기보다 마신다고 해야 더 정확할 것이다.

더운 날, 차가운 플레인 요구르트 한 병을 사서 묵직한 백자병(白瓷瓶)을 손에 들고 있으면, 손바닥으로부터 시원함이 전해진다. 그리고 빨대, 가장 굵은 빨대로 병아가리를 봉한 종이를 빠르고 곧게 뚫으면, ‘퐁’ 하는 소리와 함께 플레인 요구르트의 향이 빨대를 따라 밖으로 뿜어져 나온다. 그때 재빨리 입술로 빨아들이면 시고 달콤하고 향긋하고 부드러운 음료가 입안을 가득 채워주게 된다. 그 맛이 너무 좋아서 정신을 차리지 못할 정도이다.

나는 플레인 요구르트를 아주 좋아한다. 모든 중학생들이 플레인 요구르트를 좋아한다고 나는 생각한다. "플레인 요구르트 만세!"

이날은 운동회가 열리는 날이다. 이어달리기를 한다면 우리 반은 틀림없이 1등을 할 수 있다. 선생님이 응원단을 조직하자고 했다. 어차피 여자아이들이 앞장서서 하는 거니까 응원단을 조직하자는 데는 이견이 없었다. 홍보부장인 허리핑(何麗萍)이 말총머리를 흔들며 작은 깃발 하나를 들고는 운동장에서 가장 눈에 띄는 곳에 앉아 있었다. 나는 네 번째 주자로 남자 400미터 이어달리기에 참가했다. 세계 육상대회 중에서 가장 사람들의 주목을 끄는 종목이 바로 이 종목이다. 칼 루이스(Carl Lewis, 미국의 육상 운동선수-역자 주)가 목에 건 금메달 중 몇 개는 바로 이 종목에서 획득한 것이다. 네 번째 주자가 계주에서는 가장 중요하다. 보통 가장 빠른 선수들이 네 번째 주자로 뜀으로써 마지막에 가장 좋은 성적을 낼 수 있게 한다. 그렇기 때문에 마지막 바통이 계주에서는 가장 중요한 것이다.

그리하여 나는 정말 뿌듯했다. 나는 러닝슈즈 끈을 적어도 4번은 고쳐 묶었다. 사사여의(四四 [事事]如意, 일마다 뜻하는 바와 같이 됨-역자 주)라는 사자성어를 되뇌었다. 거짓말이 아니라, 정말 뜻대로 되는 것 같았다! 출발신호가 울리자 우리 반의 첫 번째 주자인 '빠른 다리(快腿), 류(劉)'가 시작부터 선두를 달렸다. 상대 선수들보다 적어도 2미터는 넘게 앞서서 달렸다. 그런데 두 번째 주자 뚱뚱호랑이 차례에서 상대 선수들이 거의 다 따라잡았다. 세 번째 주자는 나의 초등학교 동창 류차오(劉超)였다. 친구들은 평소에 그를 '슈퍼 류'라고 불렀다. 빠른 다리 류와 구별하기 위한 것일 뿐만 아니라, 류차오의 실력을 설명해주는 별명이기도 했다.

원래 가장 앞에서 달리던 류차오가 오늘은 상태가 좋지 않은 듯 마지막에 바통을 건네주는 바통터치 자세가 정확하지 않았다. 나는 이미 가속도를 붙였는데, 그는 바통을 제 때에 넘겨주지 않았다. 설상가상으로 바통을 땅에 떨어뜨렸다. 나는 돌아가서 잽싸게 바통을 주웠지만, 난리 통에 상대 선수들은 이미 나를 초월하고 말았다.

귓가에 응원단의 날카로운 비명소리가 들렸다.

허리핑의 목소리가 틀림없었다.

"중학교 2학년 1반 작은 대종(戴宗, 중국 명나라의 장편무협 소설 『수호지(水滸傳)』에 등장하는 인물로 108명 호걸 중에서 가장 빠른 사람-역자 주) 파이팅!"

'작은 대종'은 나의 미칭이었다. 양산박(梁山泊, 중국 산동성 서부에 있던 늪으로 호걸들의 둔거지-역가 주)의 '신행태보(神行太保, 대종이 하루에 8백리를 간다고 하여 붙여진 이름-역자 주)인 대종은 엄청 빨리 달리지만, 그것은 갑마(甲馬, 일종의 부적으로서 다리 묶으면 번개로 돌변한다는 뜻-역자 주)'가 있기 때문이었다. 그러나 나의 다리에는 갑마가 묶여 있지 않았고, 아주 일반적인 러닝슈즈만 신었을 뿐이었다. 신발 끈을 네 번 고쳐 묶은 것 외에는 아무것도 내세울 것이 없었다. 허리핑의 목청은 정말 날카로웠다. 귀에 들어오는 순간 귀청에서 '윙'하는 소리가 났다. 그의 응원이 나의 사기를 북돋아 주었던 것이다. 힘이 불끈 솟아났다. 나의 속도와 힘으로 인해 운동장의 경주로는 구멍이 뚫릴 뻔했다. 믿기지 않겠지만 사실이었다.

마지막 스퍼트를 하기 3초 전에 나는 마침내 상대 선수들을 따라잡았다. 그리고 가슴을 내밀고 크게 발걸음을 내디디는 등 아주 규범적인 동작으로 가장 먼저 결승선을 통과했다! 마지막까지 힘을 다 쓰고 난 나는 땅바닥에 주저앉고 말았다.

그대로 앉아 일어나기가 싫었지만 결국은 일어나야만 했다. 눈앞에 플레인 요구르트 한 병이 어른 거렸기 때문이었다. 백자병은 마치 웃는 미륵보살 같았다. 미륵보살을 따라 올려다보니 허리핑이 활짝 웃고 있었다.

그는 약간 쉰 목소리로 말했다.

"이걸 마셔라. 네가 플레인 요구르트를 좋아하는 걸 내가 잘 알지!"

나는 무뚝뚝하게 플레인 요구르트를 받았다. 어떻게 반응을 해야 할지 몰랐기 때문이었다. 백자병에 비스듬하게 꽂혀있는 빨대는 은색의 빛이 반짝거렸다. 친구들이 우르르 모여왔다.

왜 몰려들었는지는 독자들의 상상에 맡기고자 한다.

힌트

1. 내가 플레인 요구르트를 마시자 친구들이 놀려대는 바람에 허리핑은 선생님에게 꾸지람을 듣게 되었고 결국은 그가 울고 말았다. 그날 이후 나는 다시는 플레인 요구르트를 마시지 않는다.
2. 플레인 요구르트를 받은 나는 감히 마시지 못했다. 왜냐하면 나머지 세 명의 선수에게 누구도 플레인 요구르트를 주지 않았기 때문이다.
3. 끝내 허리핑이 준 플레인 요구르트를 마신 나는 마음이 착잡하여 밤새 잠을 이루지 못했다. 이튿날 나도 똑같이 한 병을 사서 허리핑에게 돌려주었다. 그리하여 깨끗하게 청산되었다.
4. …
5. …

흰 요정

흰 요정

1

미미(咪咪)는 고양이가 아니라 초등학교 3학년 여자아이의 이름이다.

3학년 여자아이 미미는 태어나서 처음으로 시장에 오게 되었다. 물론 예전에 시장에 가본 적은 있다. 그러나 그 당시에 본 시장은 농산물시장이었다. 바로 건물 아래 작은 골목에 있었는데, 대파, 오이, 토마토 채소를 팔았다. 필요한 만큼 마음껏 살 수 있었다.

미미는 그 당시의 농산물시장은 진정한 시장이 아니라고 생각했다. 진정한 시장이라면 푸드득 날아다니고 짹짹 울어대는 새도 있고, 귀를 세우고 사납게 쳐다보는 개도 있으며, 게으르고 뚱뚱한 흰색 검은색 알롱이 야옹이도 있어야 했다. 뿐만 아니라, 흰쥐도 있고, 토끼, 원숭이, 귀뚜라미를 넣어 키우는 실솔관(蟋蟀罐),[18] 어항 등도 있어야 한다. 살아있는 생물 하나 없이, 바보 같은 채소만 있는데 어찌 시장이라고 할 수 있는가?!

미미는 지하철을 타고 동물시장으로 왔다. 지하철을 타고 왔다는 점 하나만으로도 미미가 대단하다는 것을 알 수 있다. 미미에게는 돈이 있다. 할머니가 준 세뱃돈이다. 많지 않았다. 10위안(元, 한국 돈 1,700원 전후) 뿐이 있었다.

---

18) 실솔관(蟋蟀罐) : 명청(明清)시기 황제의 완상용 그릇으로 인형이나 귀뚜라미를 넣어 키우는 관.

미미에게 있어 이 새 돈은 크게 쓸모가 없었다. 미미는 이 돈을 지금까지 쑨유쥔(孫幼軍, 중국의 유명한 동화 작가-역자 주) 아저씨의 동화책에 넣어두었다. 그렇다고 해서 미미가 이 십 위안을 대수롭지 않게 생각하는 것은 절대 아니다. 만약 그렇게 오해를 한다면 미미는 너무나 억울하다. 미미는 수학 성적이 꽤 좋다. 그에게는 또 작은 전자계산기가 있는데, 정밀한 계산을 거쳐 얻은 결론은 이 한 장의 돈으로 큰 코카콜라 한 병을 살 수 있고, 두 가지 맛을 내는 고급 아이스크림을 열 개나 살 수 있으며, 거기에 플레인 요구르트 한 병도 추가할 수 있다는 것이었다. 이 음식들은 모두 3학년 여자아이들이 가장 동경하는 맛있는 음식들이다.

그러나 미미는 식탐이 많은 아이가 아니었다. 미미는 다른 한 미미(진짜 야옹이, 진짜 페르시아 야옹이)를 위해 그의 친구 한 마리를 사주고 싶었다. 아차! 여기서 미미의 다른 한 미미의 비밀이 밝혀지고 말았다. 그렇지만 괜찮다. 세상에는 영원한 비밀이 없으니까. 미미의 미미, 혹은 헛갈리지 않고 이해하기 쉽게, 우리는 이 '다른 한 미미'를 '야옹이'라고 부르기로 하자. 미미의 야옹이는 몸집이 큰 흰색 야옹이다. 얼마나 크냐면 미미가 안을 때마다 무척 힘들어하는 정도이다. 아빠 말에 의하면 여덟 근(斤, 2.4kg 정-역자 주)은 된다고 한다. 뿐만 아니라 아빠는 야옹이를 자신이 다니는 다이어트 클럽에 가입시켰으면 좋겠다고 늘 말한다. 클럽 멤버들은 모두 뚱뚱보들이다. 체중이 80킬로그램이 넘어 길만 걸어도 풀무처럼 가쁜 숨을 몰아쉬는 사람들이다. 만약 야옹이를 그 클럽에 다니게 한다면, 야옹이는 몹시 속상해 할 것이다. 그리하여 미미는 아빠의 제의를 결코 받아드리지 않았다. 명의상만의 회원으로 가입시킨다 해도 절대 동의하지 않았다. 왜냐하면 비록 야옹이가 뚱뚱하지만, 여전히 민첩하기 때문이다. 게다가 야옹이는 아빠의 경우와는 전혀 다르다. 아빠는 40세가 넘었지만, 야옹이는 이제 9개월 좀 넘었을 뿐이다. 9개월이면 어린아이인데 어찌 다이어트를 시킬 수 있다는 말인가! 농담도 너무 심한 농담이다.

미미는 야옹이의 아주 어릴 때부터 지금까지의 성장 과정을 지켜봐온 사람이다. 그의 집으로 왔을 때, 야옹이는 털이 보송보송하고, 젖을 끊은 지 며칠 되지도 않은 아기였다. 두 가지 서로 다른 색깔의 눈으로 미미를 바라보며, "야옹 야옹" 울면서 어미를 찾았다. 파란색 눈에도 가여움, 노란색 눈에도 가여움이 있었다. 미미는 애틋하게 그를 쳐다보다가 품에 안고 자신의 손바닥에 따뜻한 우유를 부었다. 그러자 야옹이는 혀를 날름거리며 손바닥의 우유를 먹었다. 미미는 손바닥이 간지러워서 웃음을 참을 수가 없었다. 그날 이후 미미는 야옹이의 엄마가 되었다. 미미의 작은 손바닥은 야옹이의 젖꼭지가 되었고, 야옹이는 미미를 한시라도 떨어질 수 없게 되었다. 마치 어미 곁을 떠나지 못하는 새끼 야옹이 같았다.

매일 학교로 가기 전, 미미는 야옹이와 악수를 하고 안녕하며 인사를 했다. 그리고 유리병 안에서 효모 한 알을 꺼내 야옹이에게 먹였다. 야옹이는 어려서부터 효모를 먹기 좋아하였는데, 마치 아편에 중독되어 매일 아편을 피우는 것과 같았다. 그리하여 매번 미미가 약병을 들면 야옹이는 꼬리를 흔들며 그에게로 달려갔다. 미미가 약병을 흔들면, 안에서 짤랑짤랑 하는 소리가 나는데, 이때면 야옹이는 흥분하며 그 소리에 맞춰 소리를 냈다.

그다음은 탁자 위로 훌쩍 뛰어올라가고, 다시 탁자에서 미미의 어깨 위로 올라가는 것이었다. 미미의 어깨 위에서 야옹이는 조용하게 맛있는 효모 한 알의 향수를 기다렸다.

야옹이가 알약을 먹을 때, '까닥까닥'하는 소리가 나는데, 그 소리는 미미가 사탕을 씹어 먹는 소리와 비슷했다. 미미는 야옹이에 대한 우정을 표시하기 위해 늘 한 알씩 추가해 주었다. 그럴 때면 야옹이의 두 눈에서는 빛이 반짝거렸다. '야옹 야옹', 우는 소리에는 감격과 이해가 담겨 있는 것 같았다.

이렇게 준비를 마치고 야옹이가 배웅하는 가운데 우리의 미미는 하루의 학습을 시작하게 되는 것이다.

이야기를 하다 보니, 잠깐 주제를 벗어난 것 같다! 미미가 야옹이에게 약을 먹인다는 맥락으로 흘러가게 되었다. 미미가 야옹이에게 효모를 먹이는 일은 사실 아주 작은 일이다. 이보다 더 큰일은 야옹이가 같이 놀아줄 친구가 필요하다는 것이다. 혼자 집에 있을 때면 얼마나 심심하고 답답하겠는가. 정말 너무 불쌍하다. 매일 아침 아빠는 가방을 들고 가장 먼저 집을 나선다. 다음은 엄마와 미미이다. 엄마가 가지고 다니는 키는 주렁주렁 많기도 했다. 매번 문을 잠글 때면 키들은 재촉하는 것 같은 다급한 소리를 냈다. 미미는 홍링진(紅領巾, 붉은 삼각건)을 서둘러 목에 둘렀는데, 그 위에는 과자 부스러기가 묻어 있었다. 미미와 엄마는 다급해 보였다. 이렇게 모두가 떠나고 나면 야옹이는 대문 앞까지 나와 배웅하면서, 혼자 고독하게 남게 된다. '쾅' 하는 문 닫히는 소리와 함께 야옹이는 매번 마음을 아프게 하는 울음소리를 냈다. 마치 멀리 떠나는 가족과 작별인사를 하는 것 같기도 하고, 자신의 고독함에 소리 내어 우는 것 같기도 했다. 그때마다 미미는 가슴이 아팠고, 코끝이 찡해 나면서 눈에 눈물이 핑 돌았다.

매일 가족들과 생이별을 해야 한다는 것은 얼마나 고통스러운 일인가!

그래서 미미는 야옹이에게 친구를 찾아주기로 결심했다. 네 다리, 꼬리 하나가 달린 그런 친구 말이다. 이것이 바로 미미가 동물시장에 온 이유였다.

미미는 두리번거리다가 먼저 흰 토끼에게 시선을 빼앗겼다. 토끼가 아주 귀엽고 온순하여 야옹이를 괴롭히지 않을 거라고 생각했다. 그런데 토끼의 주인인 턱이 뾰족한 아저씨에게 가격을 묻자 아저씨는 손바닥을 내밀었다. 그리고 손바닥을 다시 뒤집더니 아무 말도 없이 담배를 피우는 것이었다. 그 득의양양한 모습은 분명 미미를 얕잡아 보는 것이었다.

미미도 미련 없이 휙 돌아섰다. 흰 토끼는 귀엽지만 주인이 너무 오만하여 토끼에게도 나쁜 영향을 미쳤을 수도 있으니 사지 않기로 했다.

옆의 새 시장은 더욱 시끌벅적했다. 화미조(畵眉鳥), 몽고종다리(百靈), 구관조(九官鳥), 고지새(蠟嘴子), 금화조(珍珠鳥), 거기에 말이 많은 잉꼬까지 그들은 서로 앞을 다투어 미미에게 아는 척하느라 정신이 없었다. 그들은 마치 미미와 아는 사이인 듯 반갑게 인사를 하며 말을 걸어왔다.

미미는 새들을 향해 활짝 웃었다. 그는 새들의 호의를 감사히 받았지만 조금 미안하기도 했다. 야옹이는 발도 있고, 뾰족한 이빨도 있기 때문에, 아무리 성격이 온순하다고 해도, 새들 앞에서는 흉악해질 수 있을 수 있었다. 미미는 3학년 초등학생이었기에 이만한 지식은 알고 있었다. 그리하여 예쁜 새들이 미미에게 잘 보이려고 아무리 애를 쓰고, 미미와 함께 집으로 가고 싶어 노력을 해도 부질없었다. 미미는 발걸음을 멈추지 않았다. 그는 새들의 안전을 먼저 생각해야 했다.

시장 동쪽 끝의 눈에 잘 띠지 않는 모퉁이에서 미미는 애숭이 소년을 발견했다. 그는 어딘가 멍청해 보였는데 시골에서 놀라온 아이 같았다. 그는 광주리를 메고 있었는데 광주리 위에는 판지가 덮여져 있었다.

그는 주위를 두리번거리며 누군가를 기다리고 있는 듯했다.

미미는 시골아이에게 다가가 신기하다는 듯이 그를 바라보았다. 시골아이는 가슴을 쭉 내밀더니 눈빛은 여전히 미미의 뒤쪽으로 향했다. 아이는 점점 더 조급해지는 것 같았다.

미미는 호기심을 참지 못하고 조금 더 다가가 물었다.

"이 광주리 안에는 야옹이가 있는 거니?"

그러자 남자아이는 입을 삐죽거리며 말했다.

"야옹이? 야옹이가 뭔데?"

"그럼 비둘기야?"

남자아이의 자신만만한 말투 때문에 호기심은 더욱 커졌다.

"들으면 아마 깜짝 놀랄 거야! 쥐거든……"

"쥐? 그 네 가지 박멸 대상 중의 한 가지인 쥐를 말하는 거냐?"

미미는 믿을 수가 없었고, 또 긴장되었다. 그는 쥐를 아주 싫어했다. 특히 애니메이션 「꾀죄죄한 대왕 모험기(邋遢大王曆險記)」를 본 뒤로, 쥐 왕국의 가증스러움은 극치에 달하였고, 최대의 악당을 배출해냈다는 생각을 떨쳐버릴 수가 없었다.

"아니, 그냥 쥐가 아니라, 미키마우스야."

남자아이는 미미가 겁을 먹은 것을 보고, 이번에는 놀리기 시작했다.

"안 믿어. 미키마우스는 미국 디즈니랜드에 있잖아. 그런데 어떻게 너의 광주리 속에 있니?"

미미가 반격을 시작했다. 그러자 남자아이는 입술을 깨물더니 혀로 입술을 핥았다. 마치 입술에 꿀이라도 발려져 있는 것 같았다. 그는 뭐라고 대답할지 몰라서 난처해진 상황이었다. 한참 후 남자아이는 겨우 입을 열었다.

"미키마우스보다 더 재밌는 흰쥐야. 못 믿겠으면 이리 와서 봐봐."

남자아이는 말이 끝나자마자 판지를 들고 미미에게 보여주었다. 미미는 득의양양하여 들여다보았다. 그리고 웃음을 터뜨렸다. 광주리 안에는 정말 작은 흰쥐 네 마리가 들어있었다. 하얗고 분홍빛이 도는 쥐들은 몽글몽글했다. 작은 발은 빨갛고 투명하였으며, 작은 눈동자도 루비 같았다. 흰쥐들은 귀를 움찔거리며, 마치 사람들의 말소리를 엿듣고 있는 것 같기도 하고, 서로 신호를 주고받는 것 같기도 했다. 그들은 광주리 한 쪽에 모여서, '찍찍' 소리를 내고 있었다. 그 소리에는 낯선 세상에 대한 공포가 묻어있었다.

왠지 모르게, 흰쥐를 보는 순간 미미는 집에 있는 야옹이가 떠올랐다. 야옹이가 집에 온 첫날도 이처럼 가엾지 않았던가!

"나에게 한 마리만 팔 수 있어?"

미미가 물었다. 그러자 남자아이는 믿을 수 없다는 미미를 힐끗 쳐다보았다.

"정말이야. 나 돈 있어."

미미는 그 한 장의 세뱃돈을 꺼내며 말했다.

"우리 집에 야옹이 한 마리가 있는데, 너무 심심할 것 같아서, 흰쥐 한 마리를 사려고 해. 서로 친구가 되면 좋잖아……"

미미의 말이 채 끝나기 전에 남자아이가 버럭 소리를 질렀다.

"뭐라고? 쥐를 사다가 야옹이에게 준다고? 너 바보 아니냐? 흥……"

남자아이는 불쾌해하며 다시는 미미와 눈을 마주치지 않았다. 미미는 뭐라고 말해야 할지 몰라 망설였다. 미미는 남자아이에게 말해주고 싶었다. 야옹이는 우유사탕을 좋아하고, 효모를 좋아하기 때문에 절대 흰쥐를 해치지 않을 것이라고 말이다. 그리고 야옹이는 성격이 온순하고, 교양이 있는 페르시아 야옹이이며, 이삼일에 한 번씩 발톱을 깎아주고, 일주일에 한 번씩 목욕을 시킨다고도 말하고 싶었다. 뿐만 아니라, 야옹이가 너무 심심하고 고독하다고도 말해주고 싶었지만, 결국 말을 입 밖으로 꺼내지 못했다. 단 한 글자도 말하지 못했다. 그저 눈물만이 소리 없이 차올랐다. 눈물은 상황 파악을 못하고 곧 흘러내릴 것만 같았다.

"아이고, 왜 그래!"

변질된 음정에 이상한 곡까지 입힌 말소리와 함께 한 사람이 나타났다. 40세가 넘은 아주머니였다. 그는 손에 대저울을 들고 있었는데, 밭에서 일하다가 막 나온 사람 같았다. 아주머니는 남자아이를 향해 손짓을 했다. 그리고 아이의 귀에 대고 뭐라고 중얼거렸다. 그러자 남자아이는 머리를 끄덕였다. 아주머니는 또 미미 앞으로 다가오더니 웃으며 물었다.

"얘야, 흰쥐를 사고 싶다고 그랬냐? 보는 눈이 있네. 이 흰쥐는 정말 영리하고 희귀한 거란다! 저 빨간 눈동자는 저녁이 되면 에메랄드로 변한단다. 정말 말할 수 없이 예쁘지. 그리고 이 발과 이 몸뚱이, 이 꼬리…"

아주머니는 계속하여 말을 꾸며내려고 하자 남자아이는 귀찮은 듯 말했다.

"아주머니, 힘들지 않아요? 저 애에게 팔면 될 거 아니에요."

미미는 남자아이의 말에 희망을 품었다. 미미는 남자아이가 마음이 바뀌기 전에 얼른 돈을 지불하고 흰쥐를 들고 가려고 했다. 그러자 남자아이가 막았다. 남자아이는 아주머니와 또 중얼거렸는데, 아마도 가격을 의논하고 있는 것 같았다. 중년 아주머니는 화를 냈다. 그런데 남자아이도 만만치 않았다. 한참 지나서 남자아이는 목을 꼿꼿하게 세운 채 미미에게로 다가왔다.

그는 손에 돈을 들고 오더니 말했다.

“이 흰쥐는 한 마리에 70전이야. 그러니까 9위안 30전 돌려줄게. 맞나 확인해 봐.”

거스름돈을 보자 미미는 더 기뻤다. 미미는 돈 한 장으로 흰쥐 한 마리를 바꿀 수 있어서 참 좋다고 생각했다. 그런데 더 많은 거스름돈을 받게 되다니! 그는 신이 나서 거스름돈을 받았다. 미미는 자기 손에 있는 흰쥐가 나머지 흰쥐들과 작별인사를 하도록 얼굴에 조심스럽게 비벼주었다. 그리고 남자아이와도 인사를 하고는 새처럼 날아서 집으로 향했다.

지하철에 탄 미미는 흰쥐의 따뜻한 등을 어루만져주었다. 남자아이와의 거래를 생각하며 미미는 동물시장이 참 재밌고 좋다고 생각했다.

2

미미의 손바닥에 엎드려 있는 흰쥐의 몸은 따뜻했다. 흰쥐는 시끌벅적한 시장을 떠나 기쁘고 안심한 듯 가만히 있었다. 하지만 흰쥐의 놀란 두 눈에서 또 불안함도 없지 않다는 것을 엿볼 수 있었다.

미미는 집으로 돌아오는 내내 흰쥐와 이야기를 나누었는데, 집에 관한 모든 것을 한꺼번에 말해주고 싶은 마음이었다. 물론 가장 많이 한 말은 미래 야옹이 친구가 될 흰쥐에 대한 것이었다. 미미가 계속 떠드는 사이에 작은 흰쥐의 눈빛에는 두려움이 사라지고 없었다. 흰쥐는 피곤하고 안심한 듯 눈을 천천히 감았다. 어린 여자아이와 작은 동물 사이에는 정말 영적 감응이 존재하는 것 같았다.

야옹이는 창문턱에 대범하게 가로로 누워서 자고 있었다. 야옹이는 언제 어디서나 졸리면 잘 뿐만 아니라, 항상 숙면할 수 있어서 잠 잘 자는 선수 같았다! 그러나 그는 잠결에도 미미의 발걸음소리만은 알아듣는다. 그리하여 미미가 문을 열고 들어서는 순간 야옹이도 두 가지 색깔의 큰 눈을 번쩍 떴다. 야옹이는 기지개를 펴며 등을 활 모양으로 둥그렇게 만들었다. 이건 미미에게 하는 인사라고 할 수 있다. 인사를 하고 나서 야옹이는 다시 제자리에 엎드렸다.

자신의 커다란 희열과 성취감을 감지하지 못하다니 정말 예의가 없는 야옹이라고 미미는 속으로 생각했다. 미미는 빨간 입술을 삐죽 내밀고 흥 하고 화를 냈다.

"게으름뱅이 같으니라고!"

야옹이는 미미를 거들떠보지도 않았다. 미미는 정말 화가 났다. 그는 아예 흰쥐를 손바닥에 놓고 야옹이 눈앞에 가져다 댔다. 그러나 야옹이는 여전히 눈을 뜨지 않았다. 흰쥐는 참으로 영리했다. 그는 뾰족한 코로 앞에 엎드려있는 흰색의 거대한 물건의 냄새를 부지런히 맡았다. 그리고는 흥분하여 "찍 찍" 소리를 질렀다. 결국은 야옹이 몸 위로 기어 올라갔다.

미미는 게으름뱅이 야옹이를 한 번 제대로 놀라게 해주기 위해, 흰쥐를 야옹이의 뱃가죽 아래로 밀어 넣었다. 흰쥐가 네 발로 야옹이의 뱃가죽을 마구 잡으며 간질이더니 나중에는 길고 부드러운 야옹이 털을 끊임없이 긁어댔다. 그제서야 야옹이는 반응을 했다. 그가 마침내 색깔이 서로 다른 두 눈을 떴다. 그리고 배 아래에 있는 흰쥐를 자세히 보더니 야옹이가 대단히 기뻐했다. 내 배 아래에 한 번도 본 적이 없는 작은 놈이 있다니!

야옹이는 머리를 갸우뚱하며 흥미롭게 흰쥐를 관찰했다. 그리고 큰 발을 내밀더니 조심스럽게 흰쥐의 작은 몸뚱이를 건드렸다. 흰쥐는 야옹이의 장난에 어떤 위협을 느낀 것 같았다. 그는 바닥에 납작 엎드려 가만히 있었다. 그러자 야옹이는 조금 실망했다. 야옹이는 쥐의 행동이 일종의 게임인 줄 알고, 커다란 머리를 쑥 내밀며 게임의 냄새를 맡으려고 애를 썼다. 그 바람에 야옹이의 수염이 흰쥐의 몸을 간질이게 되었고, 흰쥐는 쥐들만의 본능적인 반항을 했다. 그러자 야옹이는 냄새를 맡지 않고 흰쥐가 자유롭게 활동할 수 있게 내버려 두었다. 흰쥐는 아주 거대한 야옹이 산에 열심히 오르기 시작했다. 흰쥐는 야옹이의 털을 잡고 한 발 두 발, 작은 꼬리까지 동원하여 오르고 또 올랐다. 어떻게 해서든 흰색 장애물을 넘고야 말겠다는 흰쥐의 집념이었다!

야옹이는 몸 위에서 왔다 갔다 하는 흰쥐를 개의치 않고 온순하게 엎드려 있었다. 오히려 두 눈에는 즐거움이 가득했다. 미미가 흰쥐를 잡자 야옹이는 평생 처음으로 그에게 비우호적인 소리를 냈다. 목구멍에 걸린 것 같은 낮고 굵은 소리였다. 그러나 미미에게는 조금도 위협이 되지 않았다.

미미는 흰쥐를 도와 야옹이 등으로 올라타게 했다. 그리고 야옹이에게 일어나 달려 보라고 했다.

야옹이는 귀찮았지만 끝내 창문턱에서 내려왔다. 창문턱은 야옹이가 세상을 관찰하기 가장 적합한 곳이다. 그러나 흰쥐를 업고 달려야 한다는 임무 때문에 야옹이는 뿌듯함을 느꼈다. 얻는 것이 있으면 잃는 것도 있는 법이다. 그리하여 야옹이는 흰쥐를 등에 태우고 달리는 온순한 흰색 말이 되었다. 야옹이 등에 탄 흰쥐는 부드러운 울렁임에 많이 놀라기는 했지만 동시에 안락함을 느끼는 것 같았다. 흰쥐는 떨어지지 않기 위해 작은 발로 힘껏 야옹이의 등을 붙잡고 있었다. 물론 야옹이 몸에서 굴러 떨어질 일은 없었다. 왜냐하면 미미가 옆에서 두 손으로 받쳐주고 있었기 때문이었다. 뿐만 아니라 야옹이의 기술이 아주 뛰어났기 때문이라 믿을 수 있었다. 흰쥐는 순간 자신이 아주 위대해 보였다. 마치 백마 탄 왕자가 된 것 같았다.

밖에서 엄마의 발자국 소리가 들리자 미미는 얼른 작은 종이 박스를 찾아 흰쥐를 넣어두었다. 그리고 종이 상자를 자신의 책가방 속에 집어넣고 가방의 단추를 단단하게 잠갔다. 미미는 야옹이를 보며 "쉿!" 아무 기색도 드러내지 말라고 했다.

"배신하면 절대 안 돼!"

야옹이와 흰쥐의 만남은 이렇게 마무리가 되었다.

3

미미의 아빠는 뚱보이다. 뚱보의 특점은 성격이 원만해서 낙관적이며, 잘 먹고 잘 잔다는 것이다. 미미의 아빠도 예외는 아니었다. 하지만 건성 건성한 아빠라도 요즘 딸이 자꾸 비밀이 있는 것처럼 행동한다는 것은 눈치 채고 있었다. 가장 중요한 증거는 바로 아빠를 피해 다닌다는 것이었다. 이건 절대로 미미의 성격이 아니었기 때문이었다.

미미는 아빠와 장난을 치는 것을 아주 좋아하던 아이였다. 구체적으로 말하면 아빠의 뱃가죽을 가지고 장난치는 것을 좋아했었다. 미미는 늘 커다란 아빠 앞에 갑자기 나타나 작은 손으로 재빠르게 아빠의 배를 두드리고는 아빠가 정신을 차리기도 전에 쥐처럼 달아나곤 했다.

아빠는 배가 정말 크다. 엄마의 말을 인용하면 이렇다.

"저 배는 맥주를 마셔서 나온 배란다."

그리하여 매번 미미가 아빠를 공격할 때마다, 엄마는 불난 집에 부채질하듯 미미를 잘한다고 칭찬을 했다. 그럴 때마다 아빠는 억울해하였고, 이 집에서 괴롭힘을 당하는 가장 중요한 이유는 바로 자신이 소수이기 때문이라고 했다. 즉 자신이 유일한 남자여서 괴롭힘을 당한다는 것이었다. 그리고 이 문제를 강조할 때마다, 미미는 큰소리로 반박했다.

"아니에요! 아니에요! 남자가 한 명이 아니에요. 야옹이도 남자라고요."

아빠는 이렇게 불평을 하면서도 미미가 자신의 배를 습격하는 것을 사실은 좋아했다. 아빠는 평등과 민주를 제창하는 사람이다. 딸의 이런 장난을 통해서 아빠는 부녀 사이의 친근함과 재미를 느낄 수 있었다. 그런 딸 미미가 갑자기 장난을 치자 않자, 아빠는 딸의 이상함을 바로 알게 되었던 것이다. 혹시 딸에게 무슨 일이라도 있는 건 아닌지, 아빠는 걱정이 되었다.

미미의 아빠는 자신의 걱정을 아내에게 털어놓았다. 하지만 미미의 엄마는 초등학교 3학년 여자애가 무슨 고민이 있겠냐며 웃어 넘겼다. 엄마는 전혀 문제가 없다고 했다. 엄마도 엄마만의 도리가 있었다. 여자로서 아무런 문제가 없다고 말할 자격이 있는 것이다. 그러나 엄마는 역시 엄마이다. 엄마의 다른 특징은 세심하다는 것이다. 남편이 문제를 제기하였으니 엄마로서 미미와 이야기를 나눠보는 것도 좋겠다고 생각했다.

이야기를 나누기 전에 먼저 수박부터 먹었다. 미미는 수박을 두 조각밖에 먹지 않았는데 그것도 빨리 먹느라 씨도 뱉지 않았다. 엄마는 얼른 먹고 일어나려는 미미를 불렀다.

"미미야, 숙제는 다 했니?"

"한참 전에 벌써 다 했어요."

미미는 이렇게 대답하고는 급급히 도망치려고 했다.

“그리 바쁘게 굴지 말고, 숙제 노트를 가져오너라. 엄마가 한 번 봐야겠다.”

엄마는 미미의 마음을 훤히 들여다보고 있었다.

“숙제 노트를 징징 집에 두고 왔어요. 조금 전에 징징과 함께 숙제를 했거든요.”

미미는 엄마에게 보여주기가 싫었다.

“그럼 책가방은 어디에 있어? 책가방 좀 보여줘봐!”

역시 엄마였다. 아이를 대하는 방법과 태도가 아주 노련했다. 미미는 막다른 골목에 몰리게 되었다. 그의 모든 비밀이 책가방 안에 있기 때문이었다. 책가방을 엄마께 드린다는 건, 미미의 마지노선이 완전히 붕괴되는 것과 마찬가지였다. 하지만 엄마는 너무나 강하고 너무나도 노련했다. 미미에게 조금의 체면도 남겨주지 않았다.

3학년 여자아이는 체면을 가장 중요하게 생각한다. 믿을 수 없다면, 3학년 여학생들 아무에게나 물어보면 알게 된 것이다.

미미는 서서 한참을 머뭇거렸다. 그동안 엄마는 전혀 흔들림이 없었다. 책가방을 결국 엄마께 드리게 되었다. 책가방을 연 엄마는 안에서 작은 종이 박스 하나를 발견했다. 종이 박스가 움직이고 있었고, 안에서 ‘찍찍’ 소리가 났다. 엄마는 당혹스러운 눈빛으로 딸을 힐끗 쳐다보았다. 딸은 아빠에게로 눈빛을 돌렸다. 아빠는 종이박스를 가져가더니 열려고 했다. 이때 미미가 갑자기 아빠에게로 달려가 종이 박스를 아빠 손에서 빼앗아갔다. 그리고 몸 뒤로 숨겼다.

미미의 돌발적인 행동으로 인해 분위기는 삽시에 싸늘해졌고 대치상태가 되었다.

야옹이는 뭔가 이상한 낌새를 느꼈는지 신사 걸음으로 천천히 걸어왔다.

그는 혀로 미미의 손등을 핥았다. 종이박스 안의 소리는 더 커졌다. 야옹이는 아예 몸을 일으키더니 커다란 앞발로 종이박스를 툭툭 건드리는 것이었다. 야옹이는 아빠, 엄마보다도 더 궁금해하는 것 같았다!

아빠와 엄마는 거의 동시에 손을 내밀며 명령조로 말했다.

"종이박스 이리 줘!"

미미는 갑자기 주저앉더니 단번에 종이박스를 열었다. 그러자 흰색 빛이 반짝하더니 박스에서 튀어나와 다른 한 흰색 몸뚱이 안으로 숨어버리는 것이었다. 그렇게 그는 사라져버렸다.

눈치 빠른 엄마는 흰쥐라는 것을 일찍 알아채고 비명소리를 지르며 두 손으로 눈을 가렸다. 엄마는 공개적인 살해 장면이 눈앞에서 벌어질까봐 겁이 났던 것이다. 여자는 필경 여자였다.

아빠는 아직도 흰빛의 종적을 찾아 헤맸다! 그리고 눈길이 야옹이 몸에 머물렀을 때, 야옹이 배 아래가 볼록하게 튀어나온 것을 발견했다. 자세히 보니 그것은 야옹이의 배에 숨은 흰쥐였다. 흰쥐는 야옹이를 보험회사로 생각하는 것 같았다.

아빠가 다가가 흰쥐를 잡으려고 하자, 야옹이는 "그르렁 그르렁"하며 비우호적인 소리를 냈다. 목덜미 털까지 세우며 사나운 태세를 취했다. 그 뜻은 남의 일에 참견하지 말라는 것이었다. 서로 다른 두 가지 색의 눈에서 위협하는 빛이 흘러나왔다. 흰쥐는 야옹이의 뱃가죽 아래서 뾰족한 코를 내밀고 빨간 눈을 깜빡거리고 있었다. 조금 놀란 것 같기도 하고, 득의양양한 것 같기도 했다.

"이봐요, 내 친구는 정말 정의로운 친구라고!"

엄마는 끝내 눈을 막고 있던 두 손을 내렸다. 그리고 조심스럽게 흰쥐를 힐끗 보았다. 보지 않았으면 모를까 세상에 어찌 이렇게 우스운 일이 있을 수 있는가! 엄마는 야옹이와 흰쥐에게서 눈을 떼지 못했다. "야옹이가 쥐의 경호원이 된 이런 우스운 일이 자신의 집에서 벌어지다니!"하고 생각했다.

흰색 페르시아 야옹이와 흰쥐는 평화와 우애로써 어른들에게 기적을 보여주었다. 생각보다 많이 놀란 아빠와 엄마를 보며 미미는 대신 부끄러웠다. 그러면서 속으로 "이게 무슨 큰일이라고 저렇게들 놀라는 거지?"하고 시큰 둥해졌다.

미미는 야옹이와 흰쥐를 한데 껴안고 아빠와 엄마를 올려다보며 말했다.

"이 둘 사이는 엄청 화목해요. 처음 만났을 때부터 서로 좋아했어요. 야옹이는 흰쥐를 핥아주었을 뿐만 아니라, 흰쥐를 등에 태우고 말처럼 달리기도 했어요."

아빠와 엄마는 크게 놀란 듯 아직도 멍해 있었다. 미미는 큰소리로 명령했다.

"야옹아, 한 번 보여줘!"

그러자 흰쥐는 곧바로 야옹이의 등에 올라타더니 작은 발로 야옹이의 부드럽고 긴 털을 꼭 잡았다. 야옹이는 조금도 거부감 없이 일어서더니 큰 꼬리를 둬 번 흔들었다. 쇼를 시작하겠다는 신호를 보내는 것 같았다. 드디어 야옹이와 흰쥐의 합동공연이 시작되었다. 야옹이는 흰쥐를 업고 가볍게 몇 걸음 걷더니 성에 차지 않는 듯, 소파 등받이 위로 훌쩍 뛰어 올라갔다. 그리고 등받이로부터 책상 위로 뛰어올라가더니, 책상에서 창문턱으로 걸어올라 갔다. 마지막에 창문턱에 엎드린 야옹이는 머리를 돌려 등에 탄 기사를 혀로 핥아주었다. 그러자 흰쥐는 미끄러져 내려와서는 야옹이의 다리 사이에 기대어 누워 안락함을 만끽하는 것이었다.

이 모든 과정은 질서 정연하고 능수능란하게 진행되었다. 미미는 박수를 쳤다. 그리고 유리병에서 두 알의 효모를 꺼내 야옹이의 입가에 가져갔다. 야옹이는 감격한 눈빛으로 미미를 쳐다보았다. 그리고 눈을 지그시 감고 효모를 씹어 먹는 것이었다. '까닥까닥' 소리가 나자 흰쥐도 먹고 싶어 몸을 꿈틀거렸다. 흰쥐는 야옹이의 배에서 턱까지 기어 올라가더니, 발로 야옹이의 수염을 건드렸다. 야옹이는 귀찮은 울음소리를 냈다. 그러나 눈을 떠서 확인을 하더니, 야옹이는 입안에서 반들반들해진 것을 혓바닥으로 흰쥐 앞에까지 가져다주었다. 흰쥐는 냄새를 맡더니 그다지 맛있을 것 같지 않자 뒤도 돌아보지 않고 다시 다리 사이로 돌아갔다. 야옹이는 친구가 자신의 호의를 받아주지 않자 실망한 듯이 소리를 냈다. 그리고 효모를 다시 물더니 입안에 넣고 신나게 씹었다. 다 먹고 나자 야옹이는 쿨쿨 코를 골며 잠이 들었다.

아빠와 엄마는 야옹이와 흰쥐가 출연한 재미나는 장면을 보며 너무 놀라서 어리둥절해졌다. 아빠는 미미에게 한 가지 일을 묻고 싶었고, 엄마도 이 모든 것이 어떻게 벌어지게 되었는지를 알고 싶어 했다. 하지만 아빠와 엄마는 서로를 바라보더니, 그 어떤 의문도 문제도 부질없다는 것을 깨달았다. 그리하여 두 사람은 하려던 말을 다시 삼켰다. 오히려 총명한 미미가 먼저 엄마에게 사과를 했다. 엄마를 거짓말로 속이는 것은 잘못된 행동이라고 반성했다. 모든 숙제 노트는 책가방 안에 있다고 하면서, 미미는 숙제 노트를 꺼내려고 했다.

그러자 엄마는 손을 흔들었다. 엄마는 슬픔과 기쁨 상태에서 아직 벗어나지 못한 것 같았다. 야옹이와 흰쥐의 우애에 엄마는 깜짝 놀랐고, 동시에 이 세상의 불가사의와 황당함을 깨달았다.

엄마는 이 흰색 요정이 등장하는 이야기는 동화가 아니라 딸이 창조한 현실이고, 살아 숨 쉬는 현실이라는 것을 깨달았다.

"숙제, 지금은 잠시 한쪽으로 물러나 있으라고 전해라."

아빠 성격이 너그러운데다 몸이 뚱뚱한 아빠의 웃는 모습은 마치 미륵보살 같았다. 아빠는 서둘러 자전거를 타고 물건을 사러 나갔다. 뭐를 사러 가느냐고 묻자 필름을 사러 간다고 했다. 야옹이와 흰쥐가 함께 있는 모습을 사진에 담고 싶었던 것이다. 그 중 가장 잘 나온 몇 장을 뽑아 신문사에 보내면 사람들이 아마 모두 깜짝 놀랄 것이라고 했다! "우리 집의 기적", 그렇다, 그 사진들의 제목이다.

우리의 평범한 생활 속에는 언제 어디서고 기적이 일어날 수 있는 것이다. 아빠는 자전거를 타고 나갔다. 그는 영원히 이처럼 즐겁고 낙관적이다!

미미는 조용히 등나무 의자에 앉아 있고, 야옹이는 조용히 창문턱에 엎드려 있으며, 흰쥐는 조용하게 야옹이의 다리 사이에 기대어 잠이 들었다. 석양은 그들의 모습을 조용하게 바라보다가 집으로 돌아갔다. 모든 것은 이렇듯 고요하지만 엄마만 조금 달랐다. 그는 걱정했다.

"야옹이와 흰쥐만 신경 쓰느라, 공부에 집중하지 않아 성적이 떨어지는 건 아닐까?"

영원히 잦아들 수 없는 것이 엄마의 걱정일 것이다…